LE REMÈDE MORTEL

L'ÉPREUVE – LIVRE 3

L'auteur

James Dashner est né aux États-Unis en 1972. Après avoir écrit des histoires inspirées du *Seigneur des anneaux* sur la vieille machine à écrire de ses parents, il a suivi des études de finance. Mais, très vite, James Dashner est revenu à sa passion de l'écriture. Aujourd'hui, depuis les montagnes où il habite avec sa femme et ses quatre enfants, il ne cesse d'inventer des histoires, influencé par ses lectures et par ses films préférés. *L'Épreuve*, sa dernière trilogie, a rencontré un si grand succès aux États-Unis que James Dashner vient de publier un nouveau tome, pour expliquer les derniers mystères du Labyrinthe...

Du même auteur :

L'épreuve T. 1 : Le Labyrinthe
L'épreuve T. 2 : La Terre Brûlée

À paraître
L'épreuve 4. Prequel : L'ordre de tuer (2015)

JAMES DASHNER

LE REMÈDE MORTEL

L'ÉPREUVE – LIVRE 3

Traduit de l'anglais (États-Unis)
par Guillaume Fournier

POCKET JEUNESSE
PKJ·

Directeur de collection :
Xavier d'Almeida

Titre original :
The Death Cure

Publié pour la première fois en 2011
par Delacorte Press, an imprint
of Random House Children's Books, New York

ISBN 978-2-266-20014-1

Ce livre est pour ma mère,
la meilleure personne qui ait jamais vécu.

CHAPITRE 1

C'était l'odeur, surtout, qui commençait à porter sur les nerfs de Thomas.

Pas les trois semaines de solitude totale. Pas les murs blancs, le plafond blanc et le sol blanc. Ni l'absence de fenêtres, ou le fait que les lumières restaient allumées en permanence. Rien de tout ça. On lui avait pris sa montre ; on lui apportait le même repas trois fois par jour – une tranche de jambon, de la purée, des carottes crues, un bout de pain, de l'eau – sans jamais lui adresser la parole, sans jamais entrer dans la pièce. Pas de livres, pas de films, pas de jeux.

Un isolement complet. Pendant plus de vingt et un jours maintenant, même si son estimation du temps, uniquement basée sur ses impressions, restait assez vague. Il essayait de deviner au mieux quand il faisait nuit, pour dormir au bon moment. Les repas l'aidaient un peu, mais ils n'arrivaient pas toujours de façon régulière, comme pour lui faire perdre un peu plus ses repères.

Seul. Dans une pièce capitonnée dépourvue de couleur, à l'exception d'un siège de toilettes en acier dans un coin, d'un bureau en bois et d'une chaise. Seul dans un silence insupportable, sans rien à faire sinon ruminer sur la maladie qui le rongeait : la Braise, ce virus insidieux qui vous dépouillait lentement de votre humanité.

Tout cela, il le supportait assez bien.

Mais il puait, et cela le rendait fou. Depuis son arrivée, on ne l'avait pas autorisé à se laver et on ne lui avait fourni aucun vêtement de rechange. Un simple mouchoir lui aurait suffi : en le trempant dans l'eau qu'on lui donnait pour boire, il aurait pu au moins se débarbouiller la figure. Mais il n'avait rien, hormis ses habits devenus crasseux. Pas même des draps : il dormait recroquevillé à même le sol dans un coin de la pièce, les bras croisés pour tenter de se réchauffer, grelottant de froid.

Il ignorait pourquoi son odeur le dérangeait à ce point. Peut-être était-ce le signe qu'il commençait à perdre la tête. En tout cas, la détérioration de son hygiène l'obsédait, suscitait en lui des idées horribles. Comme s'il était en train de pourrir, de se décomposer de l'intérieur.

Il avait suffisamment à manger, assez d'eau pour étancher sa soif ; il pouvait se reposer autant qu'il le voulait et s'entraînait de son mieux dans cet espace confiné, en courant sur place pendant des heures. La logique lui soufflait que la crasse n'avait aucune incidence sur l'état de son cœur ou de ses poumons. Malgré tout, il en venait à considérer cette puanteur comme le signe avant-coureur d'une mort imminente.

Ces idées noires l'amenaient à se demander si Teresa ne lui aurait pas dit la vérité lors de leur dernière discussion : il était trop tard pour lui, la Braise avait trop progressé et il était devenu cinglé, violent ; il avait perdu la boule avant même d'aboutir en cellule. Brenda aussi l'avait prévenu que les choses allaient mal tourner. Peut-être avaient-elles raison toutes les deux.

Par ailleurs, il s'inquiétait pour ses amis. Qu'étaient-ils devenus ? Après tout ce qu'ils avaient subi, comment cette histoire allait-elle se terminer ?

La colère s'insinuait en lui. Elle grandissait de jour en jour, au point que Thomas en tremblait parfois de tous ses membres. Alors, il tâchait de se calmer et ravalait sa fureur. Il ne voulait pas la faire disparaître pour de bon, seulement la garder de côté ; en attendant le bon moment, le bon endroit pour la libérer. C'était le WICKED qui lui infligeait tout ça. Le WICKED avait pris le contrôle de leur vie, à ses amis et lui, et se servait d'eux à sa guise. Sans se soucier des conséquences.

Et il allait payer pour ça. Thomas se le promettait mille fois par jour.

Voilà les idées qui lui traversaient la tête quand il s'assit dos au mur, face à la porte, le matin de ce qu'il estimait être sa vingt-deuxième journée de captivité. Il faisait ça régulièrement : après avoir mangé, après ses exercices. Espérant contre tout espoir que la porte finirait par s'ouvrir – s'ouvrir complètement, jusqu'au bout –, la porte entière, pas uniquement la trappe du bas par laquelle on lui glissait ses repas.

Il avait déjà essayé de la forcer à de nombreuses reprises. Tout comme il avait fouillé les tiroirs du bureau. Mais ils étaient vides ; il n'y avait rien là-dedans, hormis une odeur de cèdre et de moisissure. Il vérifiait chaque matin, au cas où quelque chose y apparaîtrait comme par magie pendant son sommeil. Ce genre de chose se produisait parfois avec le WICKED.

Il resta donc assis là, face à la porte. À attendre. Dans le silence de ces murs blancs. Il pensa à ses amis – Minho, Newt, Poêle-à-frire, les autres blocards encore en vie ; Brenda et Jorge, qu'il n'avait plus revus depuis leur sauvetage à bord du berg ; Harriet et Sonya, les autres filles du groupe B, Aris. Il pensa également à l'avertissement de Brenda quand il s'était réveillé dans cette cellule. Comment avait-elle pu lui parler par télépathie ? Était-elle de son côté, oui ou non ?

Mais il pensa surtout à Teresa. Il avait beau la détester un peu plus à chaque instant, il n'arrivait pas à se la sortir de la tête. Ses derniers mots avaient été pour lui réaffirmer que le WICKED était bon. À tort ou à raison, elle symbolisait désormais pour lui toutes les choses terribles qui leur étaient arrivées. Chaque fois qu'il se la représentait, la colère s'emparait de lui.

Peut-être que cette rage était le seul lien qui le rattachait encore à la raison.

Manger, dormir, se dépenser ; ruminer sa vengeance. Il ne fit rien d'autre pendant trois jours encore. Seul.

Le vingt-sixième jour, la porte s'ouvrit.

CHAPITRE 2

Thomas s'était imaginé la scène des centaines de fois. Ce qu'il ferait, ce qu'il dirait. Comment il bondirait, plaquerait au sol la personne qui entrerait, sortirait dans le couloir et s'enfuirait en courant. Mais ce n'étaient que des fantasmes, un moyen de passer le temps. Il savait bien que le WICKED ne le permettrait pas. Non, Thomas allait devoir tout planifier dans les moindres détails avant d'abattre ses cartes.

Quand l'occasion se présenta enfin, Thomas fut le premier surpris par sa réaction : il resta sans rien faire. Une petite voix lui soufflait qu'un champ de force invisible s'était dressé entre le bureau et lui, comme dans le dortoir après le Labyrinthe. Ce n'était pas le moment de passer à l'action. Pas encore.

Il s'étonna à peine de voir entrer l'homme-rat – le type qui avait informé les blocards de l'épreuve qui les attendait dans la Terre Brûlée. Toujours le même long nez, les mêmes yeux de fouine, les quelques cheveux gras rabattus sur son crâne à moitié chauve. Et ce costume blanc ridicule. Il avait l'air encore plus pâle que la dernière fois ; il tenait au creux de son coude un dossier rempli de papiers en désordre.

— Bonjour, Thomas, lança-t-il avec un bref hochement de tête.

Après avoir refermé la porte, il s'assit derrière le bureau. Il posa son dossier devant lui, l'ouvrit et commença à feuilleter les documents. Quand il eut trouvé celui qu'il cherchait, il s'arrêta, les mains à plat sur les papiers. Il leva les yeux vers Thomas en lui adressant un grand sourire.

Quand celui-ci se décida enfin à parler, il s'aperçut qu'il ne l'avait plus fait depuis des semaines; sa voix lui parut rouillée.

— Ce sera un bon jour si vous me laissez sortir.

L'homme conserva son expression joyeuse.

— Oui, oui, je sais. Ne t'en fais pas, tu vas entendre toutes sortes de nouvelles positives aujourd'hui. Fais-moi confiance.

Thomas assimila cette information, en regrettant de s'être laissé aller à espérer, ne serait-ce qu'une seconde. Il aurait dû savoir à quoi s'en tenir, depuis le temps.

— Des nouvelles positives? Je croyais que vous nous aviez sélectionnés pour notre intelligence?

L'homme-rat demeura silencieux plusieurs secondes avant de répondre.

— Votre intelligence, oui. Et d'autres choses tout aussi importantes. (Il prit le temps d'étudier Thomas avant de poursuivre.) Tu crois que ça nous amuse, ces épreuves? Tu crois que ça nous plaît de vous regarder souffrir? Si vous endurez tout ça, c'est dans un but bien précis, figure-toi!

Il avait presque crié les derniers mots; son visage s'était empourpré.

— Holà, dit Thomas, qui s'enhardissait de minute en minute. Doucement, l'ancêtre, calmez-vous un peu. Vous êtes à deux doigts de la crise cardiaque.

Lâcher ce sarcasme lui fit du bien.

Son interlocuteur se leva de sa chaise pour se pencher par-dessus le bureau. Les veines de son cou saillaient comme des cordes. Il se rassit lentement, en contrôlant sa respiration.

— On aurait pu croire que ces quatre semaines d'isolement t'apprendraient à fermer ta grande bouche. Mais tu m'as l'air plus insolent que jamais.

— Vous allez me dire que je ne suis pas fou, c'est ça ? Que je n'ai pas la Braise – que je ne l'ai jamais eue ? s'emporta Thomas, incapable de se contenir. (Il sentait la colère monter en lui ; il était sur le point d'exploser. Il s'appliqua néanmoins à continuer d'une voix calme.) C'est ça qui m'a permis de tenir pendant tout ce temps. Au fond de moi, je sais que vous avez menti à Teresa, qu'il s'agit encore d'un de vos foutus tests. C'est quoi, la suite ? Vous allez m'envoyer sur la Lune ? Me faire traverser l'océan à la nage ?

Il sourit pour appuyer son effet.

L'homme-rat l'avait écouté sans broncher.

— Tu as fini ?

— Non, je n'ai pas fini. (Il attendait l'occasion de s'exprimer depuis des jours et des jours, et maintenant qu'il la tenait enfin, il ne trouvait plus rien à dire. Il avait oublié tous les scénarios élaborés dans sa tête.) Je… je veux tout savoir. Maintenant.

— Mon petit Thomas, fit l'homme-rat de la voix douce de celui qui annonce une mauvaise nouvelle à un enfant, on ne t'a pas menti. Tu as vraiment la Braise.

Thomas fut décontenancé : l'homme-rat cherchait-il à l'embobiner une fois de plus ? Il se contenta de hausser les épaules, comme si cette affirmation ne le surprenait pas.

— En tout cas, je ne suis pas encore devenu cinglé, dit-il.

À un certain stade – après la longue traversée de la Terre Brûlée, en compagnie de Brenda, au milieu des fondus –, il avait fini par accepter qu'il serait contaminé tôt ou tard. Mais il se répétait qu'il allait bien pour l'instant. Qu'il restait sain d'esprit. Et que, dans l'immédiat, c'était le plus important.

L'homme-rat soupira.

— Tu ne comprends rien. Tu ne comprends pas ce que je suis venu t'expliquer.

— Comment voulez-vous que je croie un seul mot qui sort de votre bouche ? Vous me prenez vraiment pour un naïf ?

Thomas s'aperçut qu'il était debout ; il ne se rappelait pourtant pas s'être levé. Son torse se soulevait et s'abaissait à un rythme rapide. Il fallait qu'il se reprenne. L'homme-rat le dévisageait froidement. Qu'il dise la vérité ou non, Thomas allait devoir l'écouter s'il voulait sortir de cette pièce. Il s'appliqua à contrôler sa respiration et attendit la suite.

Au bout de quelques secondes de silence, son interlocuteur reprit :

— Je sais qu'on vous a déjà menti. Souvent. Nous vous avons infligé des épreuves terribles, à tes amis et toi. Cependant, ça faisait partie d'un plan, que tu as non seulement approuvé mais aidé à mettre en place. Il a fallu pousser les choses un peu plus loin que nous ne l'avions escompté au départ, c'est certain. Malgré tout, nous sommes toujours restés dans la ligne de ce qui avait été envisagé.

Thomas secoua lentement la tête. Il savait qu'il avait collaboré avec ces gens autrefois, d'une manière ou d'une autre, mais l'idée de soumettre qui que ce soit au traitement qu'ils avaient enduré lui semblait incompréhensible.

— Vous ne m'avez pas répondu. Comment pouvez-vous espérer que je vous croie ?

Il en savait plus long qu'il n'en laissait paraître, bien sûr. Même si la lucarne sur son passé était maculée de suie, ne lui en dévoilant que des bribes crasseuses, il savait qu'il avait travaillé pour le WICKED. Tout comme il savait que Teresa lui avait prêté main-forte, et qu'ils avaient participé à l'élaboration du Labyrinthe.

— Tout simplement parce qu'il n'y a plus aucune raison de te garder dans l'ignorance, Thomas, répondit l'homme-rat. Plus maintenant.

Thomas se sentit soudain complètement vidé. Il se laissa tomber par terre avec un gros soupir et secoua la tête.

— Que voulez-vous dire ?

À quoi bon avoir une conversation dont on ne pouvait pas croire un seul mot ?

L'homme-rat continua son discours, mais sur un ton différent : moins détaché, moins clinique, plus pompeux.

— Tu connais cette épidémie épouvantable qui ronge la cervelle des humains partout dans le monde. Tout ce que nous avons fait jusqu'à maintenant a été calculé dans un but précis : analyser vos schémas cérébraux afin d'en élaborer un modèle. Notre objectif consiste à nous en servir pour trouver un remède contre la Braise. Les vies perdues, toutes ces souffrances, tu savais que ce serait le prix à payer. Nous le savions tous. Il s'agissait d'assurer la survie de l'espèce humaine. Et nous sommes à deux doigts de réussir.

Les souvenirs de Thomas lui étaient revenus en plusieurs occasions. Lors de la Transformation, dans les rêves qu'il avait faits depuis, par petites touches fugaces, comme autant de flashs mentaux. Mais en écoutant parler cet homme en costume blanc, il avait l'impression de se tenir au bord d'un gouffre d'où toutes les réponses étaient sur le point de remonter. L'envie de les saisir devenait presque irrésistible.

Pourtant, il se méfiait encore. Il savait qu'il avait joué un rôle actif dans cette histoire, pris la succession des premiers Créateurs après leur mort et poursuivi le programme avec de nouvelles recrues.

— J'en sais suffisamment pour avoir honte de moi, admit-il. Mais concevoir ces épreuves et les subir sont deux choses différentes. C'est allé trop loin.

L'homme-rat se gratta le nez en remuant sur sa chaise. Thomas semblait avoir touché une corde sensible.

— Nous verrons si tu es toujours du même avis à la fin de la journée, Thomas. Nous verrons. Mais laisse-moi te poser une question : ne valait-il pas la peine de sacrifier quelques vies pour en sauver une multitude ? (Encore une fois l'homme s'exprimait avec passion, penché en avant.) Ne crois-tu pas que la fin justifie les moyens ? Quand on n'a pas le choix ?

Thomas le dévisagea en silence. Il n'existait pas de bonne réponse à cette question.

L'homme-rat esquissa un sourire, qui tenait plutôt du ricanement.

— Tu l'as cru à une époque. Essaie de t'en souvenir, Thomas. (Il ramassa ses papiers, comme pour partir, mais demeura assis.) Je suis venu t'informer que tout est prêt et que nos données sont quasiment complètes. Nous sommes à l'aube de quelque chose de grandiose. Quand nous aurons enfin le modèle, tu pourras retourner auprès de tes amis et pleurnicher tant que tu veux sur notre méchanceté.

Thomas aurait voulu riposter par quelques répliques cinglantes. Mais il se retint.

— En quoi nous torturer a pu conduire à ce fameux modèle dont vous me rebattez les oreilles ? Quel rapport y a-t-il entre le fait d'envoyer deux groupes de jeunes dans des endroits terribles pour les regarder mourir et la découverte d'un remède pour une foutue maladie ?

— Un rapport très direct, répondit l'homme-rat avec un soupir. Mon garçon, tu ne devrais plus tarder à tout te rappeler, et j'ai comme dans l'idée que tu vas nourrir de gros regrets. En attendant, il y a une chose qu'il faut que tu saches, et qui pourrait t'aider à retrouver la mémoire.

Il se leva, lissa son pantalon et tira sur sa veste. Puis il croisa les mains dans le dos.

— Le virus de la Braise est présent dans ton corps, et pourtant il n'a aucun effet sur toi, et n'en aura jamais. Tu fais partie d'un groupe de personnes extrêmement rares. Tu es immunisé contre la Braise.

Thomas avala sa salive, stupéfait.

— Dehors, dans la rue, on appelle les gens comme toi des Imunes, continua l'homme-rat. Et je peux te dire qu'on les déteste au plus haut point.

CHAPITRE 3

Thomas était à court de mots. En dépit de tous les mensonges qu'on lui avait servis, il savait qu'il venait d'entendre la vérité. À la lumière de ses expériences récentes, tout s'éclairait. Il était immunisé contre la Braise. Ainsi que les autres blocards, probablement, et tous les membres du groupe B. Raison pour laquelle on les avait choisis pour les Épreuves. Tout ce qu'on leur avait infligé – chaque cruauté, chaque manipulation, chaque monstre placé sur leur chemin – faisait partie d'un processus expérimental complexe visant à conduire le WICKED à un traitement.

Oui, cela cadrait parfaitement. Et ce n'était pas tout : cette révélation réveillait des souvenirs. Des échos familiers.

— Je vois que tu me crois, observa l'homme-rat, brisant le silence. Quand nous avons découvert l'existence de gens contaminés par le virus mais qui n'en montraient aucun symptôme, nous avons cherché à regrouper les meilleurs, les plus intelligents. C'est comme ça que le WICKED est né. Bien sûr, tous les membres de votre groupe ne sont pas immunisés. Certains sont des sujets témoins. Dans un essai clinique il faut toujours un groupe témoin pour pouvoir comparer les résultats.

À ces mots, Thomas éprouva un sentiment de consternation.

— Qui… ?

Il ne put aller au bout de sa question. Il avait trop peur d'entendre la réponse.

— Qui n'est pas immunisé? acheva l'homme-rat à sa place, en arquant les sourcils. Oh, je crois qu'ils le découvriront avant toi, tu sais. Mais chaque chose en son temps. Tu empestes la charogne ; nous allons commencer par te faire prendre une douche et te trouver des vêtements propres.

Là-dessus, il ramassa son dossier et se dirigea vers la porte. Il était sur le point de sortir quand Thomas retrouva sa langue.

— Attendez! cria-t-il.

Son visiteur se retourna vers lui.

— Oui?

— Dans la Terre Brûlée, pourquoi nous avoir menti en nous affirmant qu'un remède nous attendait au refuge?

L'homme-rat haussa les épaules.

— Ça n'avait rien d'un mensonge. En triomphant des Épreuves, en arrivant au refuge, vous nous avez permis de recueillir des données supplémentaires, grâce auxquelles nous finirons par découvrir un traitement. Tôt ou tard. Et pour tout le monde.

— Et pourquoi me raconter tout ça? Pourquoi maintenant? Pourquoi m'avoir gardé enfermé ici pendant des semaines? Pourquoi avoir raconté à Teresa que j'étais devenu cinglé et violent? Quel était l'intérêt?

— Les variables, expliqua l'homme-rat. Tout ce qu'on t'a fait a été soigneusement calculé par nos psys et nos médecins. Dans le but de stimuler des réactions dans la zone mortelle, où la Braise cause ses ravages. Pour étudier les schémas de tes différentes émotions et réflexions. Voir comment elles fonctionnent en présence du virus. Nous essayons de comprendre pourquoi, chez toi, il n'y a aucun effet débilitant. Le but ultime de l'expérience est d'établir les schémas de cette zone, Thomas. De cartographier tes réactions cognitives et psychologiques afin d'établir le modèle d'un traitement. Nous faisons tout ça pour le remède.

— C'est quoi, cette fameuse zone mortelle? demanda Thomas, qui s'efforçait vainement de s'en souvenir. Dites-moi seulement ça, et je marche avec vous.

— Enfin, Thomas! s'étonna son interlocuteur. J'aurais cru que la piqûre du Griffeur te l'aurait remis en mémoire. La zone mortelle est ton cerveau. C'est là que le virus s'implante et se développe. Plus la contamination est avancée, plus le sujet adopte un comportement paranoïaque et violent. Le WICKED s'appuie sur ton cerveau et sur celui de plusieurs de tes camarades pour découvrir la solution au problème. Rappelle-toi la signification de ce sigle : World In Catastrophe, Killzone Experiment Department – département Expérience de la zone mortelle. (L'homme-rat semblait très content de lui. Presque joyeux.) Viens, maintenant. Et je préfère te prévenir que nous sommes surveillés. N'essaie pas de tenter quoi que ce soit.

Thomas assimilait ce qu'il venait d'apprendre. Encore une fois, tout lui semblait logique. Cela correspondait aux souvenirs qui lui étaient revenus ces dernières semaines. Pourtant, la méfiance que lui inspiraient l'homme-rat et le WICKED lui laissait des doutes.

Il finit par se lever, refoulant ces révélations dans un coin de son cerveau où elles se classeraient toutes seules dans l'attente d'une analyse ultérieure. Sans un mot, il traversa la pièce et suivit l'homme-rat dans le couloir, abandonnant derrière lui sa cellule aux murs blancs.

*

Il se trouvait dans un bâtiment parfaitement anonyme : de longs couloirs, du carrelage au sol, des murs beiges agrémentés de photos de nature – des rouleaux s'écrasant sur une plage, un colibri en suspension au-dessus d'une fleur rouge, une forêt voilée de pluie et de brume. Des tubes fluorescents grésillaient au plafond. Bientôt, l'homme-rat s'arrêta devant une porte. Il l'ouvrit et fit signe à Thomas d'entrer. C'était un grand vestiaire où s'alignaient des casiers et des douches. L'un des casiers, ouvert, contenait des habits neufs, une paire de chaussures et même une montre.

— Je te laisse une demi-heure, annonça l'homme-rat. Attends-moi ici quand tu auras fini, je repasserai te prendre. Et nous irons retrouver tes amis.

À ce mot d'amis, l'image de Teresa apparut aussitôt dans l'esprit de Thomas. Il essaya de la contacter mentalement, mais sans résultat. Malgré le ressentiment qu'il nourrissait envers elle, son absence creusait un vide en lui. Elle représentait un lien avec son passé, et il avait la conviction qu'elle avait été sa meilleure amie. C'était l'une des rares certitudes qui lui restaient ; il envisageait difficilement d'y renoncer.

L'homme-rat hocha la tête.

— À tout à l'heure, dit-il.

Puis il sortit en fermant la porte derrière lui. Thomas resta seul une fois de plus.

Il n'avait pas d'autre objectif que de revoir ses amis ; au moins, il s'en rapprochait. Et même s'il ignorait à quoi s'attendre, il avait enfin quitté sa cellule ! Il allait prendre une douche brûlante, se décrasser un bon coup. Cette perspective le rendait heureux. Délaissant momentanément ses soucis, Thomas ôta ses vêtements sales et entreprit de se redonner figure humaine.

CHAPITRE 4

Un tee-shirt et un jean. Des chaussures de course, les mêmes que celles qu'il avait dans le Labyrinthe. Des chaussettes propres, douces au toucher. Après s'être lavé de la tête aux pieds une demi-douzaine de fois, il se sentait un autre homme. Il ne pouvait s'empêcher de penser que les choses allaient s'améliorer à partir de maintenant. Qu'il allait reprendre le contrôle de sa vie. Si seulement le miroir ne lui avait pas rappelé le tatouage qu'on lui avait attribué avant la Terre Brûlée... C'était le symbole indélébile de ce qu'il avait enduré, alors qu'il aurait tant voulu pouvoir l'oublier.

Il sortit du vestiaire et patienta, dos au mur, les bras croisés. Il se demanda si l'homme-rat allait revenir ou s'il l'avait abandonné pour le laisser déambuler au hasard, dans le cadre d'une nouvelle épreuve. À peine cette pensée l'eut-elle effleuré qu'il entendit des pas, puis vit la silhouette blanche de l'homme au visage de fouine apparaître au bout du couloir.

— Eh bien, quelle métamorphose ! commenta l'homme-rat avec un mince sourire.

Thomas envisagea mille réponses sarcastiques, mais jugea préférable de les garder pour lui. Dans l'immédiat, l'important était de recueillir le plus d'informations possible puis de rejoindre ses amis.

— Je me sens mieux, c'est sûr. Merci. (Il afficha un sourire nonchalant.) Quand est-ce que je vais revoir les autres ?

— Tout de suite, répondit l'homme-rat, indiquant la direction par laquelle il était venu et faisant signe à Thomas de le suivre. Chacun d'entre vous a subi des tests différents lors de la phase 3 des Épreuves. Nous espérions boucler l'inventaire des schémas de la zone mortelle à l'issue de la deuxième phase, mais il a fallu pousser le processus un peu plus loin. Nous avons dû improviser. Comme je te l'ai dit, nous sommes tout près de réussir. Vous allez pouvoir collaborer pleinement au processus à partir de maintenant, et nous aider à affiner les résultats, jusqu'à ce que nous trouvions la solution de l'énigme.

Thomas plissa les yeux. Il supposait que la cellule blanche avait été sa phase 3, mais qu'en était-il des autres? Car s'il avait détesté cette épreuve, il imaginait sans mal que le WICKED aurait pu lui infliger bien pire. Il souhaita ne jamais apprendre le traitement qu'on avait réservé à ses amis.

L'homme-rat arriva devant une porte. Il l'ouvrit sans hésitation et passa à l'intérieur.

Ils pénétrèrent dans un petit auditorium, et Thomas se sentit envahi par le soulagement. Éparpillés dans les rangées de sièges, ses amis attendaient, visiblement en pleine forme. Les blocards et les filles du groupe B. Minho. Poêle-à-frire. Newt. Aris. Sonya. Harriet. Tous avaient l'air très contents – en train de discuter, de sourire, de s'esclaffer –, même si certains en rajoutaient peut-être un peu. On leur avait certainement dit que les Épreuves étaient quasiment terminées, mais Thomas doutait qu'ils soient nombreux à le croire. Lui en tout cas n'y croyait pas. Pas encore.

Il chercha des yeux Jorge et Brenda : il avait très envie de revoir Brenda. Depuis qu'elle avait disparu après leur ramassage par le berg, il se faisait du souci à son sujet. Il avait peur que le WICKED ne l'ait renvoyée dans la Terre Brûlée avec Jorge, comme il avait menacé de le faire. Il ne vit aucun signe d'eux. Avant qu'il ne puisse interroger l'homme-rat à leur sujet, une voix jaillit du brouhaha et Thomas ne put s'empêcher de sourire.

— Ça alors, par tous les fondus de ce monde pourri, c'est Thomas! s'écria Minho.

Cette annonce fut suivie d'un concert d'acclamations, de hululements et de sifflets. Tiraillé entre l'inquiétude et le soulagement, Thomas continua à scruter anxieusement le visage des personnes présentes. Trop ému pour parler, il se contenta de sourire jusqu'à ce que son regard se pose sur Teresa.

Elle s'était levée de son siège au bout d'une rangée pour lui faire face. Ses cheveux noirs, propres et brillants, tombaient en cascade sur ses épaules et encadraient ses traits pâles. Ses lèvres rouges s'ouvrirent en un large sourire qui éclaira son visage et fit briller ses yeux bleus. Thomas se retint d'aller à sa rencontre, troublé par le souvenir vivace de ce qu'elle lui avait infligé et de son insistance à soutenir que le WICKED était bon malgré tout.

Est-ce que tu m'entends? lui lança-t-il mentalement, pour vérifier si leur communication télépathique était rétablie.

Mais elle ne lui répondit pas, et il ne sentait pas sa présence en lui. Ils étaient plantés là, à se dévisager, quand Minho et Newt tombèrent sur Thomas, lui donnèrent de grandes claques dans le dos, lui serrèrent vigoureusement la main et l'entraînèrent dans la pièce.

— Je suis content de voir que tu es vivant, Tommy, dit Newt sans lui lâcher la main.

Il paraissait encore plus bougon que d'habitude, surtout si on considérait qu'ils ne s'étaient pas vus depuis des semaines, mais au moins il était entier.

Minho affichait un petit sourire supérieur, mais la dureté de son regard révélait qu'il avait dû connaître des moments difficiles dont il n'était pas encore complètement remis.

— La bande des blocards, enfin réunie au complet! C'est bon de te revoir en vie, mec. Je te voyais déjà mis à mort de toutes les manières possibles et imaginables. Je t'ai manqué? Je parie que tu pleurais tous les soirs en prononçant mon nom.

— Oui, marmonna Thomas, qui avait encore un peu de mal à trouver ses mots.

Il se détacha de ses amis pour s'approcher de Teresa. Il éprouvait un besoin irrésistible de vider son sac, de faire la paix avec elle avant d'envisager la suite.

— Salut.

— Salut, répondit-elle. Ça va, toi?

Thomas hocha la tête.

— J'ai passé quelques semaines difficiles. Mais j'ai connu pire. Est-ce que tu…?

Il s'interrompit. Il avait failli lui demander si elle avait entendu ses appels télépathiques, mais il ne voulait pas donner l'impression qu'elle lui avait manqué.

— J'ai essayé, Tom. Tous les jours, j'ai essayé de te contacter. Ils ont rompu le lien entre nous, mais je crois que ça en valait la peine.

Elle lui prit la main, ce qui leur valut un concert de sifflets de la part des blocards.

Thomas s'empressa de dégager sa main, en rougissant jusqu'aux oreilles. La réponse de Teresa l'avait mis en colère, mais les autres mirent sa réaction sur le compte de la gêne.

— Rhooo, fit Minho. C'est presque aussi mignon que la fois où elle t'a collé le manche de son épieu dans la gueule.

— C'est ça, l'amour! soupira Poêle-à-frire, avant de lâcher son gros rire caverneux. On aura plutôt intérêt à se planquer quand ces deux-là auront leur première vraie dispute.

Thomas se moquait pas mal de ce qu'ils pouvaient dire, il tenait à montrer à Teresa qu'il ne lui pardonnerait pas si facilement. La confiance qui avait pu exister entre eux avant les Épreuves était morte et enterrée. Peut-être arriveraient-ils à se reparler, mais il se promit qu'à partir de maintenant il n'aurait plus confiance qu'en Minho et en Newt. Et personne d'autre.

Il allait le lui expliquer quand l'homme-rat descendit l'allée en tapant dans ses mains.

— Allez, asseyez-vous, tout le monde! On a encore deux ou trois petites choses à voir avant d'annuler l'Effacement.

Il dit cela d'un ton si naturel que Thomas faillit ne pas relever. Puis il comprit ce qu'il venait d'entendre et se figea.

Le silence s'abattit sur la salle tandis que l'homme-rat grimpait sur l'estrade et s'avançait jusqu'au pupitre. Il l'agrippa des deux côtés, eut un sourire forcé et déclara :

— Vous avez bien entendu, jeunes gens. Vous êtes sur le point de recouvrer la mémoire. Vous allez récupérer tous vos souvenirs, jusqu'au dernier.

CHAPITRE 5

Thomas était abasourdi. L'esprit en ébullition, il alla s'asseoir à côté de Minho.

Alors qu'il avait cherché si longtemps à se remémorer sa vie, sa famille et son enfance – ou simplement ce qu'il avait fait la veille de son réveil dans le Labyrinthe –, la perspective de tout retrouver en bloc dépassait son imagination. Mais à mesure qu'il s'habituait à l'idée, il se rendit compte qu'il avait changé. Tout se rappeler ne lui suffisait plus. Depuis que l'homme-rat lui avait annoncé la fin de leurs épreuves, une petite voix lui soufflait que tout cela paraissait trop facile.

L'homme-rat s'éclaircit la gorge.

— Comme on vous en a informés lors de vos entretiens individuels, les Épreuves telles que vous les avez connues sont terminées. Une fois guéris de votre amnésie, je pense que vous me croirez et nous pourrons passer à la suite. Vous avez tous été briefés sur la Braise et l'objectif des Épreuves. Nous sommes à deux doigts d'achever notre modèle de la zone mortelle. Pour ce qui nous reste à faire – affiner les éléments dont nous disposons –, nous aurons besoin de vous en pleine possession de vos moyens et nous comptons sur votre coopération. Alors, félicitations.

— J'ai bien envie de t'attraper et de te casser le nez, déclara Minho sur un ton effroyablement calme. J'en ai marre de te voir agir comme si tout se déroulait sans accroc, comme si la moitié de nos amis n'y avaient pas laissé leur peau.

— J'adorerais voir saigner ce sale petit nez de fouine! grogna Newt.

La colère qu'on sentait dans sa voix surprit Thomas. Il se demanda ce que Newt avait pu subir au cours de la phase 3.

L'homme-rat leva les yeux au plafond et soupira.

— On vous a déjà prévenus des conséquences si vous essayez de vous en prendre à moi. Je peux vous assurer que vous êtes encore sous surveillance. Par ailleurs, je suis navré que certains d'entre vous y soient restés, mais en fin de compte, ça en valait la peine. Ce qui m'inquiète, c'est que vous semblez persister à ne pas vouloir comprendre ce qui est en jeu. Nous sommes en train de parler de la survie de l'espèce humaine.

Minho prit une inspiration comme pour se lancer dans un grand discours, mais s'interrompit et referma la bouche.

Thomas était convaincu que l'homme-rat, malgré son apparente sincérité, était en train de leur tendre un piège. Il n'avait fait que ça depuis le début. Pourtant, cela ne leur servirait à rien de l'affronter à ce stade – ni en paroles, ni avec les poings. Dans l'immédiat, ils devaient surtout faire preuve de patience.

— Je propose qu'on se calme tous, dit Thomas d'une voix égale. Écoutons ce qu'il a à dire.

Poêle-à-frire intervint alors que l'homme-rat se préparait à continuer.

— Pourquoi voulez-vous qu'on vous fasse confiance à propos de... comment vous appelez ça? L'Effacement? Après tout ce que vous nous avez fait, à nous, à nos amis, vous voudriez annuler l'Effacement? Je ne crois pas. Je préfère continuer à tout ignorer de mon passé, merci bien.

— WICKED is good, murmura Teresa.

— Hein? fit Poêle-à-frire.

Tout le monde se tourna vers elle.

— WICKED is good, répéta-t-elle, plus fort, en pivotant sur son siège pour affronter le regard des autres. Le méchant est bon. De tout ce que j'aurais pu écrire sur mon bras en émergeant du coma, voilà ce que j'ai choisi de retenir. Je n'arrête pas d'y repenser ; il y a forcément une raison à ça. Alors, je serais d'avis qu'on la boucle et qu'on fasse ce qu'il nous dit. On ne pourra pas comprendre tant qu'on n'aura pas récupéré nos souvenirs.

— Je suis d'accord ! s'écria Aris, avec plus de force qu'il ne paraissait nécessaire.

Thomas se tut pendant qu'un débat animé éclatait dans la pièce, opposant principalement les blocards, qui se rangeaient derrière Poêle-à-frire, et les membres du groupe B, qui soutenaient Teresa. Ils n'auraient pas pu choisir un plus mauvais moment pour se déchirer.

— Silence ! cria l'homme-rat en frappant du poing son pupitre. (Il attendit que tout le monde se soit calmé pour continuer.) Écoutez, personne ne peut vous en vouloir de votre méfiance. On vous a poussés à la limite de la résistance humaine, vous avez vu mourir des camarades, expérimenté la terreur sous sa forme la plus pure. Mais je vous promets qu'à l'arrivée, quand vous regarderez en arrière, vous ne regretterez pas...

— Et si on est contre ? le coupa Poêle-à-frire. Si on ne tient pas à recouvrer la mémoire ?

Thomas se tourna vers son ami avec soulagement. Il se posait exactement la même question.

L'homme-rat soupira.

— Parce que vous n'avez pas envie de vous rappeler, ou parce que vous n'avez pas confiance en nous ?

— Oh, je ne vois vraiment pas pourquoi on se méfierait, ironisa Poêle-à-frire.

— Vous ne comprenez toujours pas que, si nous voulions vous faire du mal, ce serait déjà fait ? (L'homme baissa les yeux sur son pupitre, puis releva la tête.) Si vous préférez conserver l'Effacement, très bien. Restez sur la touche et regardez les autres.

Un choix ou un bluff? Thomas aurait été incapable de le dire, mais cette réponse le surprit néanmoins.

Le silence retomba sur l'auditorium, et avant que quiconque n'ait pu dire quoi que ce soit, l'homme-rat se dirigea vers la porte du fond. En l'atteignant, il se retourna vers eux une dernière fois.

— Vous tenez vraiment à passer le reste de votre vie sans rien vous rappeler de vos parents? De votre famille, de vos amis? Vous seriez prêts à renoncer aux bons souvenirs que vous avez d'avant cette expérience? Parfait. Mais sachez que l'occasion ne se représentera peut-être pas.

Thomas soupesa la décision. Il aurait bien voulu se remémorer sa famille, certes. Il y avait souvent pensé. Mais il commençait à connaître le WICKED. Et il n'avait pas l'intention de tomber dans un autre de ses pièges. Il se battrait jusqu'au bout pour empêcher ces gens de lui trafiquer le cerveau encore une fois. Quel crédit pourrait-il accorder aux souvenirs qu'on lui rendrait, de toute manière?

Et puis, il y avait ce qu'il avait ressenti quand l'homme-rat leur avait annoncé que le WICKED annulerait l'Effacement. Outre le fait qu'il ne pourrait pas se fier à la mémoire que lui rendrait le WICKED, il avait peur. Si tout ce qu'il avait appris jusque-là était vrai, il ne tenait pas à replonger dans son passé. Il ne comprenait pas la personne qu'il avait soi-disant été. Surtout, il ne l'aimait pas du tout.

Il regarda l'homme-rat ouvrir la porte et quitter la salle. Aussitôt après son départ, il se pencha entre Minho et Newt de manière à ce qu'eux seuls puissent l'entendre.

— Pas question d'entrer dans leur jeu. Je refuse.

Minho lui pressa l'épaule.

— Pareil. D'ailleurs, même si j'avais confiance, pourquoi est-ce que je voudrais me souvenir? Regardez Ben et Alby, ce que ça leur a fait.

Newt hocha la tête.

— Il va falloir agir, et vite. Je crois que je vais démolir quelques-uns de ces tocards, je me sentirai mieux après.

Thomas acquiesça de la tête, tout en sachant qu'ils devaient rester prudents.

— Pas trop vite quand même, prévint-il. On n'a pas intérêt à se rater. Mieux vaut attendre le bon moment.

Ce sentiment lui était devenu si étranger que Thomas s'étonna de l'éprouver : il sentait une grande force s'écouler en lui. Il était de nouveau en compagnie de ses amis, et les Épreuves étaient finies, pour de bon. Quoi qu'il advienne, ils ne seraient plus les pions du WICKED.

Ils se levèrent et se dirigèrent vers la porte. Au moment de poser la main sur la poignée, Thomas se figea. Consterné par ce qu'il entendait. Le reste du groupe continuait à parler, et la plupart des autres avaient choisi de recouvrer la mémoire.

*

L'homme-rat les attendait hors de l'auditorium. Il les entraîna le long d'une succession de couloirs aveugles jusqu'à une grande porte en acier. Fermée par un verrou imposant, elle paraissait hermétiquement scellée. Leur guide appliqua une carte magnétique contre un renfoncement dans l'acier et, après quelques déclics, le battant métallique coulissa avec un grincement qui n'était pas sans rappeler les portes du Labyrinthe.

Une autre porte apparut derrière ; une fois le groupe massé dans le sas, l'homme-rat referma la première porte avant de déverrouiller la deuxième avec la même carte. Ils découvrirent une vaste salle : mêmes carrelage et murs beiges que dans les couloirs, de nombreux casiers et plans de travail, ainsi que plusieurs lits alignés contre le mur du fond, surmontés chacun d'un appareillage étrange et inquiétant, sorte de masque en métal luisant relié à des tubes en plastique. Thomas se voyait mal autoriser qui que ce soit à lui installer ça sur le visage.

L'homme-rat indiqua les lits.

— C'est ici que nous allons annuler votre Effacement, annonça-t-il. Ne vous inquiétez pas, je sais que le matériel a l'air impressionnant, mais la procédure n'est pas aussi douloureuse qu'on pourrait le croire.

— Pas aussi douloureuse? répéta Poêle-à-frire. Drôlement rassurant.

— Je ne vais pas vous raconter que vous ne sentirez rien, nous parlons quand même de chirurgie, répliqua l'homme-rat en s'approchant d'une grosse machine à gauche des lits, bardée de voyants clignotants, de boutons et d'écrans de contrôle. Il s'agit de vous retirer un petit appareil implanté dans la partie de votre cerveau consacrée à la mémoire à long terme. Mais c'est sans danger, je vous le promets.

Il pressa différents boutons, et un grésillement s'éleva dans la pièce.

— Minute, dit Teresa. Est-ce que vous allez aussi nous retirer ce qui vous permet de nous contrôler?

L'image de Teresa à l'intérieur de la cabane dans la Terre Brûlée revint à Thomas. Ainsi que celle d'Alby, se cabrant sur son lit à la ferme. Ou celle de Gally en train de poignarder Chuck. Tous avaient été sous le contrôle du WICKED. Pendant une fraction de seconde, Thomas hésita : pouvait-il se permettre de rester à leur merci? Ne ferait-il pas mieux d'accepter l'opération? Puis son doute s'évanouit. C'était une question de méfiance. Il refusait de s'en remettre à eux.

Teresa continua :

— Et concernant, heu…

Elle s'interrompit, en regardant Thomas.

Il savait à quoi elle pensait. À leur capacité de communication télépathique. Sans parler de ce qui allait avec : cette sensation étrange de la présence de l'autre quand tout fonctionnait normalement, presque comme s'ils partageaient un seul et même cerveau. L'idée de perdre ce pouvoir plut beaucoup à Thomas. Peut-être que la sensation de manque causée par l'absence de Teresa disparaîtrait aussi.

Teresa se racla la gorge et reprit :

— Est-ce que vous allez tout nous retirer ? Vraiment tout ?

L'homme-rat fit oui de la tête.

— Tout, sauf le minuscule appareil qui nous permet d'enregistrer vos schémas cérébraux. Et pas la peine de préciser à quoi tu penses, parce que je le lis dans tes yeux : oui, Thomas, Aris et toi ne pourrez plus profiter de votre petit avantage. Nous l'avons coupé temporairement, mais là, vous le perdrez pour toujours. Par contre, vous retrouverez votre mémoire à long terme et nous ne serons plus en mesure de vous manipuler. C'est une offre globale, j'en ai peur. À prendre ou à laisser.

Les autres s'agitèrent, inquiets, en se murmurant des questions à voix basse. Les esprits étaient en ébullition. Il y avait tant de choses à considérer, tant d'implications à prendre en compte. Tellement de raisons d'en vouloir au WICKED. Mais chez la plupart, le sentiment de colère semblait avoir cédé la place à l'impatience d'en finir.

— Bon, eh bien, je crois que nous sommes prêts, annonça l'homme-rat. Un dernier détail, quand même. Il faut que je vous dise une chose avant que vous ne retrouviez la mémoire. Ce sera plus facile si vous l'apprenez de ma bouche plutôt que… qu'en vous rappelant le protocole de test.

— De quoi est-ce que vous parlez ? voulut savoir Harriet.

L'homme-rat croisa les mains dans le dos, le visage grave.

— Certains d'entre vous sont immunisés contre la Braise. Mais… pas tous. Je vais vous lire la liste. Essayez de prendre ça le plus calmement possible, s'il vous plaît.

CHAPITRE 6

Un lourd silence s'installa dans la pièce, à peine troublé par le bourdonnement de la machine et son bip régulier. Thomas savait qu'il faisait partie des immunisés mais ignorait qui étaient les autres. La peur abjecte qu'il avait éprouvée en apprenant que tous ne l'étaient pas lui revint en force.

— Pour qu'un essai clinique produise des résultats fiables, expliqua l'homme-rat, on a besoin d'un groupe témoin. Nous avons fait le maximum pour vous protéger du virus le plus longtemps possible. Malheureusement, il circule dans l'air et il est hautement contagieux.

Il s'interrompit, le temps de croiser le regard de chacun.

— Crachez le morceau, grogna Newt. On a compris depuis longtemps qu'on était tous contaminés. Vous n'allez pas nous briser le cœur.

Thomas s'aperçut que Teresa s'agitait à côté de lui. Était-elle au courant, elle aussi ? Il supposa qu'elle devait être immunisée, comme lui, sans quoi le WICKED ne leur aurait pas attribué des rôles spéciaux.

L'homme-rat s'éclaircit la voix.

— D'accord, d'accord. La plupart d'entre vous sont immunisés et nous ont aidés à rassembler des données inestimables. Seuls deux d'entre vous sont considérés comme des Candidats potentiels, mais j'y reviendrai plus tard. Passons à la liste, maintenant. Les personnes suivantes ne sont pas immunisées : Newt...

Thomas eut la sensation d'avoir pris un coup en plein thorax. Il se plia en deux et fixa le sol. L'homme-rat énuméra d'autres noms, mais Thomas leur prêta à peine attention, submergé par le bourdonnement qui lui emplissait les oreilles et lui obscurcissait les idées. Sa propre réaction le surprit : il ne s'était pas rendu compte à quel point il tenait à Newt avant cette déclaration. Une révélation le frappa : l'homme-rat expliquait que les sujets témoins représentaient en quelque sorte la colle qui soudait les différentes données du projet en un tout cohérent et pertinent.

La Colle. C'était le titre donné à Newt par son tatouage dans le cou, pareil à une cicatrice noire.

— Ho, Tommy, secoue-toi un peu !

Thomas releva la tête et découvrit Newt planté devant lui, les bras croisés, affichant un sourire forcé. Il se redressa.

— Que je me secoue ? Ce vieux tocard vient de nous apprendre que tu n'es pas immunisé. Comment veux-tu que je... ?

— Je me fiche pas mal d'avoir la Braise, mec. Je n'aurais jamais cru vivre aussi longtemps, de toute manière, sans compter que notre vie n'a rien de particulièrement drôle.

Thomas n'aurait pas su dire si son ami était sérieux ou s'il s'efforçait simplement de jouer les durs. Mais devant son rictus insistant, il s'obligea à sourire à son tour.

— Bon ! Si ça ne te dérange pas de devenir cinglé et de vouloir dévorer les petits enfants, on ne va pas pleurer sur ton sort.

— Je ne te le fais pas dire, conclut Newt, mais son sourire s'effaça.

Thomas tourna son attention vers le reste de l'assistance. L'un des blocards – un dénommé Jackson, qu'il ne connaissait pas très bien – regardait droit devant lui, les yeux vides ; un autre tâchait de dissimuler ses larmes. L'une des filles du groupe B sanglotait, les yeux rougis ; deux de ses amies tentaient de la réconforter.

— Je tenais à ce que ce soit clair, dit l'homme-rat. Ceux d'entre vous qui ne sont pas immunisés n'en sont qu'aux premiers stades de la maladie. J'ai la conviction que nous serons en mesure de vous proposer un traitement avant qu'il ne soit trop tard.

— Et si vous ne trouvez pas de traitement ? demanda Minho.

L'homme-rat l'ignora. Il s'approcha du premier lit et posa la main sur l'instrument métallique étrange suspendu au plafond.

— Voici un équipement dont nous sommes très fiers, une prouesse technique et médicale remarquable. On appelle cela un rétracteur ; c'est lui qui va faire tout le travail. On le placera sur votre visage, et je vous garantis que vous serez toujours aussi beaux après l'opération. Des filaments vont en sortir et s'enfoncer dans votre tête par les canaux de l'oreille. Ils se chargeront de retirer l'implant de votre cerveau. Le personnel médical vous administrera un sédatif pour vous détendre ainsi qu'un produit pour atténuer la sensation.

Il promena un regard circulaire sur la pièce.

— Vous tomberez dans une sorte de transe le temps que vos terminaisons nerveuses se réparent et que vos souvenirs vous reviennent. Ce sera un peu comme ce que vous appeliez la Transformation, dans le Labyrinthe, mais pas en aussi violent, je vous le promets. Nous disposons de plusieurs salles comme celle-ci, et de toute une équipe de médecins qui vous attendent. Alors je suis sûr que vous avez des millions de questions à poser, mais comme la plupart d'entre elles trouveront leurs réponses dans vos propres souvenirs, je vais attendre la fin de l'opération pour assouvir votre curiosité.

L'homme-rat marqua une pause, puis conclut :

— Donnez-moi juste un petit moment pour m'assurer que nos équipes sont prêtes. Profitez-en pour prendre votre décision.

Il traversa la pièce dans un silence à peine troublé par le froissement d'étoffe des jambes de son pantalon et sortit par la première porte blindée, qu'il referma derrière lui. Puis tout le monde se mit à parler en même temps.

Teresa s'approcha de Thomas, suivie de près par Minho. Ce dernier se pencha pour se faire entendre dans la cacophonie.

— C'est vous deux qui en savez le plus et qui vous rappelez le plus de choses. Teresa, ce n'est pas un secret, je ne t'aime pas. Mais je tiens quand même à savoir ce que tu en penses.

Thomas était curieux lui aussi d'entendre l'avis de son ex-amie. Il lui adressa un hochement de tête et attendit sa réponse. Au fond de lui, il espérait bêtement qu'elle prendrait enfin position contre le WICKED.

— On devrait le faire, dit Teresa. (Thomas n'en fut pas surpris ; son mince espoir s'éteignit pour de bon.) Pour moi, c'est la seule solution. On a besoin de retrouver la mémoire pour avoir une vision d'ensemble. Et décider ce qu'on veut faire ensuite.

Le cerveau de Thomas travaillait à plein régime.

— Teresa, je sais bien que tu n'es pas idiote. Seulement, tu as toujours été à fond derrière le WICKED. Je ne sais pas exactement ce que tu manigances mais je ne marche pas.

— Moi non plus, dit Minho. Ils ont les moyens de nous manipuler, de nous trafiquer la cervelle, nom de Dieu ! Comment voulez-vous qu'on sache si ce sont bien nos souvenirs qu'ils nous rendront, ou s'ils se contenteront de nous en implanter de nouveaux ?

Teresa soupira.

— Vous êtes complètement à côté de la plaque ! S'ils peuvent vraiment faire de nous ce qu'ils veulent, pourquoi se donner tant de mal pour nous laisser le choix ? En plus, ils ont dit qu'ils nous retireraient aussi la partie qui leur permet de nous contrôler, justement. J'ai l'impression qu'ils sont sincères.

— Bof, je n'ai jamais eu confiance en toi de toute manière,

dit Minho en secouant la tête. Et en eux encore moins. Je suis de l'avis de Thomas.

— Et Aris ? (Newt s'était montré si discret que Thomas ne l'avait pas entendu s'approcher en compagnie de Poêle-à-frire.) Tu nous as bien dit qu'il était avec vous avant que vous ne débarquiez dans le Labyrinthe ? Qu'est-ce qu'il en pense, lui ?

Thomas fouilla la pièce du regard et découvrit Aris en grande conversation avec plusieurs de ses amies du groupe B. Il traînait sans arrêt avec elles, ce qui paraissait logique, vu qu'il avait subi l'expérience du Labyrinthe dans leur groupe. Mais Thomas ne pourrait jamais lui pardonner l'aide qu'il avait apportée à Teresa dans la Terre Brûlée, en l'attirant dans la grotte.

— Je vais lui demander, proposa Teresa.

Thomas et ses amis la regardèrent s'éloigner. Elle et son petit groupe échangèrent bientôt des murmures furieux.

— Je déteste cette gonzesse, déclara Minho.

— Arrête, elle n'est pas si mal, plaida Poêle-à-frire.

Minho leva les yeux au plafond.

— En tout cas, si elle marche, moi je refuse.

— Moi aussi, approuva Newt. Et pourtant j'ai la Braise, alors j'ai plus à perdre que n'importe qui. Mais je ne veux plus rentrer dans leur sale petit jeu.

Thomas, pour sa part, avait déjà pris sa décision.

— Écoutons simplement ce qu'elle va nous dire. La voilà qui revient.

La discussion entre Aris et Teresa n'avait pas duré longtemps.

— Il est encore plus convaincu que moi, leur dit-elle. Ils sont tous d'accord.

— Bon, ça tranche la question pour moi, annonça Minho. Si Aris et Teresa sont pour, je suis contre.

Thomas n'aurait pas dit mieux. Son instinct lui soufflait que Minho avait raison, mais il se garda de formuler son opinion à voix haute. Il préféra scruter le visage de Teresa. Celle-ci se tourna vers lui avec une expression qu'il connaissait bien : elle s'attendait à ce qu'il se range derrière elle. Le problème, c'est qu'il doutait désormais des raisons qui la poussaient à rechercher son approbation.

Il la fixa en s'appliquant à rester indifférent, et vit son visage se décomposer.

— Comme vous voudrez, dit-elle.

Elle secoua la tête et s'éloigna.

Malgré tout, Thomas ressentit un pincement au cœur en la voyant se retirer à l'autre bout de la pièce.

— Les mecs, dit Poêle-à-frire, on ne va quand même pas les laisser nous coller ça sur la figure, hein ? Je préférerais encore retourner dans ma cuisine à la ferme !

Newt attrapa Thomas et Minho par le bras et les entraîna à l'écart.

— J'en ai assez entendu. Pas question que je m'allonge sur l'un de ces lits.

Minho lui pressa l'épaule.

— Moi non plus.

— Pareil pour moi, dit Thomas.

Puis il formula enfin ce qui le travaillait depuis des semaines.

— On va faire profil bas, comme si on était d'accord pour jouer leur jeu, murmura-t-il. Mais à la première occasion, on leur rentre dans le lard et on se tire d'ici !

CHAPITRE 7

L'homme-rat revint avant que Newt ou Minho n'aient pu réagir. À en juger par leur expression, cependant, Thomas était sûr de pouvoir compter sur eux à cent pour cent.

D'autres personnes les rejoignirent dans la pièce, et Thomas porta son attention sur ce qui se passait. Les nouveaux venus étaient tous vêtus d'une sorte de combinaison ample de couleur verte barrée du sigle WICKED en travers du torse. Thomas fut frappé de constater à quel point chaque détail de cette expérience avait été soigneusement pensé. Le nom de l'organisation des Créateurs était-il lui-même l'une des variables? Un mot chargé de menace, pour représenter une entité dont ils affirmaient par ailleurs qu'elle était bonne? C'était sans doute une pique de plus pour voir ce qu'ils ressentaient.

Depuis le début, ils n'arrêtaient pas de jouer aux devinettes.

Les médecins prirent place chacun auprès d'un lit. Ils entreprirent de manipuler les masques accrochés au plafond, en réglant la longueur des tubes, en actionnant des molettes et des boutons que Thomas ne voyait pas.

— Nous vous avons assigné vos couchettes, annonça l'homme-rat en consultant une feuille sur la tablette à pince qu'il avait rapportée avec lui. Ceux qui restent dans cette pièce sont... (Il énuméra plusieurs noms, dont ceux de Sonya et d'Aris, mais pas celui de Thomas ni d'aucun des blocards.) Ceux que je n'ai pas appelés, suivez-moi, s'il vous plaît.

La situation prenait une tournure bizarre, trop banale, trop désinvolte pour la gravité de l'enjeu. Thomas décida de suivre le mouvement en attendant le moment opportun.

Ils accompagnèrent l'homme-rat hors de la pièce et suivirent un long couloir avant de s'arrêter devant une porte. Leur guide lut d'autres noms sur sa liste, et cette fois Newt et Poêle-à-frire en faisaient partie.

— Ne comptez pas sur moi, déclara Newt. Vous avez dit qu'on pouvait choisir, eh bien, je refuse.

Il lança à Thomas un regard furibond qui semblait indiquer qu'ils feraient mieux d'agir vite avant qu'il ne devienne cinglé.

— Parfait, répliqua l'homme-rat. Tu finiras bien par changer d'avis. Reste avec moi en attendant qu'on ait fini de répartir les autres.

— Et toi, Poêle-à-frire ? demanda Thomas, tâchant de cacher sa surprise devant le manque d'insistance de l'homme-rat.

Le cuisinier eut soudain l'air gêné.

— Je… je crois que je vais opter pour l'opération.

Thomas encaissa le choc.

— Tu es cinglé ! s'exclama Minho.

Poêle-à-frire secoua la tête, adoptant une attitude défensive.

— J'ai envie de me souvenir. Faites votre choix ; laissez-moi faire le mien.

— Continuons, dit l'homme-rat.

Poêle-à-frire s'engouffra dans la pièce en hâte, pour couper court à la discussion. Thomas dut le laisser partir. Dans l'immédiat, il devait avant tout se préoccuper de lui-même et trouver un moyen de s'en sortir. Avec un peu de chance il pourrait revenir délivrer les autres ensuite.

L'homme-rat n'appela pas Minho, Teresa ni Thomas avant qu'ils ne soient devant la dernière porte, en compagnie d'Harriet et de deux autres filles du groupe B. Jusque-là, Newt avait été le seul à refuser l'opération.

— Non, merci, dit Minho quand l'homme-rat leur fit signe de passer la porte. Mais j'apprécie l'invitation. Vous vous mettez vraiment en quatre pour vos visiteurs.

Il lui adressa une courbette moqueuse.

— Ne comptez pas sur moi non plus, annonça Thomas.

Il éprouva un frisson d'excitation. Ils allaient bientôt devoir passer à l'action, tenter quelque chose.

L'homme-rat le dévisagea longuement, avec une expression indéchiffrable.

— Tout va bien, monsieur l'homme-rat? s'inquiéta Minho.

— Je suis le directeur adjoint Janson, rétorqua l'homme d'une voix crispée, comme s'il avait du mal à conserver son calme. (Il ne quitta pas Thomas des yeux un seul instant.) Témoignez un peu plus de respect à vos aînés.

— Arrêtez de traiter les gens comme des rats de laboratoire et j'y réfléchirai, promit Minho. Pourquoi vous matez Thomas comme ça?

L'homme-rat finit par se tourner vers Minho.

— Parce qu'il y a beaucoup d'éléments à prendre en considération. (Il marqua une pause, puis se redressa.) Mais ça ne fait rien. Nous avons affirmé que vous auriez le choix, et nous nous y tiendrons. Passez tous à l'intérieur, et nous pourrons commencer avec ceux qui veulent bien participer.

Une fois de plus, Thomas fut parcouru d'un frisson. Le moment approchait. Il le sentait. Et à en juger par son expression, Minho le sentait aussi. Ils échangèrent un hochement de tête discret et suivirent l'homme-rat dans la pièce.

Celle-ci ressemblait en tout point à la première, avec six lits, les masques et tout le reste. La machine qui contrôlait l'ensemble bourdonnait déjà. Une personne en combinaison verte de médecin se tenait au chevet de chaque lit.

Thomas jeta un regard circulaire sur la pièce et retint son

souffle. Debout à côté du dernier lit, habillée tout en vert, se tenait Brenda. Elle avait l'air beaucoup plus jeune que les autres, fraîche et plus propre qu'il ne l'avait jamais vue dans la Terre Brûlée. Elle lui adressa un petit signe de tête, regarda brièvement l'homme-rat, puis, avant que Thomas n'ait le temps de réagir, elle traversa la pièce et se jeta à son cou. Il lui rendit son étreinte, complètement abasourdi mais sans aucune envie de la repousser.

— Brenda, qu'est-ce qui te prend ? aboya Janson. Retourne à ta place !

Elle posa ses lèvres contre l'oreille de Thomas et lui murmura, si bas qu'il l'entendit à peine :

— Ne leur fais pas confiance. Ne fais confiance à personne. Sauf à moi et à la chancelière Paige. À personne d'autre, jamais.

— Brenda ! hurla presque l'homme-rat.

Elle se détacha de lui et recula.

— Désolée, s'excusa-t-elle. Je suis si heureuse de voir qu'il a survécu à la phase 3...

Elle regagna sa place et se retourna face à eux, le visage neutre.

Janson la foudroya du regard.

— Si tu crois que nous avons le temps pour ce genre de choses...

Incapable de détourner les yeux de la jeune fille, Thomas ne savait plus quoi penser. Il n'avait aucune confiance dans le WICKED, son avertissement les plaçait donc dans le même camp. Mais dans ce cas, pourquoi semblait-elle travailler avec eux ? Il la croyait contaminée. Et qui était cette chancelière Paige ? S'agissait-il d'un autre test ? D'une autre variable ?

Une sensation puissante l'avait envahi pendant leur étreinte. Il repensa au bref contact télépathique qu'ils avaient eu, Brenda et lui, après qu'on l'avait enfermé dans la pièce blanche. Elle l'avait prévenu que les choses allaient mal tourner. Il ne comprenait toujours pas comment elle avait fait. Était-elle vraiment de son côté?

Teresa, qui n'avait pas prononcé un mot depuis leur départ de la première pièce, s'approcha de lui, interrompant le cours de ses pensées.

— Qu'est-ce qu'elle fabrique ici? murmura-t-elle, du venin dans la voix. (Désormais, tout ce qu'elle pouvait dire ou faire portait sur les nerfs de Thomas.) Je la prenais pour une fondue.

— Aucune idée, grommela Thomas.

Des images fugaces de son errance avec Brenda dans la ville en ruine lui revinrent en mémoire. Curieusement, cet endroit lui manquait. Il avait apprécié ces moments passés seul avec elle.

— Peut-être que... qu'elle m'a simplement balancé une nouvelle variable.

— Tu crois qu'elle était dans le coup? Qu'on l'avait envoyée dans la Terre Brûlée pour veiller à ce que tout se passe bien?

— Probablement.

Thomas en avait mal au cœur. Il paraissait logique que Brenda ait été de mèche avec le WICKED depuis le début. Mais cela voulait dire qu'elle lui avait menti, encore et encore. Il aurait tellement voulu qu'elle soit différente.

— Je ne l'aime pas, avoua Teresa. Je lui trouve un air... hypocrite.

Thomas se retint de lui hurler dessus. Ou d'éclater de rire. Il se contenta de lui déclarer calmement :

— Va donc les laisser jouer avec ton cerveau.

L'aversion de Teresa pour Brenda était peut-être la meilleure incitation possible à lui faire confiance.

Teresa le dévisagea durement.

— Juge-moi si ça t'amuse. Je fais simplement ce qui me paraît le mieux.

Puis elle s'écarta de lui, pour attendre les instructions de l'homme-rat.

Janson assigna les volontaires à leurs lits tandis que Thomas,

Newt et Minho se tenaient en retrait et observaient. Thomas jeta un coup d'œil vers la porte, en se demandant s'ils ne devraient pas essayer de s'enfuir. Il était sur le point de décocher un petit coup de coude à Minho quand l'homme-rat s'adressa à eux comme s'il avait lu dans ses pensées :

— On vous surveille, les trois rebelles. N'essayez pas de tenter quoi que ce soit. Des vigiles armés vont arriver d'un instant à l'autre.

Thomas eut la sensation troublante qu'on avait effectivement lu dans son esprit. En étaient-ils capables, grâce à ses schémas cérébraux recueillis avec tant de soin ?

— C'est des conneries, souffla Minho en voyant Janson ramener son attention sur les personnes en train de s'allonger sur les lits. On devrait tenter notre chance ; on verra bien ce qui se passera.

Au lieu de répondre, Thomas regarda Brenda. Le regard rivé au sol, elle paraissait plongée dans ses pensées. Il avait très envie d'une discussion en tête à tête avec elle. Et pas uniquement à cause de ce qu'elle lui avait dit.

Des bruits de pas précipités retentirent dans le couloir. Trois hommes et deux femmes firent irruption dans la pièce, habillés en noir, bardés de matériel – cordes, outils, munitions. Tous brandissaient des armes massives que Thomas fixa avec ébahissement. Elles éveillaient un vague écho chez lui, et pourtant, on aurait dit qu'il les voyait pour la première fois. Elles émettaient une lueur bleutée – leur canon central transparent était bourré de grenades métalliques crépitant d'électricité – et les vigiles les pointaient droit sur ses amis et lui.

— On a trop attendu, bon sang ! murmura Newt avec colère.

Thomas était certain qu'une opportunité se présenterait bientôt.

— Ils nous seraient tombés dessus dans le couloir de toute manière, répondit-il à voix basse, sans presque bouger les lèvres. Sois patient.

Janson s'approcha des vigiles. Il indiqua l'une de leurs armes.

— On appelle ça des lanceurs. Ces agents n'hésiteront pas à s'en servir si vous nous créez des difficultés. Ça ne vous tuera pas, mais croyez-moi, vous passerez les cinq minutes les plus désagréables de toute votre vie.

— Qu'est-ce qui vous prend ? s'indigna Thomas, surpris de ne pas éprouver plus de peur. Vous aviez promis de nous laisser le choix. Pourquoi rameuter vos gorilles ?

— Parce que je me méfie de vous. (Janson marqua une pause, le temps de choisir chacun de ses mots avec précision.) Nous espérions pouvoir compter sur votre collaboration une fois que vous auriez récupéré vos souvenirs. Ça aurait rendu la suite beaucoup plus facile. Mais je ne vous ai jamais dit que nous n'avions plus besoin de vous.

— Vous nous avez encore menti, quoi, résuma Minho. Quelle surprise !

— Je ne vous ai pas menti. Vous avez fait votre choix, vous allez devoir vivre avec. (Janson indiqua la porte.) Gardes, escortez Thomas et les deux autres jusqu'à leur chambre, où ils pourront réfléchir à la situation en attendant les tests de demain matin. Employez la force si nécessaire.

CHAPITRE 8

Les deux gardes femmes levèrent leurs armes encore plus haut, le canon béant pointé droit sur les trois garçons.

— Ne nous obligez pas à nous en servir, prévint l'une d'elles. Vous n'avez aucune marge d'erreur. Au premier geste de travers, on appuie sur la gâchette.

Les trois autres gardes mirent leurs lanceurs en bandoulière puis s'approchèrent des blocards. Thomas éprouvait un calme étrange, découlant en partie de sa détermination farouche à se battre jusqu'au bout de ses forces, ainsi qu'un sentiment de satisfaction à voir le WICKED envoyer cinq vigiles armés pour maîtriser trois adolescents.

Le type qui empoigna Thomas par le bras était deux fois plus costaud que lui. Il franchit la porte et partit d'un pas vif dans le couloir en tirant Thomas derrière lui. Ce dernier jeta un coup d'œil par-dessus son épaule et vit un autre garde traîner à moitié Minho sur le sol, suivi de Newt, qui se débattait vainement.

Les garçons furent emmenés ainsi le long d'une succession de couloirs, sans autres bruits que les protestations de Minho. Thomas essaya bien de lui dire que cela ne servait à rien, mais Minho l'ignora et continua à lutter bec et ongles jusqu'à ce que les gardes s'arrêtent devant une porte.

L'une des femmes se servit d'une clé magnétique pour déverrouiller la porte. Elle l'ouvrit, dévoilant une petite chambre avec quatre lits superposés, une kitchenette ainsi qu'une table et des chaises dans un coin. Thomas ne s'attendait pas à cela ; il avait plutôt imaginé une sorte de gnouf, comme celui du Bloc, avec son sol crasseux et sa chaise défoncée.

— Entrez là-dedans, ordonna la femme. On vous apportera à manger tout à l'heure. Estimez-vous heureux qu'on ne vous laisse pas crever de faim quelques jours, vu votre comportement. Les tests commencent demain, alors je vous conseille de dormir.

Les trois vigiles hommes poussèrent les blocards dans la pièce et claquèrent la porte derrière eux ; le déclic du verrou résonna dans l'air.

La sensation d'emprisonnement que Thomas avait connue dans sa cellule lui revint aussitôt. Il se jeta sur la porte et secoua le bouton de toutes ses forces. Il martela le battant avec ses poings, en hurlant à pleins poumons qu'on les laisse sortir.

— Écrase, maugréa Newt dans son dos. Tu crois vraiment que quelqu'un va venir nous ouvrir ?

Thomas pivota avec colère, mais face à son ami il s'immobilisa. Minho intervint avant qu'il ne puisse ouvrir la bouche.

— J'ai l'impression qu'on a raté notre chance, dit-il en se laissant choir sur l'un des lits du bas. On sera vieux ou morts avant que l'occasion idéale ne se présente, Thomas. Ce n'est pas comme s'ils allaient faire une annonce : « Attention, nous allons être très occupés pendant les dix prochaines minutes, ce serait le bon moment pour vous évader. » Il faudra bien qu'on prenne un risque tôt ou tard.

Même s'il en coûtait à Thomas de le reconnaître, son ami avait raison. Ils auraient dû tenter le tout pour le tout avant l'apparition des gardes.

— Désolé. Je ne le sentais pas. Et une fois qu'ils nous agitaient leurs armes sous le nez, c'était trop tard pour essayer quoi que ce soit.

— Oui, bah…, fit Minho. En tout cas, c'était touchant, tes retrouvailles avec Brenda.

Thomas inspira profondément.

— Elle m'a dit quelque chose.

Minho se redressa.

— Comment ça?

— Elle m'a recommandé de ne pas me fier à eux, de n'avoir confiance qu'en elle, et en une certaine chancelière Paige.

— Qu'est-ce que c'est que ça, encore? demanda Newt. Elle travaille pour le WICKED, non? Elle nous a bien joué la comédie, dans la Terre Brûlée.

— Oui, elle ne vaut pas mieux que les autres, renchérit Minho.

Thomas n'était pas d'accord. Mais il ne se l'expliquait pas lui-même et pouvait encore moins le justifier auprès de ses amis.

— Écoutez, j'ai travaillé pour eux, moi aussi, et pourtant vous avez confiance en moi, non? Ça ne veut rien dire. Peut-être qu'on lui a forcé la main, ou peut-être qu'elle a changé. Je ne sais pas.

Minho plissa les yeux, comme s'il réfléchissait, mais ne dit rien. Newt s'assit à même le sol et croisa les bras comme un enfant boudeur.

Thomas secoua la tête. Il en avait assez de se creuser la cervelle. Il alla ouvrir le petit réfrigérateur. Il trouva du fromage et du raisin, qu'il partagea avec ses amis; il engloutit sa part en quelques bouchées avant d'avaler d'un trait une bouteille de jus de fruits. Les autres l'imitèrent sans prononcer un mot.

Une femme leur apporta bientôt des assiettes de travers de porc et de pommes de terre qu'ils dévorèrent également. C'était le début de soirée d'après la montre de Thomas, mais il n'avait absolument pas sommeil. Assis sur une chaise, il s'interrogea longuement sur la suite des événements. Il se sentait fautif de n'avoir rien tenté, mais cela ne lui soufflait pas de solution pour autant.

Minho fut le premier à parler depuis qu'on leur avait apporté à manger.

— Peut-être qu'on ferait mieux de leur donner ce qu'ils veulent. Et un de ces jours on sera tous assis ensemble, tranquilles et gras comme des cochons.

Thomas savait qu'il n'en pensait pas un mot.

— Oui, et peut-être que tu pourrais te trouver une copine, une fille gentille qui travaillerait ici, avec laquelle tu pourrais te marier et avoir des enfants. Juste à temps pour voir le monde se noyer sous une marée de fous furieux.

Minho poursuivit dans la même veine.

— Le WICKED va bien finir par mettre au point son foutu modèle, et après, on vivra tous heureux jusqu'à la fin des temps.

— Vous n'êtes pas drôles, bougonna Newt. Même s'ils découvraient un remède, vous avez vu à quoi ça ressemble, dehors, dans la Terre Brûlée. Il faudra un sacré bout de temps avant que les choses ne reviennent à la normale. Même en supposant que ce soit possible, on ne sera plus là pour le voir.

— Après tout ce qu'ils nous ont fait, je ne crois plus un mot de ce qu'ils nous racontent, dit Thomas.

Il n'arrivait pas à accepter ce qu'il avait appris sur Newt, son ami, qui aurait fait n'importe quoi pour les autres. On lui avait annoncé qu'il était condamné à mort dans le seul but d'observer ce qui se passerait.

— Ce type, Janson, il croit savoir ce qu'il fait, continua Thomas. Il est persuadé d'agir pour la bonne cause. Que l'espèce humaine va finir par s'éteindre à moins qu'on ne commette le pire pour la sauver. Même les quelques personnes immunisées ne feraient sans doute pas de vieux os dans un monde où quatre-vingt-dix-neuf pour cent de la population sont constitués de tueurs psychotiques.

— Où veux-tu en venir ? demanda Minho.

— Ce que je veux dire, c'est qu'avant qu'on m'efface la mémoire je croyais probablement à ces conneries. Mais plus maintenant.

Et ce qui le terrifiait le plus, c'était l'idée que recouvrer la mémoire risquait de le faire changer d'avis là-dessus.

— Alors essayons de ne pas gâcher notre prochaine chance, Tommy, dit Newt.

— Demain, proposa Minho. D'une manière ou d'une autre.

Thomas les dévisagea longuement l'un et l'autre.

— D'accord. D'une manière ou d'une autre.

Newt bâilla, déclenchant une réaction similaire chez les deux autres.

— Dans ce cas, on ferait mieux de la boucler et de roupiller un peu.

CHAPITRE 9

Il lui fallut plus d'une heure, les yeux ouverts dans le noir, mais Thomas finit par s'endormir. Et quand il le fit, ses rêves brassèrent pêle-mêle des images et des souvenirs épars.

*

Une femme, assise à une table, sourit en le regardant droit dans les yeux par-dessus la surface de bois poli. Il la regarde soulever une tasse d'un liquide fumant et en boire prudemment une gorgée. Nouveau sourire. Puis elle lui dit :

— Mange tes céréales. Sois gentil.

C'est sa mère. La tendresse se lit sur son visage ; son amour pour lui éclate quand elle sourit. Elle le regarde manger jusqu'à ce qu'il ait fini, puis elle attrape son bol pour le mettre dans l'évier après lui avoir ébouriffé les cheveux.

Il se retrouve alors dans une petite pièce tapissée de moquette, en train de construire un château gigantesque avec des blocs argentés qui donnent l'impression de fusionner les uns avec les autres. Assise dans un coin, sa mère sanglote. Il comprend aussitôt pourquoi. On vient de diagnostiquer la Braise à son père, qui en montre déjà les premiers symptômes. Il ne fait aucun doute que sa mère est contaminée aussi, ou qu'elle le sera bientôt. Le Thomas du rêve sait qu'il ne faudra pas longtemps aux médecins pour se rendre compte qu'il a le virus lui aussi mais qu'il est immunisé contre ses effets. Ils achèvent la mise au point du test qui permettra de l'établir.

Ensuite il fait du vélo par une chaude journée. L'air ondule au-dessus de la chaussée, et les pelouses des deux côtés de la route sont sèches et jaunies. Il sourit, en nage. Sa mère l'accompagne, et il voit bien qu'elle savoure chaque instant. Ils se dirigent vers un étang voisin. L'eau dégage une odeur nauséabonde. Elle ramasse des cailloux pour qu'il s'amuse à les jeter dans les profondeurs vaseuses. Au début il les lance le plus loin possible mais après il essaie de faire des ricochets comme son père le lui a montré l'été dernier. Il n'y arrive toujours pas. Fatigués, vidés de leur force par la chaleur suffocante, sa mère et lui finissent par retourner à la maison.

Puis les images de son rêve – ses souvenirs – prennent une tonalité plus sombre.

Il est de retour à l'intérieur, en présence d'un homme en costume sombre assis sur le canapé. Le visage grave, des documents à la main. Thomas est debout à côté de sa mère et lui tient la main. Le WICKED vient d'être fondé à l'initiative de tous les gouvernements du monde – du moins de ceux qui ont survécu aux éruptions solaires, lesquelles ont eu lieu bien avant la naissance de Thomas. Son objectif est d'étudier ce qu'il convient désormais d'appeler la zone mortelle, où la Braise effectue ses ravages. Le cerveau.

L'homme affirme que Thomas est immunisé. Que d'autres le sont aussi. Moins de un pour cent de la population, presque tous sous la barre des vingt ans. Et que le monde est dangereux pour eux. On leur en veut d'échapper à ce virus effroyable, on les traite d'Imunes. On leur fait des choses terribles. Le WICKED prétend être en mesure de protéger Thomas, qui peut l'aider à rechercher un remède. Il affirme qu'il est très intelligent, l'un des plus intelligents de tous ceux qui ont passé les tests. Sa mère n'a pas d'autre choix que de le laisser partir.

Elle n'a pas envie de voir son garçon la regarder sombrer lentement dans la folie.

Plus tard, elle dit à Thomas qu'elle l'aime et qu'elle est bien contente de savoir qu'il ne connaîtra pas le même sort épouvantable que son père. Ils ont vu la folie le dépouiller peu à peu de tout ce qu'il était, de tout ce qui faisait de lui un être humain.

Après cela, le rêve se brouille et Thomas s'enfonce dans un sommeil comateux.

*

Des coups brutaux frappés à la porte le réveillèrent le lendemain matin. Il eut à peine le temps de se redresser sur les coudes que les cinq vigiles de la veille pénétraient dans la pièce, l'arme à la main. Janson les accompagnait.

— Debout, les garçons! lança l'homme-rat. Nous avons décidé de vous rendre la mémoire, en fin de compte. Que ça vous plaise ou non.

CHAPITRE 10

Thomas avait l'esprit encore engourdi par son rêve. Il ne comprit pas tout de suite ce que l'autre venait de dire.

— Mon cul, oui! répliqua Newt.

Il était levé, les poings serrés, en train de fixer Janson d'un regard furieux.

Thomas ne l'avait jamais vu aussi en colère. Puis la force des paroles de l'homme-rat l'arracha à son hébétude.

Il fit basculer ses jambes hors du lit.

— Vous aviez dit qu'on pourrait décider.

— J'ai peur que nous n'ayons pas le choix, s'excusa Janson. L'heure n'est plus aux faux-semblants. Ça ne pourra pas fonctionner si vous restez dans le brouillard tous les trois. Je suis désolé, mais c'est nécessaire. Newt, c'est quand même toi qui as le plus à gagner d'un remède, après tout.

— Je me fiche pas mal de ce que je vais devenir, grogna Newt d'une voix sourde.

L'instinct de Thomas prit les commandes. L'heure était venue de passer à l'action.

Il dévisagea Janson avec attention. Celui-ci se radoucit et respira profondément, comme s'il sentait la tension grandir dans la pièce et cherchait à la désamorcer.

— Écoutez, Newt, Minho, Thomas. Je comprends ce que vous ressentez. Vous avez traversé des moments effroyables. Mais le pire est derrière vous. Nous ne pouvons pas modifier le passé, ni effacer ce qui vous est arrivé, à vos amis et à vous.

Mais à ce stade, il serait dommage de ne pas compléter le modèle, vous ne croyez pas?

— Vous ne pouvez rien effacer? s'écria Newt. C'est tout ce que vous avez à dire?

— Reste où tu es! prévint l'un des gardes en pointant son arme sur Newt.

Le silence s'abattit sur la pièce. Newt paraissait hors de lui.

Janson continua :

— Nous n'avons pas toute la journée. Ou bien vous nous suivez de votre plein gré, ou nous allons devoir recommencer comme hier. Mes hommes sont prêts à tirer, je vous le garantis.

Minho se laissa tomber de la couchette au-dessus de celle de Newt.

— Il a raison, déclara-t-il tranquillement. Si on a une chance de te sauver, Newt — et Dieu sait combien d'autres tocards par la même occasion —, ce serait crétin de rester une seconde de plus dans cette chambre. (Il jeta un bref regard à Thomas puis indiqua la porte d'un signe de tête.) Allez, amenez-vous.

Il passa devant l'homme-rat et ses gardes et sortit dans le couloir sans se retourner.

Janson haussa les sourcils à l'intention de Thomas, lequel s'efforçait de cacher sa surprise. Cette volte-face de Minho était tellement inattendue : il devait avoir un plan. Faire semblant de collaborer leur ferait gagner du temps.

Thomas tourna le dos à l'homme-rat et aux gardes pour adresser un clin d'œil à Newt.

— Ça ne coûte rien d'écouter ce qu'ils veulent, dit-il avec toute la désinvolture et la sincérité qu'il put rassembler. J'ai travaillé pour ces tocards avant le Labyrinthe, après tout. Je ne pouvais pas avoir complètement tort à ce moment-là, si?

— Ben voyons, fit Newt.

Il leva les yeux au ciel, mais se dirigea vers la porte, et Thomas sourit intérieurement de cette petite victoire.

— Vous serez des héros à la fin de cette histoire, vous verrez, promit Janson tandis que Thomas sortait dans le couloir à la suite de Newt.

— Oh, fermez-la, répliqua Thomas.

Les trois blocards suivirent l'homme-rat dans le dédale des couloirs. Tout en marchant, Janson se mit à jouer les guides touristiques. Il leur expliqua que les bâtiments comportaient peu de fenêtres en raison de la violence des intempéries et des attaques fréquentes de contaminés. Il mentionna l'orage qui avait éclaté le soir où les blocards avaient été emmenés hors du Labyrinthe, et la meute de fondus qui avaient franchi le périmètre extérieur pour les regarder embarquer dans le bus.

Thomas n'avait pas oublié cette nuit-là. Il se rappelait encore la secousse des pneus roulant sur la femme qui l'avait accosté avant qu'il ne monte dans le bus. Le chauffeur n'avait même pas ralenti. Il avait du mal à croire que cela remontait à quelques semaines tout au plus.

— Écoutez, sérieusement, bouclez-la, finit par lâcher Newt.

Et contre toute attente, l'homme-rat s'exécuta, quoique sans effacer son petit sourire narquois.

En arrivant dans la partie du bâtiment qu'ils avaient quittée la veille, il s'arrêta et se retourna pour leur parler.

— J'espère que tout va bien se passer aujourd'hui. J'attends de votre part une coopération complète.

— Où sont les autres ? s'enquit Thomas.

— Les autres sujets sont en train de récupérer…

Avant qu'il ne puisse terminer sa phrase, Newt bondit, le saisit par les revers de sa veste blanche et le plaqua contre une porte.

— Appelez-les « sujets » encore une fois, et je vous casse la gueule !

Deux gardes lui tombèrent dessus aussitôt ; ils le jetèrent au sol et lui braquèrent leurs lanceurs sous le nez.

— Attendez! s'écria Janson. Attendez. (Il remit de l'ordre dans sa tenue.) Ne tirez pas. Finissons-en, c'est tout.

Newt se releva lentement, les bras levés.

— Ne nous traitez pas de « sujets ». On n'est pas des rats de laboratoire. Et dites à vos gorilles de se calmer. Je n'allais pas vous faire de mal. Enfin, pas trop.

Il glissa un regard interrogateur vers Thomas.

Le WICKED est bon.

Sans qu'il sache pourquoi, Thomas se remémora brusquement ces mots. À croire que son ancien moi essayait de le convaincre de leur importance. De le persuader qu'il fallait coûte que coûte trouver un remède à la Braise.

Quelque chose avait changé, pourtant. Comment avait-il pu tomber dans ce panneau? Il n'était plus le même aujourd'hui… mais il allait leur donner l'ancien Thomas une dernière fois.

— Newt, Minho, déclara-t-il avant que l'homme-rat ne reprenne la parole, je crois qu'il a raison. Je crois qu'il est temps d'arrêter de traîner les pieds. Et de faire ce qu'on a convenu hier soir.

Minho lui adressa un sourire nerveux. Newt serra les poings.

C'était maintenant ou jamais.

CHAPITRE 11

Thomas n'hésita pas. Il balança son coude dans la figure du vigile placé derrière lui tout en assénant un coup de pied dans le genou de son collègue devant lui. Les deux s'écroulèrent, stupéfaits, mais se reprirent rapidement. Du coin de l'œil Thomas vit Newt plaquer un garde au sol; Minho en cognait un autre. Mais le cinquième – une femme – n'avait pas été touché, et épaulait son lanceur.

Thomas se jeta sur elle, déviant son arme vers le plafond avant qu'elle ne puisse faire feu, mais elle se dégagea et le frappa sur la tempe avec le canon. Une douleur lui explosa dans les joues et la mâchoire. Déséquilibré, il tomba à genoux, puis s'étala à plat ventre. Il prit appui sur les mains pour se redresser mais une masse pesante lui tomba sur le dos, le plaquant sèchement contre le carrelage, vidant l'air de ses poumons. Il sentit la pression d'un genou au creux de son dos et celle d'un objet en métal dur contre son crâne.

— Donnez-moi l'ordre! cria la femme. Docteur Janson, vous n'avez qu'un mot à dire, et je lui grille la cervelle.

Thomas ne voyait pas les autres, mais les bruits de lutte avaient déjà cessé. Il comprit que leur mutinerie avait tourné court, qu'on les avait maîtrisés en moins d'une minute. Son cœur se serra.

— Mais qu'est-ce que vous croyiez? rugit Janson derrière Thomas. (Il ne pouvait qu'imaginer la fureur sur les traits de l'homme-rat.) Vous pensiez vraiment que trois... gamins allaient avoir le dessus sur cinq gardes armés ? Vous êtes censés être des génies, pas des... crétins de rebelles qui se font des illusions. Peut-être bien que la Braise vous prive de vos moyens, en fin de compte.

— La ferme ! hurla Newt. Fermez votre grande...

Il acheva sa phrase par un grognement étranglé. Thomas trembla de rage en imaginant l'un des gardes en train de faire du mal à son ami. La femme lui écrasa son arme contre le crâne.

— N'y pense même pas, lui souffla-t-elle à l'oreille.

— Relevez-les ! aboya Janson. Relevez-les !

La femme hissa Thomas sur ses pieds par sa chemise, en gardant le canon de son lanceur collé contre sa tête. Newt et Minho étaient tenus en respect de la même manière, et les deux autres vigiles les tenaient en joue.

Le visage de Janson était cramoisi.

— Complètement ridicule ! Il est hors de question que ça se reproduise !

Il fit face à Thomas.

— Je n'étais qu'un gosse, bredouilla Thomas, à sa propre surprise.

— Pardon ? dit Janson.

Thomas le foudroya du regard.

— Je n'étais qu'un gosse ! On m'a endoctriné pour me convaincre de collaborer.

Voilà ce qui le rongeait depuis que ses souvenirs avaient commencé à lui revenir.

— Je n'étais pas là au tout début, reconnut Janson d'une voix neutre. Mais c'est toi-même qui m'as embauché pour ce travail après la purge des fondateurs. Et je peux te dire que je n'ai jamais vu personne avoir autant le feu sacré.

Il sourit. Thomas aurait voulu lui arracher le visage.

— Je me fiche pas mal de...

— Ça suffit ! le coupa Janson. On va commencer par lui. (Il fit signe à l'un des gardes.) Appelez une infirmière. Brenda est à l'intérieur, elle a insisté pour participer. Il se laissera peut-être faire plus facilement par elle. Emmenez les autres dans la salle d'attente. Je dois vérifier quelque chose ; je vous retrouverai tout à l'heure.

Thomas était si en colère qu'il ne tiqua même pas à la mention de Brenda. Un autre garde s'approcha de lui et ils l'empoignèrent chacun par un bras.

— Je ne me laisserai pas faire ! cria Thomas avec une pointe d'hystérie dans la voix, terrifié à l'idée d'apprendre qui il avait été.

Janson l'ignora pour s'adresser directement aux gardes :

— Dites-lui de lui administrer un sédatif.

Puis il s'éloigna.

Les deux gardes entraînèrent Thomas en direction de la porte. Il tenta de se débattre, de dégager ses bras, mais leurs mains le serraient comme des pinces et il finit par renoncer avant de s'épuiser. Il comprit soudain qu'il avait peut-être perdu la partie. Seule Brenda pouvait encore le sauver.

*

Elle se tenait à l'intérieur de la pièce, le visage de marbre. Thomas chercha son regard mais il demeura indéchiffrable.

Son escorte le poussa en avant.

— Pourquoi est-ce que tu travailles pour eux ? demanda-t-il d'une voix faible.

Les gardes le firent pivoter.

— Tu ferais mieux de la boucler, lui conseilla Brenda. Je vais avoir besoin que tu me fasses confiance, comme dans la Terre Brûlée. Tout va bien se passer.

Il lui tournait le dos, mais il crut déceler quelque chose dans sa voix. Une certaine chaleur, qui démentait la sécheresse de ses paroles. Se pouvait-il qu'elle soit de son côté ?

Les gardes poussèrent Thomas jusqu'au dernier lit de la

rangée. Puis la femme le lâcha et braqua son arme sur lui tandis que son collègue maintenait Thomas contre le lit.

— Allonge-toi, ordonna l'homme.

— Non, grogna Thomas.

Le garde le gifla d'un revers de main.

— Allonge-toi! Tout de suite!

— Non.

L'homme souleva Thomas par les épaules et le plaqua de force sur le lit.

— Que ça te plaise ou non, tu vas passer sur le billard.

Le masque métallique pendait au-dessus de lui avec ses fils et ses tubes, pareil à une araignée géante prête à l'étouffer.

— Pas question que vous me colliez ça sur la figure!

Le pouls de Thomas accélérait dangereusement; la peur qu'il avait refoulée jusque-là s'emparait de lui, menaçant de lui faire perdre tous ses moyens.

Le garde saisit Thomas aux poignets et lui plaqua les bras contre le matelas en pesant sur lui de tout son poids.

— Donnez-lui un sédatif.

Thomas s'obligea au calme. Il voulait garder son énergie pour une dernière tentative d'évasion. Voir Brenda lui faisait mal au cœur; il s'était davantage attaché à elle qu'il ne l'avait cru. Mais puisqu'elle les aidait à lui forcer la main, cela voulait dire qu'elle était son ennemie, elle aussi.

— Je t'en prie, Brenda, supplia-t-il. Ne fais pas ça. Ne les laisse pas faire.

Elle s'approcha de lui et lui toucha l'épaule.

— Ça va bien se passer. Tout le monde n'est pas là pour te faire des misères. Tu me remercieras plus tard, tu verras. Maintenant, arrête de pleurnicher et détends-toi.

Il n'arrivait toujours pas à déchiffrer son expression.

— Alors, c'est comme ça? Après tout ce qu'on a vécu dans la Terre Brûlée? Après le nombre de fois où on a failli mourir dans cette ville? Tu vas me laisser tomber comme une vieille chaussette?

— Thomas…, dit-elle, sans chercher à dissimuler son exaspération, c'était mon boulot.

— Je t'ai entendue me parler dans ma tête. Pour me prévenir que les choses allaient mal tourner. Je t'en prie, dis-moi que tu n'es pas vraiment de leur côté.

— Après notre retour de la Terre Brûlée, j'ai eu recours à la télépathie parce que je voulais te prévenir. Te préparer. Je ne m'attendais pas à ce qu'on devienne amis dans cet enfer.

Cet aveu rendit les choses plus supportables pour Thomas, qui ne put s'empêcher de demander :

— Est-ce que tu as vraiment la Braise ?

— Je jouais la comédie. Jorge et moi sommes immunisés ; on le sait depuis longtemps. C'est pour ça qu'ils se sont servis de nous. Tais-toi, maintenant.

Elle jeta un coup d'œil furtif en direction du garde.

— Assez discuté ! rugit l'homme.

Brenda lui adressa un regard sévère mais ne dit rien. Puis elle se retourna vers Thomas, et le surprit par un léger clin d'œil.

— Une fois que je t'aurai fait ton injection, tu vas t'endormir en quelques secondes. Tu comprends ?

Elle insista sur ce dernier mot, en le soulignant d'un nouveau clin d'œil. Heureusement, les deux gardes se focalisaient sur leur prisonnier et non sur elle.

En proie à la confusion, Thomas sentit toutefois un regain d'espoir le parcourir. Brenda mijotait quelque chose.

Elle se pencha sur le plan de travail derrière elle et commença à préparer le matériel dont elle aurait besoin. Le garde continua à écraser les poignets de Thomas, lui coupant la circulation. Malgré les gouttes de sueur qui perlaient sur son front, il semblait clair qu'il ne comptait pas le relâcher avant que Thomas ne soit endormi. Sa collègue se tenait juste à côté de lui, l'arme à l'épaule.

Brenda se retourna, une seringue à la main gauche,

l'aiguille pointée vers le haut. Un liquide jaune emplissait le réservoir.

— OK, Thomas. Je vais essayer de faire vite. Tu es prêt?

Il hocha la tête, ne sachant pas à quoi s'attendre mais bien résolu à y faire face.

— Tant mieux, continua-t-elle. Tu as intérêt.

CHAPITRE 12

Brenda sourit, s'approcha de Thomas puis buta sur quelque chose et trébucha. Elle se retint au lit de la main droite, mais, dans son élan, elle planta malencontreusement la seringue dans le bras du garde qui maintenait Thomas. Et elle pressa le piston. L'homme s'écarta d'un bond.

— Nom de Dieu! s'écria-t-il, mais il avait déjà le regard vitreux.

Thomas réagit instantanément. Désormais libre de ses mouvements, il balança les jambes en arc de cercle vers la femme. L'un de ses pieds cueillit son arme, l'autre la toucha à l'épaule. Elle poussa un cri, puis se cogna la tête contre le sol avec un bruit sourd.

Thomas se jeta sur le lanceur, le ramassa avant qu'il ne glisse hors d'atteinte et le braqua sur la femme, qui se tenait la tête à deux mains. Brenda avait fait le tour du lit et saisi l'arme de l'homme, qu'elle braquait sur son corps inerte.

Haletant, tremblant sous la décharge d'adrénaline, Thomas chercha son souffle. Il ne s'était pas senti aussi bien depuis des semaines.

— Je savais bien que tu...

Avant qu'il ne puisse terminer sa phrase, Brenda fit feu.

Un son strident fusa dans la pièce; Brenda sursauta sous l'effet du recul. L'une des grenades scintillantes jaillit, s'écrasa contre la poitrine de la femme et explosa en faisant courir des décharges électriques sur tout son corps. La malheureuse se mit à tressauter de manière incontrôlable.

Thomas fixa la scène, éberlué devant les effets du lanceur, et stupéfait de voir que Brenda avait tiré sans hésitation. S'il avait eu besoin d'une preuve supplémentaire que Brenda n'était pas entièrement au service du WICKED, il venait de l'avoir. Il dévisagea la jeune fille.

Elle lui retourna son regard en amorçant un léger sourire.

— J'avais envie de faire ça depuis un bon moment. J'ai bien fait de convaincre Janson de me désigner pour m'occuper de toi. (Elle se pencha sur le garde endormi et lui prit sa clé magnétique, qu'elle glissa dans sa poche.) Avec ça, on va pouvoir aller partout.

Thomas se retint de la serrer dans ses bras.

— Amène-toi, dit-il. Il faut qu'on retrouve Newt et Minho. Et tous les autres.

*

Sous la conduite de Brenda, ils enfilèrent plusieurs couloirs au pas de course. Cela rappela à Thomas leur fuite à travers les tunnels sous la Terre Brûlée. Il cria à la jeune fille de se presser, sachant que d'autres gardes pouvaient surgir à tout moment.

Ils parvinrent devant une porte, que Brenda ouvrit au moyen de sa clé magnétique ; il y eut un chuintement bref, et le panneau blindé coulissa. Thomas s'engouffra à l'intérieur, suivi de près par Brenda.

L'homme-rat était assis dans un fauteuil mais en les voyant il se dressa avec une expression horrifiée.

— Nom de Dieu, mais qu'est-ce que vous faites ?

Brenda avait déjà tiré deux grenades sur les gardes. Un homme et une femme s'écroulèrent au sol, en tressaillant dans un nuage de fumée et d'éclairs minuscules. Newt et Minho maîtrisèrent le troisième garde ; Minho lui arracha son arme.

Thomas braqua son lanceur sur Janson et posa le doigt sur la détente.

— Donnez-moi votre passe magnétique puis allongez-vous par terre, mains sur la tête.

Il s'exprimait d'une voix calme, mais son cœur battait la chamade.

— C'est de la folie furieuse, dit Janson en passant sa clé à Thomas. (Il parlait d'une voix douce, étonnamment calme au vu des circonstances.) Vous n'arriverez jamais à quitter le centre. D'autres gardes sont déjà en chemin.

Thomas ne se faisait guère d'illusions sur leurs chances, mais ils n'avaient pas le choix.

— Après ce qu'on a traversé, ce sera un jeu d'enfant. (Il sourit en réalisant que c'était vrai.) Merci pour l'entraînement. Et maintenant, fermez-la ou vous allez connaître… Comment c'était, déjà? « Les cinq minutes les plus désagréables de votre vie »?

— Comment oses-tu… ?

Thomas pressa la détente. Le son strident emplit la pièce, suivi du départ d'une grenade. Celle-ci frappa l'homme en plein torse où elle explosa en gerbe aveuglante d'électricité. Janson s'écroula en hurlant, pris de convulsions, de la fumée montant de ses cheveux et de ses vêtements. Une odeur âcre se répandit dans la pièce, une puanteur qui rappela à Thomas la Terre Brûlée, quand Minho avait été frappé par la foudre.

— Ça doit faire mal, confia Thomas à ses amis.

Il dit cela avec tant de calme qu'il en fut lui-même troublé. En regardant leur bourreau se tordre de douleur, il s'en voulut presque de n'éprouver aucun remords.

— En principe, on n'en meurt pas, dit Brenda.

— Dommage, grogna Minho. (Il se releva, après avoir attaché le garde indemne au moyen de sa ceinture.) Dans son cas ça n'aurait pas été une grosse perte.

Thomas détourna son attention de l'homme qui tressaillait à ses pieds.

— On se taille. Maintenant.

— J'allais vous le suggérer, dit Newt.

— Exactement ce que j'étais en train de penser, renchérit Minho.

Ils se tournèrent vers Brenda. Elle raffermit sa prise sur son lanceur et hocha la tête. Elle paraissait prête à se battre.

— Je déteste ces salopards autant que vous, dit-elle. Je vous suis.

Pour la deuxième fois en l'espace de quelques jours, Thomas se sentit envahi par une étrange sensation de bonheur. Brenda était de retour. Il baissa les yeux sur Janson. Les crépitements d'électricité commençaient à mourir. L'homme avait les yeux clos, il ne bougeait plus mais respirait toujours.

— Vous avez un plan ? demanda Newt.

— On n'aura qu'à improviser, répondit Thomas.

— Jorge sait piloter, intervint Brenda. Si on arrive à retourner au hangar, et à monter dans le berg...

Avant que les autres ne puissent lui répondre, des cris et des bruits de pas rapides résonnèrent dans le couloir.

— Ils arrivent, dit Thomas.

Minho courut se poster à côté de la porte, contre le mur.

— Ils vont devoir entrer par ici.

— Newt, dit Thomas, va te placer de l'autre côté de la porte. Brenda et moi, on descend les premiers qui rentrent. Vous deux, vous prenez les autres en tenailles et puis vous sortez dans le couloir. On vous suivra juste derrière.

Ils se mirent en position.

CHAPITRE 13

Le visage de Brenda reflétait un mélange curieux de colère et d'excitation. À côté d'elle Thomas se tenait prêt, les mains crispées sur son lanceur. Il savait qu'il prenait un risque en se fiant à elle. Presque tout le monde au sein de cette organisation l'avait piégé à un moment ou à un autre; il ne devait surtout pas sous-estimer le WICKED. Mais sans Brenda, il ne serait jamais arrivé aussi loin. Et pour continuer l'aventure avec elle, il avait besoin de lui faire confiance.

Le premier garde arriva. Il était vêtu de la même tenue noire que ses collègues mais il brandissait une arme plus petite, aux lignes plus épurées. Thomas fit feu, et vit la grenade s'écraser contre le torse de l'homme. Celui-ci recula en titubant, pris de convulsions dans un filet d'éclairs.

Deux autres personnes – un homme et une femme – suivaient juste derrière, des lanceurs à la main.

Minho agit avant que Thomas n'ait pu bouger. Il empoigna la femme par sa chemise, l'attira vers lui puis la fit basculer par-dessus son épaule et la projeta contre le mur. Elle eut le temps de tirer, mais sa grenade frappa le sol sans autre résultat que d'exploser en une gerbe d'électricité crépitante sur le carrelage.

Brenda tira sur l'homme, qu'elle toucha aux jambes; il s'écroula dans le couloir en hurlant et son arme lui échappa des mains.

Minho avait désarmé la femme et l'avait obligée à s'age-nouiller. Il lui braquait maintenant un lanceur sur la tête.

Un quatrième homme passa la porte, mais Newt le cogna au visage. L'autre tomba à genoux en portant la main à sa bouche ensanglantée. Il paraissait sur le point de dire quelque chose, quand Newt recula d'un pas et lui tira dessus.

— Ce scaralame est en train d'enregistrer tout ce qu'on fait, grogna-t-il en indiquant d'un signe de tête le fond de la pièce. Il faut se tirer d'ici, ils vont continuer à nous en envoyer d'autres.

Thomas se tourna vers le robot à apparence de petit lézard tapi dans un coin avec son voyant rouge allumé. Puis il jeta un coup d'œil à la porte, déserte. Il vint se planter devant la femme. Le canon de l'arme de Minho n'était qu'à quelques centimètres de sa tête.

— Combien êtes-vous en tout? lui demanda Thomas. Est-ce qu'il y en a encore beaucoup qui vont venir?

Elle commença par garder le silence, mais Minho se pencha jusqu'à lui coller son arme contre la joue.

— Nous sommes toujours au moins une cinquantaine en service, s'empressa-t-elle de répondre.

— Alors où sont-ils? demanda Minho.

— Je ne sais pas.

— Ne nous racontez pas d'histoires!

— Nous... Il se passe autre chose ailleurs. J'ignore quoi. Je vous jure que c'est vrai.

Thomas l'examina et crut lire plus que de la peur dans ses yeux. De la frustration? Il avait l'impression qu'elle disait la vérité.

— Autre chose? De quel genre?

Elle secoua la tête.

— Je sais simplement qu'une partie d'entre nous a été appelée ailleurs, c'est tout.

— Et vous ne savez vraiment pas pourquoi? s'étonna Thomas, dubitatif. Je trouve ça difficile à avaler.

— Je vous le jure.

Minho l'empoigna par sa chemise et la releva brutalement.

— Très bien ; dans ce cas, on n'a plus qu'à emmener la gentille dame en otage. Allons-y.

Thomas s'interposa.

— Laisse passer Brenda la première : elle connaît l'endroit. Ensuite moi, puis toi et ta nouvelle copine, et Newt à l'arrière.

Brenda rejoignit Thomas.

— Je n'entends arriver personne, mais on n'a sûrement pas beaucoup de temps devant nous. Venez.

Elle glissa un coup d'œil dans le couloir, puis se faufila hors de la pièce.

Thomas prit une seconde pour essuyer ses paumes moites sur son pantalon, reprit son lanceur et la suivit. Elle tourna à droite. Il entendit les autres leur emboîter le pas ; un bref regard lui montra que la prisonnière de Minho suivait sans résistance, visiblement peu désireuse de se prendre une explosion électrique en plein visage.

Ils parvinrent au bout du couloir et tournèrent à droite sans s'arrêter. Le nouveau couloir ressemblait en tout point au premier : un boyau beige sans fenêtres d'une quinzaine de mètres qui conduisait à une porte à double battant. La scène lui fit penser à la dernière portion du Labyrinthe, juste avant la Falaise, quand Teresa, Chuck et lui couraient vers la sortie pendant que les autres retenaient les Griffeurs.

En approchant de la porte, Thomas sortit de sa poche la clé magnétique de l'homme-rat.

Leur otage leur cria :

— Ne faites pas ça ! Je parie que vous allez vous retrouver nez à nez avec une vingtaine de canons.

Mais sa voix prenait des accents désespérés. Se pouvait-il que le WICKED ait péché par excès de confiance et négligé son dispositif de sécurité ?

Il se tourna vers Minho et Newt.

— On n'a que quatre lanceurs, et je veux bien croire qu'il y a d'autres gardes en train de nous attendre derrière cette porte. Vous croyez qu'on est de taille ?

Minho s'avança en traînant son otage.

— C'est vous qui allez nous ouvrir, pour qu'on puisse se concentrer sur vos petits copains. Restez là et ne faites rien avant qu'on vous le dise. Pas d'entourloupes. (Il pivota vers Thomas.) Commence à tirer dès l'ouverture de la porte.

Thomas hocha la tête.

— Je vais m'accroupir. Minho, tire par-dessus mon épaule. Brenda à ma gauche, et Newt à ma droite.

Thomas se baissa et braqua son arme au centre de la porte, à l'endroit où les deux battants se touchaient. Minho vint se placer derrière lui et fit de même. Newt et Brenda se mirent en position.

— À trois, annonça Minho. Et ma petite dame, si vous tentez quoi que ce soit ou que vous essayez de vous enfuir, je vous garantis que l'un d'entre nous vous descendra. Thomas, à toi de compter.

La femme sortit sa clé magnétique sans faire de commentaire.

— Un, compta Thomas. Deux…

Il marqua une pause, respira à fond, mais avant qu'il ne puisse crier « Trois ! » une sirène se mit à retentir et toutes les lumières s'éteignirent.

CHAPITRE 14

Thomas cligna vivement des paupières pour essayer de s'habituer à l'obscurité. La sirène mugissait, assourdissante.

Il sentit Minho chercher à tâtons autour de lui.

— Elle s'est tirée ! s'écria le blocard. Je ne la trouve plus !

À peine eut-il prononcé ces mots que le bruit d'une arme en charge se fit entendre entre deux mugissements, suivi de l'explosion d'une grenade au ras du sol. Les éclairs électriques éclairèrent les alentours ; Thomas vit une forme sombre s'éloigner en courant dans le couloir, puis se perdre dans le noir.

— C'est ma faute, grommela Minho, à peine audible.

— Tout le monde en place, dit Thomas, redoutant la signification de la sirène. Guettez la fente à l'endroit où les portes vont s'ouvrir. Je vais me servir de la clé de l'homme-rat. Soyez prêts !

Il tâtonna le long du mur, trouva la serrure et passa la clé magnétique dans la fente ; on entendit un déclic, puis l'un des battants pivota lentement vers l'intérieur.

— Tirez ! cria Minho.

Newt, Brenda et Minho se mirent à tirer des grenades à l'aveuglette à travers l'ouverture. Thomas fit comme eux, en visant les entrelacs électriques qui crépitaient de l'autre côté de la porte. Malgré les quelques secondes qui séparaient chaque tir, ils eurent bientôt créé une débauche aveuglante de lumière et d'explosions. Sans aucun signe d'une quelconque riposte de l'autre côté.

Thomas abaissa son arme.

— Arrêtez! cria-t-il. On est en train de gaspiller nos munitions!

Minho lâcha une dernière grenade, puis ils attendirent que les éclairs se dissipent dans l'autre pièce.

Thomas se tourna vers Brenda, en parlant suffisamment fort pour se faire entendre par-dessus la sirène.

— On est des pauvres amnésiques. Mais toi, tu ne saurais pas quelque chose qui pourrait nous aider? Par exemple où sont passés les autres? Ou ce qui a déclenché cette sirène?

Elle secoua la tête.

— Je vous parie que c'est encore un de leurs foutus tests! cria Newt. Que tout est prévu depuis le début, et qu'ils sont en train d'analyser nos réactions.

Thomas releva son lanceur et franchit le seuil. Il voulait se mettre en sécurité avant que la lumière des grenades ne s'éteigne complètement. D'après les maigres souvenirs qu'il avait récupérés, il était sûr d'avoir grandi dans cet endroit. Si seulement il avait pu s'en rappeler le plan! Encore une fois, il put se rendre compte de l'importance que Brenda avait pour eux. Jorge aussi, s'il voulait bien piloter le berg pour les emmener loin d'ici.

La sirène se tut.

— Que…? commença Thomas d'une voix forte, avant de baisser le ton. Qu'est-ce qui se passe encore?

— Ils ont dû en avoir marre de se ruiner les tympans, grommela Minho. Alors, ils ont coupé le son. Ça ne veut probablement rien dire de plus.

La lumière des éclairs électriques s'était éteinte mais la pièce comportait un éclairage d'urgence qui diffusait une lueur rougeâtre. C'était une grande salle de réception meublée de canapés, de fauteuils et de quelques bureaux. L'endroit paraissait désert.

— Je n'ai jamais vu personne par ici, dit Thomas, qui croyait reconnaître les lieux. Ces salles ont toujours été comme ça, vides et sinistres.

— J'imagine que ça fait un bout de temps qu'on n'y accueille plus de visiteurs, dit Brenda.

— Et maintenant, Tommy ? demanda Newt. On ne va pas rester plantés là toute la journée.

Thomas réfléchit. Ils devaient retrouver leurs amis, mais la priorité lui semblait de s'assurer qu'ils disposaient d'une issue.

— Brenda, dit-il, on va avoir besoin de ton aide. Il faut qu'on aille au hangar et qu'on trouve Jorge, pour qu'il nous prépare un berg. Newt, Minho, vous n'aurez qu'à rester avec lui pour le couvrir pendant que Brenda et moi irons chercher les autres. Brenda, tu sais où on pourrait armer tout le monde ?

— Le dépôt d'armes est sur le chemin du hangar, répondit-elle. Mais il sera sûrement gardé.

— On a connu pire, dit Minho. Il suffira de tirer jusqu'à ce qu'ils tombent.

— On va les massacrer, renchérit Newt avec un grognement. Les exploser jusqu'au dernier.

Brenda indiqua l'un des deux couloirs qui partaient de la salle de réception.

— C'est par ici.

*

La jeune fille conduisit Thomas et ses amis à travers plusieurs couloirs, baignés dans la lumière rougeâtre de l'éclairage de secours. Ils ne rencontrèrent aucune résistance, mais croisèrent parfois un scaralame qui détalait en cliquetant sur le carrelage. Minho essaya d'en abattre un, le manqua complètement et faillit brûler Newt, lequel poussa un cri et se retint de justesse de lui tirer dessus, à en juger par son expression.

Au bout d'un quart d'heure de course, ils atteignirent le dépôt d'armes. Thomas s'arrêta, surpris de découvrir la porte grande ouverte. D'après ce qu'ils pouvaient voir, les râteliers à l'intérieur étaient pleins.

— Cette fois, c'est sûr, déclara Minho.

Thomas savait exactement de quoi il parlait. Il en avait trop vu pour se méprendre.

— On nous mène en bateau, murmura-t-il.

— Oh oui, renchérit Minho. Tout le monde disparaît comme ça, les portes ne sont pas verrouillées et les armes nous attendent là, bien gentiment ? À tous les coups ils sont en train de nous observer à travers ces foutus scaralames.

— Clair que ça sent le coup fourré, reconnut Brenda.

Minho se tourna vers elle.

— Comment peut-on être sûrs que tu n'es pas de mèche avec eux ?

— Je peux te jurer que non, répondit-elle d'une voix lasse. Je ne sais absolument pas ce qui se passe.

Thomas rechignait à l'admettre, mais la suggestion de Newt comme quoi leur évasion n'était peut-être qu'un exercice orchestré en coulisses devenait de plus en plus crédible. Il pria très fort pour se tromper.

Newt s'était déjà enfoncé dans le dépôt d'armes.

— Venez voir, les appela-t-il.

Quand Thomas pénétra dans la pièce, Newt indiquait une section de mur avec des râteliers nus.

— Regardez les traces dans la poussière. Quelqu'un s'est servi récemment. Peut-être même il y a moins d'une heure.

Thomas examina les lieux. La salle était très poussiéreuse mais les emplacements pointés par Newt étaient parfaitement propres. Il avait raison.

— Et alors ? demanda Minho dans leur dos.

Newt pivota vers lui.

— Tu ne pourrais pas faire un peu fonctionner ta cervelle pour une fois, foutu tocard ?

Minho fit la grimace. Il paraissait plus choqué que furieux.

— Hé ho, Newt ! intervint Thomas. Ça craint, c'est sûr, mais on n'y peut rien, d'accord ? Qu'est-ce qui t'arrive ?

— Je vais te dire ce qui m'énerve. C'est que tu aies décidé de jouer les gros bras sans avoir aucun plan, et qu'on se retrouve à courir partout comme des poulets sans tête. Avec Minho qui ne peut pas faire un pas sans te demander quel pied il doit bouger en premier.

Minho avait suffisamment repris ses esprits pour se vexer.

— C'est toi qui te prends pour un génie parce que tu as su voir que des gardes avaient pris des armes dans le dépôt d'armes. Je voulais simplement t'accorder le bénéfice du doute, faire comme si ta découverte allait peut-être plus loin que ça. La prochaine fois, je te taperai dans le dos pour avoir si bien su formuler des évidences.

Thomas vit Newt changer d'expression. Son ami paraissait abattu, au bord des larmes.

— Désolé, murmura Newt, avant de tourner les talons et de quitter la pièce.

— Non mais, vous avez vu ça ? murmura Minho.

Thomas ne voulait pas formuler à voix haute ce qu'il pensait, à savoir que Newt commençait peu à peu à perdre la raison. Fort heureusement, il n'eut pas à le faire : Brenda prit la parole.

— Vous devriez suivre son conseil, vous savez.

— Comment ça ? s'étonna Minho.

— Réfléchir un peu. Il devait y avoir plusieurs dizaines de fusils et de lanceurs sur ce râtelier, et ils ont tous disparu. Très récemment. Il y a sans doute moins d'une heure, comme vous l'a dit Newt.

— Et alors ? l'encouragea Minho, alors que Thomas comprenait enfin où elle voulait en venir.

Brenda écarta les mains, comme si la réponse était évidente.

— Les gardes ne viennent ici que pour remplacer une arme défectueuse, ou s'équiper d'autre chose que d'un lanceur. Pourquoi auraient-ils eu tous besoin de faire ça au même moment ? Précisément aujourd'hui ?

CHAPITRE 15

Minho fut le premier à proposer une explication.

— Peut-être qu'ils s'attendaient à une action de notre part, et qu'ils n'avaient pas envie de nous tuer. D'après ce qu'on a pu voir, à moins d'un tir en pleine tête, ces lanceurs se contentent de vous assommer un moment. Alors ils sont passés en prendre en plus de leur armement habituel.

Brenda secoua la tête avant même qu'il ait fini.

— Non. Leur armement habituel, c'est le lanceur, et je doute qu'ils aient tous eu besoin de le remplacer au même moment. Quoi qu'on puisse penser du WICKED, il ne cherche pas à tuer le plus de monde possible. Même quand des fondus arrivent à pénétrer dans le périmètre.

— Des fondus ont déjà réussi à s'introduire ici ? demanda Thomas.

Brenda hocha la tête.

— Plus la contamination est avancée, plus ils sont au bout du rouleau, plus ils deviennent désespérés. Franchement, je doute que les gardes…

Minho l'interrompit.

— C'est peut-être ça qui a déclenché la sirène. Peut-être que des fondus sont entrés, qu'ils ont volé des armes, tiré sur les gardes et qu'ils sont en train de les bouffer. Peut-être qu'on n'a pas vu plus de gardes parce que tous les autres sont morts !

Thomas avait déjà vu des fondus au bout du rouleau ; ses souvenirs n'avaient rien de plaisant. Certains vivaient avec la Braise depuis si longtemps qu'elle leur avait complètement rongé la cervelle. Devenus fous à lier, ils n'étaient plus que des fauves à apparence humaine.

Brenda soupira.

— Ça ne me plaît pas plus qu'à toi, mais tu pourrais bien avoir raison. (Elle réfléchit un moment.) Oui, c'est une explication possible. Quelqu'un s'est introduit ici et a raflé toutes ces armes.

Un frisson glacial parcourut Thomas.

— Si c'est ça, la situation est encore plus grave qu'on ne le pensait.

— Content de voir que le gars qui n'est pas immunisé n'est pas le seul à conserver un cerveau en état de marche.

Thomas se retourna et découvrit Newt sur le pas de la porte.

— La prochaine fois, explique-toi au lieu de monter sur tes grands chevaux, grogna Minho d'un ton dépourvu de compassion. Je te croyais pas aussi atteint. En tout cas, je suis content que tu sois là. On aura peut-être besoin d'un fondu pour renifler les autres fondus s'il y en a vraiment dans les locaux.

Thomas fit la grimace et se tourna vers Newt pour voir comment il prenait cette remarque.

Son ami n'appréciait pas beaucoup, son expression le manifestait clairement.

— Tu n'as jamais su la boucler, hein, Minho ? Il faut toujours que tu aies le dernier mot.

— Ferme ta grande gueule, répliqua Minho.

Une tension palpable régnait dans la pièce.

Newt s'approcha lentement et s'arrêta face à Minho. Puis, vif comme un serpent, il le cogna en plein visage. Minho tituba en arrière avant de s'écraser contre le râtelier vide. Puis il se jeta sur Newt et le plaqua au sol.

Tout s'était déroulé si vite que Thomas n'en croyait pas ses yeux. Il courut empoigner Minho par le tee-shirt.

— Arrêtez! cria-t-il, mais les deux blocards continuèrent à se rouer de coups, en moulinant des bras et des jambes.

Brenda se précipita pour l'aider. Ils réussirent à saisir Minho par les chevilles pour le traîner en arrière. Thomas prit un coup de coude au menton, qui le mit encore plus en colère.

— Arrêtez un peu vos conneries! rugit-il, en bloquant les bras de Minho derrière son dos. Vous croyez vraiment que c'est le moment de vous taper dessus?

— C'est lui qui a commencé! cracha Minho, en postillonnant au visage de Brenda.

Elle s'essuya.

— Tu te crois où ? Dans la cour de récré?

Minho ne répondit pas. Il continua à se débattre un instant puis finit par renoncer. Thomas était dégoûté. Il ne savait pas ce qui était le pire : que Newt donne déjà l'impression de sombrer, ou que Minho – qui aurait dû être en état de se maîtriser – se comporte comme un parfait crétin.

Newt se releva en palpant prudemment une marque rouge sur sa pommette.

— C'est ma faute, dit-il. Le moindre truc me fait réagir au quart de tour. Trouvez-nous un plan ; moi, j'ai besoin de faire une pause.

Là-dessus, il ressortit de la pièce.

Thomas poussa un soupir; il lâcha Minho et rajusta sa chemise. Ils n'avaient pas le temps de se disputer. S'ils voulaient sortir de là, ils allaient devoir fonctionner en équipe.

— Minho, prends-nous quelques lanceurs supplémentaires, et aussi deux ou trois de ces pistolets, là, sur l'étagère. Brenda, tu veux bien remplir un carton avec le plus de munitions possible? Je vais chercher Newt.

— Ça me va, répondit Brenda en regardant autour d'elle.

Minho, pour sa part, se mit à piller les râteliers sans dire un mot.

Thomas sortit dans le couloir ; il trouva Newt assis par terre à une dizaine de mètres, dos au mur.

— Je n'ai pas envie de parler, bougonna le blocard quand Thomas le rejoignit.

« Ça commence bien », se dit Thomas.

— Écoute, il se passe un truc : soit le WICKED est en train de nous tester, soit il y a des fondus dans le centre, en train de massacrer tout ce qui bouge. Dans les deux cas, il faut qu'on retrouve nos amis et qu'on se tire d'ici.

— Je sais.

— Alors, lève ton cul et viens nous donner un coup de main. C'était toi le plus impatient, toi qui disais qu'on n'avait pas de temps à perdre. Et maintenant, tu voudrais rester assis là à bouder ?

— Je sais.

Thomas n'avait jamais vu Newt aussi abattu. Devant ce spectacle, une vague de désespoir le submergea.

— On est tous en train de devenir un peu cingl… (Il s'interrompit ; il n'aurait pas pu trouver pire.) Enfin, je veux dire…

— Oh, ta gueule, le coupa Newt. Je sais que ça tourne de moins en moins rond dans ma tête. Je le sens bien. Mais ne t'en fais pas pour moi. Donne-moi deux minutes et ça va aller mieux. Vous allez sortir d'ici, et ensuite, je me débrouillerai.

— Comment ça, « vous » ?

— D'accord, on va tous se tirer d'ici, si tu préfères. Laisse-moi juste souffler deux minutes.

L'époque du Bloc semblait remonter à une éternité. Là-bas, Newt était toujours le plus calme, le plus posé, et maintenant, c'était lui qui causait des tiraillements dans le groupe. Il paraissait penser que son évasion importait peu, tant que les autres parvenaient à s'enfuir.

— Très bien, dit Thomas, réalisant que la seule chose à

faire consistait à traiter Newt comme il l'avait toujours fait. Mais tu sais qu'on n'a pas de temps à perdre. Brenda est en train de ramasser des munitions. Il faudra l'aider à les porter jusqu'au hangar du berg.

— Je le ferai. (Newt se leva.) Mais d'abord, j'ai un truc à faire. Ça ne prendra pas longtemps.

Il commença à s'éloigner en direction de la salle de réception.

— Newt! cria Thomas (Il se demandait ce que son ami pouvait bien avoir dans la tête.) Ne sois pas stupide, il faut qu'on bouge. Et on doit rester tous ensemble!

Mais Newt ne s'arrêta pas. Il ne se retourna même pas.

— Fais ce que tu as à faire! Je reviens dans deux minutes.

Thomas secoua la tête. Il ne voyait pas que dire ou que faire pour retrouver l'ami raisonnable qu'il connaissait. Il retourna dans le dépôt d'armes.

*

Thomas, Minho et Brenda rassemblèrent tout l'armement qu'ils pouvaient emporter à eux trois. Thomas avait un lanceur en bandoulière sur chaque épaule en plus de celui qu'il tenait à la main. Il avait glissé deux pistolets dans son pantalon et plusieurs chargeurs dans ses poches arrière. Minho avait fait de même, et Brenda tenait un grand carton rempli de grenades et de balles, avec son lanceur posé par-dessus.

— On dirait que c'est lourd, observa Thomas. Tu veux que…?

Brenda le coupa.

— Ça ira jusqu'au retour de Newt.

— Je me demande ce qu'il bricole, marmonna Minho. Il n'était pas comme ça, avant. La Braise est en train de lui ronger la cervelle.

— Il a dit qu'il n'en avait pas pour longtemps, protesta Thomas. (L'attitude de Minho lui portait sur les nerfs ; il ne faisait qu'empirer les choses.) Et fais attention à la façon dont tu lui parles. On n'a vraiment pas besoin que vous recommenciez à vous battre.

— Est-ce que tu te souviens de ce que je t'ai dit dans le camion, en ville ? lui demanda Brenda.

Ce changement de sujet soudain, et à plus forte raison cette évocation de la Terre Brûlée, prit Thomas au dépourvu. Cela lui rappelait surtout qu'elle lui avait menti.

— Pourquoi ? répliqua-t-il. Il y avait des trucs vrais dans ce que tu m'as raconté ?

Il s'était senti si proche d'elle cette nuit-là. Il se rendit compte qu'il espérait qu'elle répondrait oui.

— Je suis désolée de t'avoir menti sur les raisons de ma présence, Thomas. Et en affirmant que je pouvais sentir la Braise agir sur moi. Mais pour le reste, j'étais sincère, je te jure. (Elle le dévisagea d'un air implorant.) Bref, je t'avais expliqué qu'un niveau élevé d'activité cérébrale accélérait les ravages du virus ; on appelle ça la destruction cognitive. C'est pour ça que cette drogue – le bliss – est si populaire auprès de ceux qui ont les moyens de se l'offrir. Parce qu'elle ralentit le fonctionnement du cerveau. Elle te fait gagner du temps avant de devenir fou à lier.

— Il faut absolument que je mette la main sur cette came, grommela Minho.

— Pensez un peu à l'enfer que Newt a traversé, continua Brenda, toutes les décisions qu'il a dû prendre. Pas étonnant que la Braise progresse plus vite chez lui. Il a été soumis à une stimulation trop importante, beaucoup plus que n'importe qui dans sa vie de tous les jours.

Thomas soupira, rattrapé par la tristesse qu'il avait déjà éprouvée plus tôt.

— Oui, eh bien, je ne vois pas ce qu'on peut y faire tant qu'on ne sera pas en sécurité.

— Vous parlez de quoi ?

Thomas se retourna et découvrit Newt debout dans

l'encadrement de la porte. Il ferma les yeux un moment, le temps de se reprendre.

— De rien, laisse tomber. Où étais-tu passé?

— Il faut que je te parle, Tommy. Rien qu'à toi. Ça ne prendra qu'une seconde.

« Quoi, encore? » se demanda Thomas.

— Allez-y, grogna Minho en remontant les sangles des lanceurs sur ses épaules. Mais grouillez-vous.

Thomas suivit Newt hors de la pièce, terrifié à la perspective de ce que son ami avait à lui dire, des propos délirants qu'il allait peut-être tenir. Les secondes s'égrainaient lentement.

Ils firent quelques pas dans le couloir puis Newt lui tendit une petite enveloppe cachetée.

— Mets ça dans ta poche.

Thomas prit l'enveloppe et la retourna. Elle ne comportait aucune indication.

— Qu'est-ce qu'il y a dedans?

— Mets-la simplement dans ta poche!

Thomas s'exécuta, partagé entre la perplexité et la curiosité.

— Et maintenant, regarde-moi dans les yeux, dit Newt en claquant des doigts.

On lisait une telle angoisse dans son regard que Thomas en eut le cœur serré.

— Dis-moi ce qu'il y a dedans.

— Tu n'as pas besoin de le savoir tout de suite. En fait, tu ne dois pas le savoir. Il faut que tu me fasses une promesse.

— Laquelle?

— Tu dois me jurer de ne pas lire ce que j'ai écrit dans cette foutue enveloppe avant que ce soit le bon moment.

Thomas était dévoré par la curiosité. Il fit le geste de sortir l'enveloppe de sa poche, mais Newt retint son bras.

— Le bon moment? répéta Thomas. Mais comment veux-tu que je...?

— Oh, tu le sauras! répondit Newt avant même que Thomas n'ait pu terminer sa question. Maintenant, jure-le-moi. Jure-le!

Le garçon tremblait de la tête aux pieds.

— D'accord! céda Thomas, malade d'inquiétude pour son ami. Je te promets de ne pas ouvrir cette enveloppe avant que ce soit le bon moment. Je te le jure. Mais pourquoi… ?

— Alors, c'est réglé, l'interrompit Newt. Tiens ta parole, ou je ne te le pardonnerai jamais.

Thomas aurait voulu empoigner son ami et le secouer, ou cogner contre le mur pour évacuer sa frustration. Mais il s'abstint. Il demeura immobile tandis que Newt le contournait pour retourner au dépôt d'armes.

CHAPITRE 16

Newt ressortit du dépôt d'armes chargé du carton de munitions, suivi de Minho, puis de Brenda qui emportait deux lanceurs en plus des pistolets fourrés dans son pantalon.

— Allons retrouver nos amis, dit Thomas.

Puis il partit dans la direction par laquelle ils étaient venus, et les autres lui emboîtèrent le pas.

Ils cherchèrent pendant une heure, mais leurs amis semblaient s'être volatilisés. L'homme-rat et les gardes qu'ils avaient laissés avec lui avaient disparu. La cafétéria, les dortoirs, les salles de bain et les salles de réunion étaient déserts. Ils ne virent personne, pas même un fondu. La plus grande crainte de Thomas était que les autres aient connu un sort horrible et qu'ils n'aient pas encore découvert les cadavres.

Une fois qu'ils eurent fouillé les moindres coins et recoins du complexe, une idée le frappa.

— Dites, est-ce qu'on vous a permis de vous balader un peu pendant que j'étais enfermé dans ma cellule? demanda-t-il. Vous êtes sûrs qu'on n'a rien oublié?

— Pas à ma connaissance, répondit Minho, mais je ne serais pas surpris qu'il y ait une ou deux pièces secrètes quelque part.

Thomas était du même avis. Hélas, le temps manquait pour poursuivre les recherches. Ils n'avaient pas d'autre choix que d'abandonner.

Il hocha la tête.

— Tant pis. Dirigeons-nous vers le hangar, et continuez à ouvrir l'œil en chemin.

*

Ils marchaient depuis un moment quand Minho s'immobilisa brusquement dans un couloir. Il tendit l'oreille. On n'y voyait pas grand-chose dans la lueur rougeâtre de l'éclairage d'urgence.

Thomas s'arrêta comme les autres, en s'efforçant de ralentir son souffle. Il entendit tout de suite : un gémissement sourd, qui lui fit froid dans le dos. Cela provenait d'une des rares fenêtres qui donnaient sur une pièce adjacente. De là où il se tenait, la pièce en question semblait plongée dans le noir. La vitre avait été brisée de l'intérieur : des éclats de verre jonchaient le carrelage du couloir.

Le gémissement reprit.

Minho posa un doigt sur ses lèvres ; puis lentement, prudemment, il se débarrassa de ses deux lanceurs supplémentaires. Thomas et Brenda l'imitèrent, tandis que Newt posait son carton à ses pieds. Tous les quatre empoignèrent leurs armes, et Minho ouvrit la marche en direction du bruit. On aurait dit les grognements d'un homme en plein cauchemar. Thomas sentit son appréhension se renforcer à chaque pas.

Minho s'arrêta, dos au mur, juste au bord de l'ouverture. La porte de la pièce, fermée, se trouvait de l'autre côté de la fenêtre.

— Prêts ? chuchota Minho. Maintenant !

Il pivota en braquant son lanceur sur la pièce obscure tandis que Thomas venait se placer à sa gauche et Brenda à sa droite l'arme à l'épaule. Newt couvrait leurs arrières.

Thomas avait le doigt sur la détente, prêt à faire feu à tout moment, mais rien ne bougeait à l'intérieur. Il s'interrogea brièvement sur ce qu'il voyait. La lueur rouge de l'éclairage d'urgence ne révélait pas grand-chose, sinon que le sol semblait jonché de masses sombres. Puis il en vit certaines remuer. À mesure que ses yeux s'habituaient à l'obscurité, il commença à distinguer des corps, des vêtements noirs. Et des cordes.

— Ce sont des gardes ! s'exclama Brenda, brisant le silence.

Des geignements étouffés s'échappèrent de la pièce, et Thomas finit par voir des visages. Bâillonnés, roulant des yeux paniqués. Les gardes étaient attachés et alignés en rangs d'oignons sur le sol à travers toute la pièce. Certains restaient immobiles, mais la plupart se débattaient dans leurs liens.

— Alors c'est là qu'ils sont tous, souffla Minho.

Newt se pencha à l'intérieur.

— Au moins, eux, ils ne sont pas accrochés au plafond la langue pendante.

Thomas n'aurait pas mieux dit ; il ne se souvenait que trop bien de cette image épouvantable, qu'elle ait été vraie ou non.

— Il faut qu'on les interroge sur ce qui s'est passé, dit Brenda en s'avançant vers la porte.

Thomas la retint sans prendre le temps de réfléchir.

— Non.

— Comment ça, non ?

Elle dégagea son bras mais attendit pour voir ce qu'il avait à dire.

— C'est peut-être un piège, ou peut-être que ceux qui leur ont fait ça vont revenir. Le plus urgent, c'est de nous tirer d'ici.

— Absolument, confirma Minho. Je me fiche pas mal de savoir si cet endroit est infesté de fondus, de rebelles ou de babouins, et je me fiche encore plus de ces tocards de vigiles.

Brenda haussa les épaules.

— D'accord. Je me disais simplement qu'on pourrait obtenir des informations. (Elle marqua une pause, puis tendit le doigt.) Le hangar est par là.

*

Après avoir ramassé armes et munitions, Thomas et les autres suivirent au petit trot une enfilade de couloirs, sans cesser de guetter ceux qui avaient enfermé les gardes. Finalement, Brenda s'arrêta devant une porte à double battant. Légèrement entrebâillée, elle laissait passer un courant d'air qui lui ébouriffa les cheveux.

Minho et Newt prirent spontanément position de chaque côté de la porte. Brenda saisit la poignée de la porte, un pistolet braqué sur l'ouverture. On n'entendait aucun bruit de l'autre côté.

Thomas assura sa prise sur son lanceur, la crosse contre l'épaule, le canon pointé.

— Ouvre, dit-il, le cœur battant.

Brenda ouvrit grand la porte et Thomas se rua à l'intérieur. Il braqua son lanceur à gauche et à droite, tournant sur lui-même en s'avançant.

Le hangar avait l'air assez vaste pour accueillir trois bergs mais n'en contenait que deux sur leur baie de chargement. Ils ressemblaient à d'énormes crapauds accroupis, tout en métal noirci et en angles usés, comme s'ils avaient transporté des soldats au sein de centaines de batailles. Hormis quelques caisses et ce qui ressemblait à des postes de mécaniciens, le reste des lieux était vide.

Thomas s'avança pour fouiller le hangar tandis que les trois autres se déployaient autour de lui.

— Hé! cria Minho. Par ici. Il y a quelque chose derrière cette...

Il n'acheva pas. Il s'était arrêté à côté d'une grande caisse et pointait son arme vers le sol.

Thomas fut le premier à le rejoindre. Il découvrit avec surprise un homme allongé derrière la caisse en bois, qui se frottait la tête en gémissant. On ne voyait pas de trace de sang dans ses cheveux bruns, mais à en juger par ses difficultés à se relever, Thomas devina qu'il avait dû recevoir un bon coup sur le crâne.

— Doucement, mec, l'avertit Minho. Vas-y mollo, pas de gestes brusques ou je te grille comme une tranche de bacon.

L'homme se redressa sur un coude, et quand il baissa la main, Brenda poussa un petit cri et courut s'agenouiller près de lui pour le serrer dans ses bras.

Jorge. Thomas éprouva un vif soulagement. Ils avaient trouvé leur pilote et il semblait en bon état, quoiqu'un peu secoué.

Brenda examina Jorge sous toutes les coutures en le bombardant de questions.

— Que s'est-il passé? Tu es blessé? Qui a pris le troisième berg? Où sont passés les autres?

Jorge geignit de nouveau et la repoussa avec douceur.

— Relax, *hermana*. J'ai l'impression qu'une foule de fondus me danse dans la tête. Laisse-moi une seconde pour récupérer.

Brenda lui donna un peu d'espace et s'assit à même le sol, le visage empourpré, l'expression anxieuse. Thomas avait mille questions à poser lui aussi, mais il savait ce qu'on éprouvait après un coup sur la tête. Il regarda Jorge reprendre progressivement ses esprits et se souvint qu'au début celui-ci le terrifiait. Il n'oublierait jamais l'image de Jorge en train de se battre avec Minho dans les ruines de la Terre Brûlée. Mais au final, comme Brenda, Jorge s'était rendu compte que les blocards et lui étaient du même bord.

Jorge plissa et rouvrit les yeux plusieurs fois, puis se mit à raconter.

— Je ne sais pas comment ils ont fait mais ils ont pris le contrôle du bâtiment, éliminé les gardes, volé un berg et se sont enfuis grâce à un autre pilote. Comme un idiot, j'ai essayé de leur dire d'attendre, le temps de m'expliquer ce qui se passait. Ça m'a valu cette grosse bosse sur le crâne.

— Qui ça? demanda Brenda. De qui parles-tu? Qui s'est enfui?

Pour une raison trouble, Jorge leva la tête vers Thomas pour répondre :

— Teresa. Et le reste de vos petits copains. Bref, tous les autres sauf vous, mecs.

CHAPITRE 17

Thomas fit deux pas chancelants avant de s'appuyer sur la caisse pour éviter de tomber. Il avait cru qu'une bande de fondus avait donné l'assaut, ou qu'un groupe inconnu s'était introduit dans les locaux du WICKED et avait emmené – délivré, même – Teresa et les autres.

Mais Teresa aurait conduit une évasion? Ils se seraient échappés, en maîtrisant les gardes avant de s'envoler à bord d'un berg? Sans lui ni les autres? Il y avait tellement d'éléments dans ce scénario, et pas un ne collait avec les autres.

— Taisez-vous! cria Jorge, ramenant Thomas à l'instant présent. Vous êtes en train de me rendre dingue. Je veux juste... Fermez-la une seconde. Aidez-moi plutôt à me relever.

Newt lui tendit la main et le hissa sur ses pieds.

— Tu as intérêt à nous expliquer tout ce qui s'est passé. Depuis le début.

— Et sans y passer la journée, ajouta Minho.

Jorge s'adossa à la caisse en bois et croisa les bras, en grimaçant à chaque mouvement.

— Écoute, je t'ai déjà dit que je ne savais pas grand-chose. Je vous ai déjà tout raconté. J'ai l'impression d'avoir la tête comme une...

— On a compris, le coupa Minho. Tu as mal à la tête. Dis-nous simplement ce que tu sais et on ira te chercher une aspirine.

Jorge lâcha un petit rire.

— T'es un vrai dur, hein? Si je me souviens bien, c'est pourtant toi qui as dû t'excuser et me supplier de t'épargner dans la Terre Brûlée.

Minho se renfrogna et s'empourpra.

— Bah, c'est facile de jouer les gros bras quand on est protégé par une meute de cinglés armés de couteaux. Mais la situation n'est plus la même.

— Arrêtez, vous deux! s'écria Brenda. On est tous dans le même camp.

— Ouais, ça suffit, déclara Newt. Accouche, qu'on sache à quoi s'attendre.

Thomas était encore sous le choc. Il écoutait discuter Jorge, Newt et Minho avec la sensation d'observer la scène de loin, comme sur un écran. Il avait cru que Teresa ne pourrait plus le surprendre. Et maintenant, ça!

— Écoutez, dit Jorge. Je n'ai pratiquement pas quitté ce hangar, d'accord? Tout à coup j'ai entendu des cris et des avertissements à l'interphone, et les alarmes lumineuses se sont mises à clignoter. J'ai voulu aller voir ce qui se passait et j'ai failli me prendre une balle en pleine tête.

— Au moins ça aurait mis fin à tes souffrances, marmonna Minho.

Jorge ne l'entendit pas, ou préféra l'ignorer.

— Ensuite, les lumières se sont éteintes et je suis revenu ici dare-dare pour récupérer mon flingue. Et voilà que Teresa débarque avec toute une bande comme s'ils avaient le feu aux fesses, en traînant ce vieux Tony avec eux pour piloter un berg. J'ai lâché mon pistolet minable en voyant cinq ou six lanceurs braqués sur moi, et je les ai suppliés d'attendre, de m'expliquer. Mais l'une de ces garces, une blonde, m'a collé un coup de crosse sur la caboche. Je suis tombé dans les pommes, et à mon réveil j'ai découvert vos sales gueules au-dessus de moi et vu qu'il manquait un berg. C'est tout ce que je sais.

Thomas l'écoutait distraitement, sans prêter attention aux détails. Dans cette affaire il ne comprenait qu'une seule chose, qui non seulement le déroutait, mais lui faisait mal.

— Ils nous ont laissés tomber, murmura-t-il. Je n'arrive pas à le croire.

— Hein ? fit Minho.

— Vide ton sac, Tommy, l'encouragea Newt.

Thomas échangea un long regard avec l'un et l'autre.

— Ils se sont tirés sans nous. Au moins, nous, on est retournés sur nos pas pour les chercher. Alors qu'eux nous ont tranquillement abandonnés entre les griffes du WICKED.

Ses amis ne firent pas de commentaires, mais il vit dans leurs yeux qu'ils pensaient la même chose que lui.

— Peut-être qu'ils vous ont cherchés, suggéra Brenda, mais qu'ils ne vous ont pas trouvés. Ou peut-être que ça tirait dans tous les coins et qu'ils ont.été obligés de partir.

Minho s'esclaffa.

— Avec tous les gardes ficelés comme des poulets dans l'autre pièce ? Non, ils auraient eu largement le temps de revenir pour nous. C'est clair, ils nous ont lâchés.

— Exprès, renchérit Newt à voix basse.

Thomas ne parvenait pas à l'accepter.

— Je ne marche pas, dit-il. Teresa ne jurait plus que par le WICKED ces derniers temps. Pourquoi aurait-elle décidé de s'échapper ? C'est forcément un piège. Allez, Brenda, tu m'as dit toi-même de ne pas leur faire confiance. Tu dois bien savoir quelque chose. Parle.

Brenda secoua la tête.

— Je n'en sais pas plus que vous. Pourquoi est-ce si difficile de croire que les autres sujets ont eu la même idée que nous ? S'évader ? Ils ont été meilleurs, c'est tout.

Minho gronda comme un loup.

— Toi, tu choisis mal ton moment pour nous insulter. Et continue à employer le mot « sujet » et je t'en colle une, que tu sois une fille ou pas.

— Essaie un peu pour voir, le défia Jorge. Touche-la, et ce sera la dernière chose que tu feras dans cette vie.

— Vous voulez bien arrêter de jouer les machos cinq minutes? fit Brenda en levant les yeux au plafond. On a des décisions à prendre.

Thomas ne s'en remettait pas que Teresa et les autres – y compris Poêle-à-frire! – aient pu s'enfuir sans eux. Teresa aurait-elle retrouvé dans ses souvenirs une chose à laquelle elle ne s'attendait pas?

— Il n'y a même pas à discuter, grommela Newt. On se tire d'ici.

Il indiqua les bergs.

Thomas était bien de son avis. Il se tourna vers Jorge.

— C'est vrai que tu es pilote?

L'autre sourit.

— Tu l'as dit, mec. L'un des meilleurs!

— Pourquoi t'avoir envoyé dans la Terre Brûlée, dans ce cas? Tu dois être précieux, non?

Jorge regarda Brenda.

— Je vais toujours avec Brenda, où qu'elle aille. Et puis sur le moment, une sortie dans la Terre Brûlée m'a paru plus excitante que de rester ici. Je voyais ça comme des vacances. Bon, les choses n'ont pas tourné tout à fait comme je le…

Une alarme retentit soudain, le même mugissement lancinant que la première fois. Thomas sentit son pouls s'emballer. Le bruit semblait encore plus fort dans le hangar que dans les couloirs, résonnant contre les murs et le plafond.

Brenda ouvrait de grands yeux vers la porte par laquelle ils étaient venus, et Thomas se retourna pour voir ce qui retenait son attention.

Une bonne douzaine de gardes vêtus de noir venaient de faire irruption dans le hangar, l'arme au poing. Ils se mirent à tirer.

CHAPITRE 18

Quelqu'un saisit Thomas par la chemise et le tira violemment sur sa gauche; il trébucha et s'écroula derrière la caisse alors que des bruits de verre cassé et des grésillements électriques emplissaient le hangar. Plusieurs éclairs apparurent au-dessus et autour de la caisse en dégageant une odeur de brûlé. À peine eurent-ils le temps de s'éteindre qu'une grêle de balles crépitait contre le bois.

— Qui les a détachés? cria Minho.

— Je ne crois pas que ce soit le plus important pour l'instant! lui répondit Newt sur le même ton.

Les fugitifs se tenaient accroupis, serrés les uns contre les autres. Il paraissait impossible de riposter depuis leur position.

— Ils vont nous encercler d'une seconde à l'autre, cria Jorge. Il faut qu'on réplique!

Malgré la violence qui se déchaînait autour d'eux, Thomas fut frappé par cette déclaration.

— Ça veut dire que tu es de notre côté?

Le pilote jeta un coup d'œil à Brenda, puis haussa les épaules.

— Puisqu'elle marche avec vous… Et au cas où tu n'aurais pas remarqué, je me fais tirer dessus, moi aussi!

Un sentiment de soulagement vint se mêler à la terreur qu'éprouvait Thomas. Maintenant, il ne leur restait plus qu'à embarquer à bord d'un des bergs.

L'assaut se calma momentanément, et Thomas put entendre des bruits de pas et des ordres brefs. S'ils voulaient reprendre l'initiative, ils devaient agir vite.

— Comment tu veux jouer ça ? demanda-t-il à Minho. C'est toi le patron, cette fois.

Son ami lui jeta un regard noir mais acquiesça de la tête.

— OK, je vais tirer par la droite, et Newt par la gauche. Thomas et Brenda, vous tirerez par-dessus la caisse. Jorge, dégage-nous le passage jusqu'à ton foutu berg. Descends tout ce qui bouge ou qui porte du noir. Préparez-vous !

Thomas s'agenouilla face à la caisse, prêt à se lever d'un bond au signal de Minho. Brenda était juste à côté de lui, avec deux pistolets. Ses yeux flamboyaient.

— Tu as l'intention de tuer quelqu'un ? demanda Thomas.

— Penses-tu ! Je viserai les jambes. Mais on ne sait jamais, peut-être que je toucherai un peu plus haut par accident.

Elle lui adressa un sourire ; décidément, Thomas l'appréciait de plus en plus.

— Maintenant ! cria Minho.

Ils passèrent à l'action. Thomas se leva en épaulant son lanceur au-dessus de la caisse. Il fit feu au hasard, mais lorsqu'il entendit la grenade exploser, il dressa la tête à la recherche d'une cible spécifique. Un homme s'approchait d'eux en catimini et Thomas le visa, puis tira. La grenade cueillit l'homme en plein torse, éclata en boule de foudre et le projeta au sol, secoué de spasmes.

Coups de feu et hurlements résonnaient dans le hangar, accompagnés de grésillements d'électricité statique. Les gardes tombaient l'un après l'autre, la main sur leurs blessures – principalement aux jambes, ainsi que Brenda l'avait promis. D'autres coururent se mettre à couvert.

— On les a mis en fuite ! triompha Minho. Mais ça ne durera pas ; ils ne devaient pas se douter qu'on avait des armes. Jorge, c'est lequel, ton berg ?

— Celui-là, répondit Jorge en pointant le coin gauche du hangar. Il me faut quelques minutes pour le mettre en marche.

Thomas se tourna dans la direction indiquée. La trappe de soute du berg, sur laquelle ils s'étaient hissés lors de leur récupération dans la Terre Brûlée, était grande ouverte. Ne restait plus qu'à recommencer. Sa surface antidérapante semblait leur faire de l'œil.

Minho tira une autre grenade.

— D'abord, tout le monde recharge. Ensuite, Newt et moi on vous couvre pendant que vous foncez jusqu'au berg. Jorge, tu t'occupes de lancer les moteurs. Thomas et Brenda nous couvriront depuis la soute. C'est compris ?

— Est-ce que les lanceurs ne risquent pas d'endommager le berg ? s'inquiéta Thomas.

Ils étaient tous en train de glisser des munitions dans leur arme ou dans leurs poches.

Jorge secoua la tête.

— Il y a peu de risques. Ces engins sont plus coriaces qu'un chameau de la Terre Brûlée. J'aime autant que ce soit eux qui prennent plutôt que nous.

— C'est parti ! cria Minho sans autre avertissement.

Newt et lui se mirent à tirer des grenades comme des furieux, en arrosant la zone qui les séparait du berg.

Thomas ressentit une bouffée d'adrénaline. Brenda et lui vinrent se placer de part et d'autre de Jorge et tous les trois piquèrent un sprint hors de la protection de la caisse. Une grêle de projectiles fusaient en tout sens, mais il y avait tellement d'électricité et de fumée dans l'air qu'on ne voyait même pas sur qui tirer. Thomas fit feu au hasard tout en courant, comme Brenda. Il aurait juré entendre des balles lui siffler aux oreilles. Des grenades de lanceurs explosaient à droite, à gauche, dans des gerbes de verre et de lumière.

— Plus vite ! cria Jorge.

Thomas força l'allure, les jambes en feu. Des éclairs de foudre filaient au ras du sol dans toutes les directions ; des balles tintaient contre les parois métalliques du hangar; des serpentins de fumée s'enroulaient ici et là comme des doigts de brume. Tout devint flou tandis qu'il se focalisait sur le berg, qui n'était plus qu'à une dizaine de mètres.

Ils touchaient au but quand Brenda reçut une grenade en plein dans le dos; elle s'écroula avec un cri, face contre le sol de béton.

Thomas s'arrêta net en hurlant son nom, puis se laissa tomber par terre afin d'offrir une cible plus réduite. Des filaments de foudre couraient sur le corps de Brenda, s'amenuisaient puis se dispersaient au ras du sol. Couché sur le ventre à moins d'un mètre, Thomas les esquivait de son mieux en cherchant un moyen de se rapprocher.

Face à la tournure désastreuse que venaient de prendre les événements, Newt et Minho avaient manifestement décidé de renoncer au plan. Ils arrivaient au pas de course en continuant à tirer. Jorge avait atteint le berg et disparu à l'intérieur, mais il en ressortit, armé d'un autre type de lanceur dont les grenades explosaient à l'impact en boules de feu dévastatrices. Plusieurs gardes s'embrasèrent en hurlant, tandis que leurs compagnons reculaient prudemment.

Thomas piaffait d'impatience à côté de Brenda, maudissant son impuissance. Il allait devoir attendre que l'électricité se dissipe pour empoigner son amie et la traîner jusqu'au berg, mais en aurait-il le temps? Elle était blanche comme un linge; un filet de sang s'écoulait de son nez, elle bavait, ses membres étaient secoués de spasmes et son torse donnait l'impression de rebondir sur place. Elle avait le regard fixe, les yeux écarquillés par le choc et la terreur.

Newt et Minho rejoignirent Thomas et se couchèrent à côté de lui.

— Non! leur cria Thomas. Continuez jusqu'au berg. Abritez-vous derrière la trappe d'accès. Attendez qu'on se relève, puis couvrez-nous. Arrosez tout ce qui bouge jusqu'à ce qu'on soit à bord.

— On n'a pas le temps! s'écria Minho.

Il empoigna Brenda sous les bras, et Thomas retint son souffle en le voyant grimacer tandis que des éclairs remontaient le long des bras de son ami. Mais le courant s'était largement dissipé et Minho put rester debout et commencer à s'éloigner en traînant la jeune fille derrière lui.

Thomas souleva Brenda par les jambes. Ils battirent en retraite en direction du berg. Le hangar était complètement noyé dans le bruit, la fumée et les explosions. Une balle cingla le mollet de Thomas – une douleur cuisante, puis un filet de sang. À quelques centimètres près il aurait pu être estropié ou saigner à mort. Il lâcha un hurlement de fureur.

Il jeta un coup d'œil vers Minho, dont le visage se plissait sous l'effort. Puisant dans la force que lui donnait l'adrénaline, Thomas leva son lanceur d'une seule main et tira au hasard tout en l'aidant à porter Brenda.

Ils parvinrent au pied de la trappe d'accès. Jorge lâcha immédiatement son arme imposante et descendit empoigner Brenda par un bras. Thomas laissa Minho et Jorge hisser la jeune fille à bord.

Newt continuait à tirer, expédiant ses grenades à gauche et à droite. Thomas l'imita. Ils furent bientôt à court de munitions.

Les gardes dans le hangar durent sentir le vent tourner, car ils s'élancèrent en masse vers l'appareil en ouvrant le feu à leur tour.

— Plus le temps de recharger! cria Thomas. On file!

Newt gravit la rampe au pas de course. Thomas le suivait de près. À peine eut-il franchi le seuil de la soute qu'il sentit quelque chose s'écraser dans son dos. Il bascula en arrière et dégringola au bas de la rampe. Il se retrouva sur le sol du hangar, pris de convulsions. Puis tout devint noir.

CHAPITRE 19

Thomas avait les yeux ouverts mais ne voyait plus rien. Non, ce n'était pas tout à fait ça. Des arcs de lumière s'arrondissaient dans son champ de vision et l'aveuglaient. Incapable de ciller, il ne pouvait pas fermer les paupières pour se protéger. Une douleur lui traversait tout le corps ; il avait l'impression que sa peau fondait sur ses muscles et ses os. Il avait perdu tout contrôle sur lui-même ; ses bras, ses jambes et son torse tressautaient malgré tous ses efforts pour les en empêcher.

Des crépitements d'électricité emplissaient l'air, mais ils furent bientôt noyés par un autre bruit. Un grondement sourd, puissant, qui lui martelait les tympans et résonnait dans sa tête. Il se sentait flotter à la lisière d'un abîme qui ne demandait qu'à l'engloutir. Mais au fond de lui, il savait à quoi correspondait ce bruit. Les moteurs du berg s'étaient allumés, ses réacteurs s'étaient mis à cracher leurs flammes bleues.

Il pensa aussitôt qu'on allait l'abandonner. D'abord Teresa et les autres, et maintenant ses plus proches amis. Il ne pourrait pas encaisser une nouvelle trahison. Cela faisait trop mal. Il eut envie de hurler, pendant que mille aiguilles lui transperçaient le corps et qu'une odeur de brûlé lui montait aux narines. Non, ils ne l'abandonneraient pas. Il en était certain.

Peu à peu sa vision s'éclaircit, et les ondes de chaleur incandescente diminuèrent en intensité et en nombre. Il cligna des paupières. Deux silhouettes vêtues de noir se dressèrent au-dessus de lui, le visant de leur arme. Des gardes. Allaient-ils le tuer? Ou le traîner devant l'homme-rat pour le soumettre à d'autres tests? L'un d'eux dit quelque chose, mais Thomas ne distingua pas les mots; ses oreilles bourdonnaient.

Tout à coup les gardes s'aplatirent au sol, plaqués par deux êtres qui avaient semblé tomber du ciel. Ses amis – c'étaient forcément ses amis. À travers la fumée Thomas parvenait à apercevoir le plafond du hangar loin au-dessus de lui. La douleur était presque entièrement partie, remplacée par un engourdissement. Il remua, roula sur le flanc gauche puis se redressa sur un coude, faible et tremblant. Quelques derniers crépitements électriques coururent sur son corps avant de se disperser dans le ciment. Le pire était passé. Du moins l'espérait-il.

Il regarda par-dessus son épaule. Minho et Newt, chacun à califourchon sur un garde, flanquaient une sacrée dérouillée à leurs adversaires. Jorge se tenait entre les deux blocards et tirait ses grenades incendiaires dans toutes les directions. La plupart des gardes encore en état de se battre avaient dû se replier, sans quoi Thomas et les autres n'auraient jamais pu arriver aussi loin. À moins qu'ils ne fassent semblant, qu'ils jouent la comédie, comme tout le monde dans ces Épreuves.

Mais Thomas s'en moquait. Il ne songeait qu'à s'enfuir. Et la porte de sortie se trouvait juste devant lui.

Il roula sur le ventre en grognant, puis se leva en prenant appui sur ses mains et ses genoux. Bris de verre, craquements électriques, détonations des armes à feu et tintements de balles sur du métal résonnaient tout autour de lui. Tant pis si on le prenait pour cible; il n'y pouvait rien. Il essaya de se traîner jusqu'au berg. Les réacteurs bourdonnaient; l'appareil entier vibrait, faisant trembler le sol sous lui. La trappe de soute n'était plus qu'à un mètre. Ils devaient à tout prix embarquer!

Il se mit à ramper aussi vite que son corps le lui permettait. Il parvint au pied de la rampe et commença à la gravir, centimètre par centimètre. Tous ses muscles lui faisaient mal, et il sentit la nausée le gagner. Le fracas de la bataille lui martelait les tympans et lui mettait les nerfs à vif; il risquait d'être touché d'une seconde à l'autre.

À mi-hauteur il se retourna pour voir où en étaient ses amis. Ils se repliaient dans sa direction, en tirant tous les trois. Quand Minho dut s'arrêter pour recharger, Thomas fut certain qu'il allait se prendre une balle ou une grenade. Mais son ami put repartir sans dommages.

— Ça suffit! cria Jorge. Chopez-le et balancez-le à l'intérieur!

Il dépassa Thomas au pas de course et s'engouffra dans l'appareil. On entendit un déclic, et la rampe se mit à se relever dans un grincement de charnières. Thomas s'aperçut qu'il gisait à plat ventre, face contre les plaques métalliques à relief antidérapant. Il sentit des mains le soulever dans les airs. Puis il s'affala dans la soute alors que la trappe se refermait derrière lui dans un claquement de verrous.

— Désolé, Tommy, lui souffla Newt à l'oreille. J'aurais sûrement pu faire plus doucement.

Quoique au bord de l'évanouissement, Thomas sentit son cœur se gonfler d'une joie indescriptible : ils échappaient enfin au WICKED. Il lâcha un gémissement léger pour tenter de partager ce sentiment avec ses amis. Puis il ferma les paupières et perdit connaissance.

CHAPITRE 20

En se réveillant, Thomas découvrit Brenda penchée sur lui, pâle, le visage strié de sang séché, avec une tache de suie sur le front et un gros bleu sur la joue. Elle avait l'air inquiète. Ce spectacle lui fit prendre conscience des mille douleurs qui lui parcouraient le corps. Il ignorait comment fonctionnaient ces grenades électriques, mais heureusement qu'il n'avait été touché qu'une fois.

— J'émerge tout juste, avoua Brenda. Et toi, comment te sens-tu ?

Thomas se redressa sur un coude. Sa douleur au mollet à l'endroit où la balle l'avait éraflé lui arracha une grimace.

— Horrible.

On l'avait allongé sur un matelas dans la soute, laquelle était quasiment vide à l'exception de quelques meubles disparates. Minho et Newt, enveloppés jusqu'au menton dans des couvertures, prenaient un repos bien mérité sur deux affreux canapés. Thomas soupçonna Brenda de les avoir bordés ; ils avaient l'air de deux gamins, confortablement installés bien au chaud.

Brenda était agenouillée à son chevet ; elle se leva et s'assit dans un fauteuil de mauvais goût à quelques pas.

— On a dormi presque dix heures.

— Sérieusement ?

Thomas aurait juré qu'il venait à peine de s'assoupir. Ou de tourner de l'œil, plus exactement.

Brenda hocha la tête.

— Et on a volé tout ce temps? On est en route pour la Lune, ou quoi?

Thomas s'assit au bord de son matelas.

— Non. Jorge nous a emmenés sur cent cinquante kilomètres environ, puis s'est posé dans une clairière. Il se repose, lui aussi. Il ne s'agirait pas qu'il s'endorme aux commandes.

— Je n'arrive pas à croire qu'on se soit pris une grenade tous les deux. Je préférais largement être celui qui les tire. (Thomas se frotta le visage avant de pousser un énorme bâillement. Puis il examina les brûlures qu'il avait sur les bras.) Tu crois qu'on gardera des cicatrices?

Brenda s'esclaffa.

— C'est vraiment la seule chose qui t'inquiète?

Il ne put s'empêcher de sourire. Elle avait raison.

— Ça ressemblait à une bonne idée d'échapper au WICKED quand on était là-bas, mais... Je ne sais pas si le monde réel... Ce n'est pas la Terre Brûlée partout, si?

— Non, le rassura-t-elle. Il n'y a que les régions comprises entre les tropiques qui sont devenues désertiques, le reste est soumis à des changements climatiques extrêmes. Il existe quelques villes où nous devrions être en sécurité. Surtout en tant qu'immunisés. On devrait pouvoir trouver du boulot assez facilement.

— Du boulot, répéta Thomas, comme si le mot était le plus étrange qu'il avait jamais entendu. Tu penses déjà à trouver du travail?

— Tu as l'intention de manger, non?

Rattrapé par le poids de la réalité, Thomas ne répondit rien. S'ils voulaient s'échapper pour de bon dans le monde réel, ils allaient devoir gagner leur vie comme tout le monde. Mais était-ce encore possible sur une planète ravagée par la Braise? Il songea à ses amis.

— Teresa, dit-il.

Brenda parut surprise.

— Eh bien, quoi?

— Y a-t-il un moyen de savoir où ils sont allés, elle et les autres?

— Jorge s'en est déjà occupé, grâce au système de localisation du berg. Ils se sont rendus dans une ville appelée Denver.

Un frisson d'inquiétude parcourut Thomas.

— Est-ce que ça veut dire que le WICKED va pouvoir nous suivre à la trace, nous aussi?

— Tu ne connais pas Jorge, répliqua-t-elle avec un sourire malicieux. Il sait exploiter le système mieux que personne. On devrait garder un coup d'avance sur eux pendant un petit moment.

— Denver, répéta Thomas après un instant de réflexion. (Le nom sonnait bizarrement dans sa bouche.) Où est-ce?

— Dans les Rocheuses. En altitude. Un bon choix pour une zone de quarantaine, vu que le climat s'y est rétabli plus rapidement après les éruptions solaires.

Thomas se moquait de savoir où ils finiraient, il savait juste qu'il devait retrouver les autres, reconstituer le groupe. Il ne savait pas exactement pourquoi, et n'était absolument pas disposé à en discuter avec Brenda. Il décida donc de gagner du temps.

— À quoi ça ressemble, là-bas? finit-il par demander.

— Oh, comme dans la plupart des grandes villes, ils ne prennent pas de gants pour tenir les fondus à l'écart et les gens doivent subir régulièrement des tests de dépistage de la Braise. Ils ont même construit une deuxième ville de l'autre côté de la vallée pour y envoyer les nouveaux contaminés. Les Imunes touchent un gros paquet pour s'occuper d'eux; cela dit, le boulot est très dangereux. Les deux villes sont étroitement gardées.

Même en ayant récupéré une partie de ses souvenirs, Thomas ne savait pas grand-chose de la population immunisée contre la Braise. Il se rappelait néanmoins une chose que lui avait dite l'homme-rat.

— D'après Janson, les gens détestent les immunisés. Qu'est-ce que tu sais là-dessus?

— Quand tu as la Braise, tu es condamné à devenir cinglé et à mourir. La question n'est pas de savoir *si* mais *quand* tu vas crever. Et malgré tous les systèmes mis en place, le virus arrive toujours à passer entre les mailles de la quarantaine. Imagine savoir ça, et savoir que les immunisés ne risquent rien. Tu arriverais à ne pas leur en vouloir, toi?

— Probablement pas, reconnut Thomas. Quand même, ce doit être pratique de les avoir sous la main, non? Sachant qu'ils ne risquent pas de développer la maladie.

Brenda haussa les épaules.

— On fait appel à eux, bien sûr, en particulier dans les services gouvernementaux et dans les missions de sécurité, mais les autres les traitent comme de la merde. Et les non-immunisés sont beaucoup plus nombreux. Voilà pourquoi les Imunes sont payés si cher pour être gardes ; sans ça, ils refuseraient de s'engager. Beaucoup essaient même de cacher leur immunité. Ou trouvent un emploi auprès du WICKED, comme Jorge et moi.

— Vous vous connaissiez déjà avant de venir ici?

— On s'est rencontrés au Canada, après avoir découvert qu'on était immunisés. Il y avait un lieu de rassemblement pour les gens comme nous, une sorte de camp secret. Jorge est devenu un peu comme mon oncle, et il a juré de me protéger. J'avais déjà perdu mon père, et ma mère m'avait renvoyée de la maison quand elle avait attrapé la Braise.

Thomas se pencha en avant, les coudes sur les genoux.

— Tu m'as raconté que c'était le WICKED qui avait tué ton père. Et tu as quand même voulu travailler pour eux?

— Question de survie, Thomas. (La jeune fille se rembrunit.) Tu ne mesures pas la chance que tu as eue de grandir sous l'aile du WICKED. Dans le monde réel, la plupart des gens sont prêts à n'importe quoi pour survivre un jour de plus. Les fondus et les Imunes n'ont pas les mêmes problèmes, c'est vrai, mais ils cherchent tous à s'en sortir. Tout le monde tient à la vie.

Thomas ne répondit rien. Il ne savait pas quoi dire. Tout ce qu'il connaissait du monde se résumait au Labyrinthe, à la Terre Brûlée et aux souvenirs fragmentaires de son enfance au sein du WICKED. Il se sentait vide, perdu, comme s'il n'avait sa place nulle part.

Son cœur se serra douloureusement tout à coup.

— Je me demande ce qui est arrivé à ma mère, dit-il, à son propre étonnement.

— Ta mère? répéta Brenda. Tu t'en souviens?

— J'ai fait plusieurs rêves à propos d'elle. Je crois qu'il s'agissait de souvenirs.

— De quoi tu t'es souvenu? À quoi elle ressemblait?

— Eh bien… à une maman. Tu sais, elle m'aimait, s'occupait de moi, s'inquiétait pour moi. (La voix de Thomas se fêla.) Personne n'a plus fait ça pour moi depuis qu'on m'a arraché à elle. Ça me fait mal de penser qu'elle est devenue folle, d'imaginer ce qui a pu lui arriver. Ce que je ne sais quel fondu assoiffé de sang a pu lui…

— Arrête, Thomas. Arrête. (Elle lui prit la main et la serra fort. Cela le réconforta un peu.) Pense qu'elle a dû mourir heureuse en sachant que tu étais toujours en vie, toujours en train de te battre. Que tu étais immunisé et que tu aurais une chance de devenir vieux, même dans ce monde pourri. En plus, tu te trompes complètement.

Thomas, qui fixait le sol, releva la tête vers Brenda.

— Comment ça?

— Minho, Newt, Poêle-à-frire… Tes amis t'aiment et se font du souci pour toi. Même Teresa. Tout ce qu'elle a fait dans la Terre Brûlée, c'était parce qu'elle était convaincue de ne pas avoir le choix.

Brenda marqua une pause.

— Et puis, tu oublies Chuck, ajouta-t-elle d'une petite voix.

Thomas sentit son cœur se serrer encore plus.

— Chuck. Il... il était...

Il dut s'interrompre, le temps de se ressaisir. En y réfléchissant, Chuck représentait la raison principale pour laquelle il détestait le WICKED. Que pouvait-il découler de bien de la mort d'un enfant comme Chuck ?

— Je l'ai regardé mourir, dit-il enfin. Dans les derniers instants, on lisait une terreur absolue dans ses yeux. On ne peut pas faire ça. On ne peut pas infliger ça à quelqu'un. Je me fiche de ce qu'ils peuvent dire, du nombre de personnes qui risquent de devenir cinglées et de mourir, je me fiche de savoir si c'est la fin de l'espèce humaine. Même si c'était la seule manière de découvrir un remède, je serais toujours contre.

— Thomas, calme-toi. Tu vas te casser un doigt.

Il ne se rappelait pas lui avoir lâché la main. Il baissa les yeux : il tordait ses doigts si fort que la peau blanchissait aux jointures. Il se détendit et sentit le sang affluer de nouveau dans ses phalanges.

Brenda hocha gravement la tête.

— J'ai changé, tu sais, dans la Terre Brûlée. Je suis désolée pour tout ça.

Thomas secoua la tête.

— Tu n'as pas plus de raisons de t'excuser que moi. C'est la situation qui veut ça.

Il grogna, se renversa sur son matelas et fixa le grillage métallique du plafond.

Au bout d'un long moment, Brenda reprit la parole.

— On pourrait peut-être retrouver Teresa et les autres. Reformer le groupe. Ils se sont enfuis, ce qui veut dire qu'on est dans le même camp. Je crois qu'on devrait leur accorder le bénéfice du doute ; peut-être qu'ils n'avaient pas d'autre solution que de partir sans nous.

Thomas pivota vers elle, en priant pour qu'elle ait raison.

— Alors tu crois qu'on devrait aller à... ?

— Denver.

Thomas hocha la tête, subitement convaincu. Il adorait cette sensation.

— Va pour Denver!

— Mais pas uniquement pour tes amis. (Brenda sourit.) Il y a quelqu'un d'encore plus important là-bas.

CHAPITRE 21

Thomas dévisagea Brenda, attendant la suite.

— Tu sais ce que vous avez dans le cerveau, poursuivit-elle. Alors, qu'est-ce qui t'inquiète le plus ?

Thomas réfléchit avant de répondre.

— Que le WICKED puisse nous suivre à la trace ou nous contrôler.

— Exactement, confirma Brenda.

— Et alors ?

L'impatience lui nouait l'estomac.

Elle s'accroupit en face de lui en se frottant les mains dans son excitation.

— Je connais un type à Denver, un certain Hans, un immunisé comme nous. Il est médecin. Il travaillait pour le WICKED jusqu'à ce qu'il tombe en désaccord avec la direction à propos du protocole concernant les implants cérébraux. Il considérait que ses supérieurs franchissaient la ligne jaune, se montraient inhumains. Le WICKED n'a pas voulu le laisser partir, mais il est parvenu à s'échapper.

— Ces gars-là ont un vrai problème de sécurité, grommela Thomas.

— Tant mieux pour nous. (Brenda sourit.) Bref, ce Hans est un génie. Il connaît dans les moindres détails les implants que vous avez dans la tête. Je sais qu'il est à Denver parce qu'il m'a envoyé un message sur le Netblock juste avant mon largage dans la Terre Brûlée. Si on réussit à le retrouver, il devrait être en mesure de vous retirer ces trucs. Ou au moins de les désactiver. Je ne sais pas exactement comment ça fonctionne, mais si quelqu'un en est capable, c'est lui. Et il le fera avec plaisir. Il déteste le WICKED autant que nous.

Thomas réfléchit un instant.

— S'ils peuvent nous contrôler, on est mal. Ça s'est produit au moins trois fois sous mes yeux.

Quand Alby s'était débattu contre une force invisible à la ferme, quand Gally avait poignardé Chuck et quand Teresa avait lutté pour parler à Thomas devant la cabane dans la Terre Brûlée. Trois de ses souvenirs les plus traumatisants.

— En effet. Ils peuvent vous manipuler, vous faire agir comme ils en ont envie. Ils ne peuvent pas voir par vos yeux, entendre votre voix ni rien de tout ça, mais il faut quand même régler ça. S'ils sont à portée d'observation et qu'ils décident que ça en vaut la peine, ils tenteront le coup. Et c'est bien la dernière chose dont on a besoin.

Voilà qui faisait beaucoup à assimiler.

— Eh bien, on dirait qu'on a d'excellentes raisons d'aller à Denver. On verra ce qu'en disent Newt et Minho à leur réveil.

Brenda hocha la tête.

— D'accord.

Elle se pencha pour embrasser Thomas sur la joue. Ce dernier sentit la chair de poule lui gagner le torse et les bras.

— Tu sais, tout ce qui s'est passé dans les tunnels n'était pas de la comédie. (Elle se releva et le contempla un moment, calmement.) Je vais réveiller Jorge, il se repose dans la cabine du commandant de bord.

Elle s'éloigna pendant que Thomas restait assis là, en priant pour ne pas être devenu rouge comme une betterave quand il s'était rappelé leur proximité dans l'En-dessous. Allongé sur le matelas, les mains croisées derrière la nuque, il s'efforça de trier tout ce qu'il venait d'entendre. Enfin, ils savaient quoi faire et où aller. Il sentit un sourire s'étaler sur son visage, et pas uniquement parce qu'on l'avait embrassé.

*

Minho voulut appeler leur réunion un « rassemblement », en mémoire du bon vieux temps.

À la fin de leur discussion Thomas avait une telle migraine qu'il avait l'impression que les yeux allaient lui sortir de la tête. Minho s'était fait l'avocat du diable sur chaque point, sans cesser une seconde de jeter des regards noirs à Brenda. Thomas savait qu'ils devaient considérer la situation sous tous les angles possibles, mais il aurait bien voulu que son ami lâche un peu la jeune fille.

En fin de compte, au bout d'une heure de palabres, d'arguments et de contre-arguments, ils avaient décidé – à l'unanimité – de se rendre à Denver. Ils poseraient le berg sur un aéroport privé en se faisant passer pour des immunisés à la recherche d'un contrat de convoyage pour le gouvernement. Heureusement, le berg ne comportait aucune immatriculation. Le WICKED préférait éviter toute publicité lors de ses excursions dans le monde réel, semblait-il. Les tests médicaux montreraient qu'ils n'avaient pas la Braise, et on les laisserait entrer en ville. Sauf Newt, qui, étant contaminé, devrait rester caché dans le berg jusqu'à ce qu'ils trouvent un moyen de le faire venir.

Ils se restaurèrent sur le pouce, puis Jorge se remit aux commandes de l'appareil. Il prétendait avoir suffisamment dormi et conseillait à tout le monde de se reposer car la ville se trouvait encore à plusieurs heures de vol. Et après, ils ignoraient combien de temps ils devraient tenir avant de dénicher un endroit sûr pour la nuit.

Thomas, qui avait envie de rester seul, se servit de sa migraine comme prétexte. Il se pelotonna dans un coin sur un siège à dossier inclinable, le dos tourné au reste de la soute. Il avait une couverture, dans laquelle il s'enveloppa. Cela faisait longtemps qu'il n'avait pas goûté un confort aussi douillet ; et même si l'avenir lui faisait peur, il éprouvait aussi une sensation de paix. Peut-être allaient-ils enfin parvenir à couper les ponts avec le WICKED.

Il réfléchit à la manière dont s'était déroulée leur évasion. Plus il y pensait, plus il doutait qu'elle ait pu être orchestrée par le WICKED. Ils avaient agi sans préméditation, et puis les gardes s'étaient vraiment battus pour les retenir.

Le sommeil finit par le rattraper, et il rêva.

*

Il a douze ans. Il est assis sur une chaise, face à un homme qui n'a pas l'air heureux d'être là. La pièce comporte une baie vitrée.

— Thomas, commence l'homme triste, je te trouve un peu… distant, ces derniers temps. J'aurais besoin que tu en reviennes à ce qui est important. Teresa et toi progressez bien en matière de télépathie, et d'après les estimations les choses avancent à un rythme satisfaisant. Il est temps de te reprendre.

Thomas se sent honteux, puis honteux d'éprouver ce sentiment. Ça lui embrouille les idées, lui donne envie de s'enfuir, de regagner son dortoir. L'autre le perçoit.

— Nous ne sortirons pas d'ici jusqu'à ce que tu m'aies convaincu de ton implication. (On dirait une sentence de mort prononcée par un juge impitoyable.) Tu vas répondre à mes questions, et tu as plutôt intérêt à être sincère. C'est bien compris ?

Thomas hoche la tête.

— Pourquoi sommes-nous ici ? demande l'homme.

— À cause de la Braise.

— Ça ne me suffit pas. Développe.

Thomas hésite. Il éprouve des velléités de rébellion depuis quelque temps, mais il sait qu'une fois qu'il aura répondu tout ce que l'autre a envie d'entendre, ce sentiment se dissipera.

Et Thomas recommencera à faire ce qu'on attend de lui, à apprendre ce qu'on lui demande d'apprendre.

— Vas-y, l'encourage l'homme.

Thomas lui balance tout d'un trait, mot à mot, comme il l'a mémorisé depuis longtemps.

— Quand les éruptions solaires ont matraqué la Terre, bon nombre de complexes gouvernementaux ont vu leur sécurité compromise. Un virus artificiel conçu comme arme bactériologique s'est échappé d'un centre de contrôle épidémiologique militaire. Il a touché les principaux centres de population et s'est répandu rapidement. On l'a surnommé la Braise. Les gouvernements survivants ont mis toutes leurs ressources en commun dans le WICKED, qui s'est chargé de réunir les meilleurs et les plus intelligents des immunisés. Puis le WICKED a développé son projet. Il s'agit de stimuler et de répertorier les schémas cérébraux de toutes les émotions humaines et d'étudier par quel miracle nous parvenons à rester fonctionnels malgré la présence de la Braise dans notre cerveau. Ces recherches doivent aboutir à…

Il continue ainsi, sans s'arrêter, à débiter ces mots qu'il exècre.

Le Thomas qui rêve se détourne et s'enfuit dans les ténèbres.

CHAPITRE 22

Thomas décida qu'il était temps de parler aux autres des rêves qu'il faisait. De ses soupçons selon lesquels il s'agirait de vieux souvenirs remontant à la surface.

Alors qu'ils s'asseyaient pour le deuxième rassemblement de la journée, il leur fit promettre à tous de ne pas ouvrir la bouche jusqu'à ce qu'il ait fini. Ils avaient pris place dans les sièges à proximité du cockpit afin que Jorge puisse suivre la discussion. Puis Thomas leur raconta chaque rêve qu'il avait fait : les souvenirs de son enfance, son départ pour le WICKED quand on avait découvert son immunité, son entraînement avec Teresa… Quand il eut déballé tout ce qu'il se rappelait, il attendit leur réaction.

— Je ne vois pas en quoi c'est important, avoua Minho. Ça me fait juste détester le WICKED encore plus. Je suis bien content qu'on ait mis les voiles, et j'espère ne plus jamais revoir cette garce de Teresa.

Newt, qui était désormais irritable et distant, prit la parole.

— Brenda est une foutue princesse comparée à cette Miss-Je-sais-tout.

— Heu… merci ? dit Brenda en levant les yeux au plafond.

— Qu'est-ce qui t'a fait changer d'avis ? grommela Minho.

— Pardon ? répondit Brenda.

— Qu'est-ce qui t'a rendue tellement hargneuse contre le WICKED ? Tu travaillais pour eux dans la Terre Brûlée, tu as fait tout ce qu'ils voulaient que tu fasses. Tu étais prête à les aider à nous coller un masque sur la figure pour nous laver le cerveau. Qu'est-ce qui t'a fait basculer dans notre camp ?

Brenda soupira ; elle paraissait fatiguée, mais ses paroles étaient empreintes de colère.

— Je n'ai jamais été de leur côté. Jamais. J'ai toujours été opposée à leurs méthodes. Mais que vouliez-vous que je fasse toute seule ? Ou même avec Jorge ? Je devais avant tout penser à sauver ma peau. Mais ensuite, j'ai traversé la Terre Brûlée avec vous et ça m'a fait prendre conscience du fait que… qu'on avait une chance.

Thomas préféra changer de sujet.

— Brenda, crois-tu que le WICKED va nous obliger à faire des trucs ? Agir sur notre cerveau, nous manipuler, ou je ne sais quoi ?

— C'est pour ça qu'on doit aller trouver Hans. (Elle haussa les épaules.) J'ignore quelles sont exactement les intentions du WICKED. Chaque fois que je les ai vus contrôler quelqu'un grâce à son implant cérébral, la personne était toujours sous surveillance et à proximité. Comme vous êtes en fuite et qu'ils n'ont aucun moyen de savoir ce que vous êtes en train de faire, ils ne voudront peut-être pas prendre ce risque.

— Pourquoi pas ? rétorqua Newt. Pourquoi ne pas nous ordonner de nous poignarder les uns les autres, ou de nous attacher à une chaise en attendant qu'ils nous retrouvent ?

— Comme je vous l'ai dit, il y a une question de distance, répondit Brenda. Et il est clair qu'ils ont besoin de vous. Ils ne peuvent pas risquer que vous soyez blessés ou tués. Je parie qu'ils ont lancé plein de monde à votre recherche. Quand leurs agents seront suffisamment près, là, ils pourront commencer à vous traficoter le cerveau. Et à mon avis, ils ne se gêneront pas. C'est pour ça que Denver est une bonne idée.

Thomas avait déjà pris sa décision.

— On y va tous, un point c'est tout. Et je propose qu'on laisse passer un bon siècle avant d'avoir un autre rassemblement pour discuter de ça.

— D'accord, approuva Minho. Je marche avec toi.

Cela faisait deux sur trois. Tout le monde se tourna vers Newt.

— Je suis un fondu, bougonna ce dernier. On se fiche de savoir ce que je pense.

— On peut te faire entrer en ville, dit Brenda sans le regarder. Au moins le temps que Hans intervienne sur ta tête. Il faudra simplement faire attention à te tenir à l'écart de…

Newt se leva et se mit à cogner la cloison derrière lui tout en parlant à toute vitesse.

— Pour commencer, je me fous complètement d'avoir un implant dans le cerveau : je serai au bout du rouleau dans pas longtemps quoi qu'il arrive. Et je n'ai pas envie de crever en sachant que j'ai infiltré une ville en bonne santé et contaminé la moitié de la population.

Thomas se souvint de l'enveloppe qu'il gardait dans sa poche. Il l'avait presque oubliée. Ses doigts le démangeaient de la sortir et de lire ce qu'elle contenait.

Personne ne dit rien.

Newt se rembrunit.

— Pas la peine de vous fatiguer à me baratiner, maugréa-t-il enfin. On sait tous que le remède miracle du WICKED ne marchera jamais. Je n'en voudrais pas, de toute façon. Je ne vois pas l'intérêt de vivre sur cette foutue planète. Je resterai à bord du berg pendant que vous irez en ville.

Il s'éloigna d'un pas rageur et se retira dans un coin de la soute.

— Ça s'est plutôt bien passé, murmura Minho. J'imagine que le rassemblement est terminé.

Il se leva pour rejoindre son ami.

Brenda fronça les sourcils, avant de se tourner vers Thomas.

— Tu, enfin, on a fait le bon choix.

— Je ne suis pas sûr qu'il y ait encore des bons ou des mauvais choix, répliqua Thomas d'une voix lasse. (Il avait désespérément besoin de sommeil.) Juste des choix entre l'horrible et l'un-peu-moins-horrible.

Il se leva à son tour pour rejoindre les deux blocards, palpant la lettre dans sa poche. Que pouvait-elle bien révéler ? se demanda-t-il en traversant la soute. Et comment saurait-il que le moment était venu de l'ouvrir ?

CHAPITRE 23

Thomas n'avait guère eu le temps de réfléchir à quoi ressemblerait le monde hors du contrôle du WICKED. Mais à présent qu'il allait le découvrir, il commençait à se sentir nerveux. Ils étaient sur le point de pénétrer en territoire inconnu.

— Vous êtes prêts ? leur demanda Brenda.

Ils se tenaient devant le berg, au pied de la rampe d'accès à la soute, à une trentaine de mètres environ d'une immense porte en fer scellée dans un mur de béton.

Jorge lâcha un ricanement.

— J'avais oublié à quel point l'endroit est accueillant.

— Vous êtes sûrs de savoir ce que vous faites ? lui demanda Thomas.

— Contente-toi de la boucler, et laisse-moi causer. On va garder nos prénoms en leur ajoutant simplement de faux noms. La seule chose qui les intéresse, c'est notre immunité. Ils vont se faire un plaisir de nous inscrire. Je ne leur donne pas deux jours avant de nous proposer de travailler pour le gouvernement. On est précieux. Et désolé d'insister, Thomas, mais il va vraiment falloir que tu la fermes.

— Toi aussi, Minho, ajouta Brenda. D'accord ? Jorge a fabriqué de faux documents pour chacun de nous, et il est champion du monde de mensonge.

— Sans déconner, grommela Minho.

Jorge et Brenda se dirigèrent vers la porte, suivis de près par Minho. Thomas hésita. Il leva les yeux vers le mur : ce dernier lui rappelait le Labyrinthe. Les souvenirs horribles qu'il en avait gardés lui revinrent brièvement en mémoire, en particulier la nuit où il avait dû hisser Alby dans le lierre pour le sauver des Griffeurs. Il n'était pas mécontent que ce mur-là soit nu.

Il eut l'impression de marcher une éternité. Le mur et la porte devenaient de plus en plus imposants à mesure qu'ils s'en approchaient. Quand ils s'arrêtèrent enfin au pied des battants gigantesques, un grésillement électronique se fit entendre, suivi d'une voix de femme.

— Annoncez vos noms et ce qui vous amène.

Jorge répondit d'une voix forte :

— Je m'appelle Jorge Gallaraga, et je suis avec mes associés Brenda Despain, Thomas Murphy et Minho Park. On est là pour recueillir des informations et faire des tests sur le terrain. Je suis pilote de berg. J'ai tous les papiers avec moi, vous pouvez vérifier.

Il sortit quelques cartes de données de la poche arrière de son pantalon et les brandit devant la caméra murale.

— Un instant, s'il vous plaît, ordonna la voix.

Thomas transpirait, car il était sûr que la femme allait déclencher l'alarme d'une seconde à l'autre. Des gardes allaient se ruer sur eux. On le renverrait au WICKED, dans la cellule blanche, ou pire encore.

Il attendit, le cerveau en ébullition, pendant quelques minutes interminables, jusqu'à ce qu'une série de cliquetis résonnent, ponctués d'un choc sourd. Puis l'un des battants de la porte en fer pivota vers l'intérieur en grinçant. Thomas jeta un coup d'œil par l'ouverture et fut soulagé de constater que la ruelle de l'autre côté semblait déserte. Au fond se dressait un autre mur avec une porte. Cette dernière avait l'air plus moderne, équipée de plusieurs écrans et panneaux de contrôle scellés dans le béton.

— Venez, dit Jorge.

Il franchit la porte avec autant de naturel que s'il le faisait tous les jours. Thomas, Minho et Brenda le suivirent jusqu'à la deuxième enceinte, où il s'arrêta. Les écrans et les panneaux paraissaient complexes. Jorge pressa un bouton sur le panneau principal, puis se mit à taper leurs faux noms et numéros d'identification sur un clavier. Il entra des informations complémentaires, puis glissa leurs cartes de données dans une fente.

Ils patientèrent quelques minutes, durant lesquelles l'anxiété de Thomas s'accrut. Il s'efforça de ne pas le montrer, mais il avait tout à coup la sensation d'avoir commis une erreur colossale. Ils auraient dû se rendre dans un endroit moins sécurisé, ou essayer de s'infiltrer dans la ville d'une manière ou d'une autre. Ces gens allaient les démasquer tout de suite. Peut-être même que le WICKED les avait déjà mis en garde contre les fugitifs.

« Écrase, Thomas », se dit-il, et pendant une demi-seconde il eut peur de l'avoir dit à voix haute.

La femme reprit :

— Tout est en ordre. Veuillez avancer jusqu'au poste de test viral.

Jorge fit un pas vers la droite. Un panneau s'ouvrit dans le mur. Un bras mécanique en sortit, un instrument étrange, avec ce qui ressemblait à des cavités orbitales. Jorge se pencha et colla son visage à l'appareil. À peine ses yeux furent-ils dans l'axe des cavités qu'un tube articulé vint lui piquer la nuque. On entendit plusieurs chuintements et cliquetis, puis le tube se rétracta dans le bras, tandis que Jorge se reculait.

Le panneau entier pivota dans le mur et l'instrument utilisé par Jorge disparut, bientôt remplacé par un autre en tout point identique.

— Au suivant, annonça la femme.

Brenda échangea un regard hésitant avec Thomas, puis s'avança à son tour pour se pencher vers la machine. Le tube articulé lui piqua la nuque, l'instrument chuinta et cliqueta, puis ce fut terminé. Elle s'écarta avec un soupir de soulagement.

— Ça faisait longtemps que je n'avais pas passé de test, chuchota-t-elle à Thomas. Ça me rend toujours nerveuse, comme si j'allais apprendre que mon immunité s'est envolée.

La femme répéta :

— Au suivant.

Minho s'avança pour subir la procédure. Puis ce fut le tour de Thomas.

Il s'approcha du panneau de test qui effectuait sa rotation, et dès qu'un nouveau bras apparut et se mit en place, il se pencha de manière à positionner ses yeux à l'emplacement approprié. Il se crispa en sentant le tube approcher de son cou mais sentit à peine la piqûre. Tout ce qu'il vit dans la machine, ce fut des éclairs de lumière et de couleurs. Il sentit un souffle d'air qui lui fit fermer les yeux ; quand il les rouvrit, il ne voyait plus que du noir.

Après quelques secondes, il se recula et attendit la suite des événements.

La femme continua :

— Bien, aucun de vous ne représente une MCV et votre immunité à tous les quatre est confirmée. Vous devez vous douter que les opportunités ne manquent pas pour les gens comme vous, ici, à Denver. Mais ne le clamez pas sur les toits. Tout le monde est en bonne santé et non contaminé, chez nous, mais il y en a encore qui n'apprécient pas les immunisés.

— On est là uniquement pour quelques travaux, et on repartira après. Dans une semaine tout au plus, dit Jorge. Avec un peu de chance, notre petit secret pourra rester entre nous.

— C'est quoi, une MCV ? murmura Thomas à Minho.

— Qu'est-ce que j'en sais ?

— Une menace de contagion virale, chuchota Brenda avant que Thomas ne lui pose la question. Parlez moins fort. Ça paraîtrait suspect que vous ne soyez pas au courant.

Thomas ouvrit la bouche pour répliquer mais fut surpris par un bip tandis que la porte commençait à coulisser. Un autre couloir s'ouvrit devant eux, tout en métal celui-là. On apercevait une porte au fond, ouverte. Thomas se demanda si cela allait durer encore longtemps.

— Passez dans le détecteur l'un après l'autre, s'il vous plaît, leur dit la femme. (Sa voix parut les suivre à l'intérieur.) M. Gallaraga en premier.

Jorge franchit la porte, qui se referma derrière lui.

— À quoi sert ce détecteur? demanda Thomas.

— À détecter des trucs, répondit sèchement Brenda.

Thomas se renfrogna. Un bip retentit, et la porte se rouvrit. Jorge avait disparu.

— Au tour de Mlle Despain, annonça la femme qui, à présent, donnait l'impression de s'ennuyer.

Brenda adressa un hochement de tête à Thomas puis s'engagea dans le détecteur. Une minute plus tard, ce fut le tour de Minho.

Celui-ci se tourna vers Thomas, l'air grave.

— Si on ne se revoit pas de l'autre côté, dit-il avec des trémolos dans la voix, souviens-toi que je t'aime.

Thomas leva les yeux au ciel. Minho ricana, franchit le seuil, et la porte se referma.

Puis la femme appela Thomas.

Il entra dans le détecteur, qui se referma. Une bouffée d'air l'enveloppa tandis que plusieurs bips graves résonnaient; après quoi la porte qui se trouvait devant lui s'ouvrit enfin. Il y avait du monde partout. Thomas sentit son pouls s'emballer, mais se détendit dès qu'il repéra ses amis. Il fut abasourdi par l'animation qui régnait autour de lui. Une foule bruyante d'hommes et de femmes – dont beaucoup se masquaient la bouche avec un chiffon – remplissait un immense atrium coiffé d'un dôme de verre, dans lequel le soleil se déversait à flots. On apercevait dans un coin le sommet de plusieurs gratte-ciel, mais qui ne ressemblaient en rien à ceux qu'ils avaient vus dans la Terre Brûlée. Ceux-là étincelaient dans la lumière. Thomas était si stupéfait de ce qu'il voyait qu'il en oublia presque la nervosité qu'il avait ressentie quelques instants plus tôt.

— Tu vois, ça s'est plutôt bien passé, dit Jorge.

— Comme sur des roulettes, renchérit Minho.

Thomas était éberlué ; il n'arrêtait pas de se dévisser le cou dans tous les sens pour examiner les alentours.

— Qu'est-ce que c'est que cet endroit ? bredouilla-t-il enfin. Qui sont ces gens ?

Il se tourna vers ses amis. Jorge et Brenda avaient l'air gênés de se trouver en sa compagnie. Puis l'expression de Brenda s'adoucit tout à coup, pour laisser place à une forme de tristesse.

— J'oublie toujours que tu as perdu la mémoire, murmura-t-elle, avant de désigner les lieux d'un grand geste du bras. On appelle ça un centre commercial. Il longe pratiquement tout le mur d'enceinte. C'est là que se concentrent la plupart des boutiques et des bureaux.

— Je n'avais encore jamais vu autant de...

Il s'interrompit. Un homme en blouson bleu foncé venait à leur rencontre, le regard fixé sur Thomas. Et il n'avait pas l'air content.

— Hé, fit Thomas à voix basse, en indiquant le nouveau venu d'un signe de tête.

L'homme les rejoignit avant que les autres ne puissent réagir. Il inclina brièvement la tête et déclara :

— On sait que plusieurs personnes se sont échappées des locaux du WICKED. Et à voir le berg dans lequel vous êtes arrivés, je suis prêt à parier que vous êtes du nombre. Je vous recommande vivement de suivre le conseil que je suis sur le point de vous donner. N'ayez pas peur, on veut simplement vous demander un coup de main, et vous serez protégés une fois sur place.

Il tendit un bout de papier à Thomas, tourna les talons et repartit sans ajouter un mot.

— Qu'est-ce que c'est que cette histoire ? maugréa Minho. Ça dit quoi, son papier ?

— Ça dit : « Je fais partie d'un groupe appelé le Bras Droit.

Venez me retrouver immédiatement, à l'angle de Kenwood et de Brookshire, appartement 2792. »

Une grosse boule se forma dans la gorge de Thomas quand il découvrit le nom au bas du papier. Il leva les yeux vers Minho comme s'il venait de voir un fantôme.

— C'est signé Gally.

CHAPITRE 24

Fort heureusement, Thomas n'eut pas besoin de se lancer dans de grandes explications. Brenda et Jorge avaient servi le WICKED assez longtemps pour savoir qui était Gally : un paria du Bloc, devenu l'ennemi juré de Thomas après avoir recouvré partiellement la mémoire à la suite de sa Transformation. Thomas, quant à lui, repensait uniquement au fou furieux qui avait poignardé Chuck et l'avait fait saigner à mort dans ses bras.

Il se rappelait avoir perdu la tête à ce moment-là, il avait cogné sur Gally jusqu'à le laisser pour mort. Un soulagement surprenant l'envahit quand il comprit qu'il avait peut-être survécu – si ce message émanait bien de Gally. Thomas avait beau l'avoir haï de toutes ses forces, il ne tenait pas à être un meurtrier.

— Impossible que ce soit lui, dit Brenda.

— Et pourquoi pas ? demanda Thomas, dont le soulagement s'estompait déjà. Que lui est-il arrivé après qu'on nous a emmenés ? Est-ce qu'il est… ?

— Mort ? Non. Il a passé environ une semaine à l'infirmerie, à récupérer d'une fracture à la pommette. Mais ce n'était rien en comparaison des dommages psychologiques qu'il avait subis. On s'était servi de lui pour tuer Chuck, parce que les psys pensaient obtenir des schémas intéressants. Tout était planifié. On a forcé Chuck à s'interposer.

La rage que Thomas avait pu éprouver envers Gally se reporta alors sur le WICKED, venant alimenter l'immense haine qu'il vouait à l'organisation. Ce type s'était révélé une sacrée tête de pioche, mais si Brenda disait la vérité, il n'avait été qu'un pion dans le jeu du WICKED. Cela mettait Thomas encore plus en colère de savoir que la mort de Chuck avait été préméditée.

Brenda continua :

— J'ai cru comprendre que les psys avaient conçu l'incident comme une variable, non seulement pour toi et les blocards qui assisteraient à la scène, mais aussi pour... Chuck, pendant ses derniers instants.

Durant une fraction de seconde terrifiante, Thomas crut qu'il allait succomber à la fureur, attraper un pauvre type au hasard dans la foule et le massacrer comme il l'avait fait avec Gally.

Il inspira profondément et, d'un geste tremblant, se passa la main dans les cheveux.

— Plus rien ne m'étonne, lâcha-t-il entre ses dents.

— Gally n'arrivait pas à assumer ce qu'il avait fait, poursuivit Brenda. Il était devenu complètement cinglé, et ils ont fini par le renvoyer. J'imagine qu'ils pensaient que personne ne croirait à son histoire.

— Alors pourquoi tu dis que ça ne peut pas être lui ? Peut-être qu'il a fini par aller mieux et se retrouver ici.

Brenda secoua la tête.

— Tout est possible, évidemment. Mais je l'ai vu, on aurait dit qu'il avait la Braise. Il bavait, il hurlait, il s'arrachait les cheveux.

— Je l'ai vu, moi aussi, renchérit Jorge. Un jour où il avait réussi à fausser compagnie aux gardes. Il courait dans les couloirs, tout nu, en hurlant qu'il avait des scarabées dans les veines.

Thomas s'efforça de mettre de l'ordre dans ses idées.

— Je me demande ce que c'est que cette histoire de Bras Droit.

— On en parle beaucoup par ici, répondit Jorge. Ce serait une sorte de groupe clandestin voué à contrecarrer les projets du WICKED.

Brenda semblait dubitative.

— Je pense vraiment qu'on devrait commencer par aller voir Hans.

Thomas brandit le bout de papier et l'agita.

— Non, allons plutôt voir Gally. On a besoin de quelqu'un qui connaît la ville.

Surtout, son instinct lui soufflait qu'il valait mieux commencer par là.

— Et si c'était un piège? protesta Brenda.

— Oui, reconnut Minho. On devrait peut-être envisager cette possibilité.

— Non. (Thomas secoua la tête.) On ne peut plus s'amuser à deviner ce qu'ils ont derrière la tête. Parfois, ils élaborent des plans rien que pour m'obliger à faire le contraire de ce qu'ils croient que je pense qu'ils veulent.

— Hein? firent les trois autres à l'unisson, perplexes.

— À partir de maintenant, je ferai comme je le sens, résuma Thomas. Et quelque chose me dit qu'on devrait d'abord aller trouver Gally, au moins pour nous assurer que c'est bien lui. On l'a connu au Bloc, et il a toutes les raisons du monde de se mettre de notre côté.

Ses amis le dévisagèrent d'un air neutre, comme s'ils cherchaient d'autres arguments à lui opposer.

— Donc, c'est réglé, conclut Thomas. Je suis bien content qu'on soit tous d'accord. Maintenant, comment on y va?

Brenda lâcha un soupir exaspéré.

— Tu n'as jamais entendu parler des taxis?

*

Après un rapide repas au centre commercial, ils prirent un taxi pour aller en ville. En voyant Jorge donner une carte de paiement au chauffeur, Thomas s'inquiéta à l'idée que le WICKED puisse les suivre à la trace. À peine furent-ils installés dans leurs sièges qu'il lui en toucha deux mots, à voix basse.

Jorge se contenta de le dévisager d'un air soucieux.

— Tu te demandes comment Gally a su qu'on venait, hein ? devina Thomas.

Jorge acquiesça de la tête.

— Oui. Mais vu la manière dont le gars s'est présenté, on peut espérer que notre évasion a fait du bruit et que ce fameux Bras Droit nous guettait, tout simplement. J'avais entendu dire qu'ils étaient basés à Denver.

— Ou peut-être que c'est en rapport avec l'arrivée du groupe de Teresa, suggéra Brenda.

Thomas ne se sentait pas vraiment rassuré.

— Tu es sûr qu'on a bien fait de venir ici ? demanda-t-il à Jorge.

— Tout ira bien. Maintenant qu'on est là, le WICKED va avoir un mal de chien à nous pister. C'est plus facile que tu ne le crois, de se fondre dans une ville. Détends-toi.

Thomas ne savait pas s'il en serait capable. Il s'enfonça dans son siège et regarda par la vitre.

Le trajet à travers Denver lui coupa le souffle. Il se souvenait des hovercrafts de son enfance, véhicules de police armés et automatisés que tout le monde appelait des autoflics. Mais il y avait tellement de choses qu'il découvrait – les gratte-ciel gigantesques, les publicités holographiques sur des panneaux géants, la foule innombrable – qu'il avait beaucoup de mal à croire à leur réalité. Au fond de lui-même, il se demandait si ses nerfs optiques n'avaient pas été manipulés par le WICKED, s'il ne s'agissait pas d'une simulation. Il se demanda s'il avait déjà vécu dans une ville semblable, et si oui, comment il avait pu oublier une telle splendeur.

Pendant qu'ils s'enfonçaient dans les rues bondées, l'idée

lui vint que le monde n'était peut-être pas si mal en point. Il avait sous les yeux une communauté entière, des milliers de personnes en train de vaquer à leurs occupations quotidiennes. Mais au fur et à mesure du trajet certains détails qu'il n'avait pas remarqués au début le frappèrent. Et plus ils avançaient, plus Thomas était troublé. Les gens paraissaient mal à l'aise. Ils semblaient éviter tout contact les uns avec les autres, et pas uniquement par politesse. Ils se donnaient manifestement beaucoup de mal pour garder leurs distances. Comme dans le centre commercial, on en voyait beaucoup qui portaient un masque ou se cachaient la bouche et le nez derrière un chiffon.

Les murs des immeubles étaient tapissés d'affiches et d'écriteaux, déchirés ou tagués à la bombe pour la plupart. Certains mettaient en garde contre la Braise et donnaient la liste des précautions élémentaires ; d'autres parlaient du danger de s'aventurer hors des villes, ou des mesures à prendre en présence d'une personne contaminée. Quelques-uns proposaient des photos terrifiantes de fondus au bout du rouleau. Thomas repéra une affiche d'une femme aux traits tirés, aux cheveux coiffés en arrière, sous-titrée : LA CHANCELIÈRE PAIGE VOUS AIME.

La chancelière Paige. La femme dont Brenda avait dit qu'on pouvait lui faire confiance. Il se tourna vers Brenda, hésita. Une petite voix lui conseilla d'attendre qu'ils soient seuls. Il remarqua d'autres affiches de la chancelière, dont la plupart disparaissaient à moitié sous les graffitis. Difficile de distinguer le vrai visage de cette femme sous les cornes de diable et les moustaches ridicules.

Des vigiles patrouillaient à tous les coins de rues ; on en voyait des centaines, portant des chemises rouges et des masques à gaz, une arme dans une main et dans l'autre une version portative de l'appareil de test viral dont Thomas et ses amis avaient fait la connaissance à leur entrée en ville. Plus ils s'éloignaient du mur d'enceinte, plus les rues devenaient crasseuses : des ordures partout, des vitres brisées, des graffitis sur presque tous les murs. Et malgré le soleil qui se reflétait sur les fenêtres en hauteur, une ombre semblait planer sur les lieux.

Le taxi s'engagea dans une ruelle déserte. Il ralentit et s'arrêta devant un immeuble en béton d'une bonne vingtaine d'étages. Le chauffeur sortit la carte de Jorge de son appareil et la lui rendit, ce que Thomas interpréta comme une invitation à descendre.

Quand ils furent sortis et que le taxi fut reparti, Jorge indiqua la cage d'escalier la plus proche.

— Le numéro 2792 est juste là, au deuxième étage.

Minho émit un sifflement appréciateur.

— C'est mignon comme tout.

Thomas fit la grimace. L'endroit n'était guère engageant, et les briques grises couvertes de graffitis le rendaient nerveux. Ça n'invitait pas à monter les marches pour découvrir qui les attendait à l'intérieur.

Brenda le gratifia d'une bourrade dans le dos.

— C'était ton idée, non ? Passe devant.

Il se racla la gorge mais ne protesta pas ; il se contenta de monter lentement les marches, ses trois amis sur les talons. La porte en bois de l'appartement 2792, fendue et gauchie, donnait l'impression d'être là depuis mille ans ; on n'y voyait plus que quelques traces de peinture verte écaillée.

— C'est de la folie, murmura Jorge. Une vraie folie.

Minho ricana.

— Thomas lui a déjà flanqué une dérouillée une fois. Il peut très bien le refaire.

— Sauf s'il nous attend avec un flingue dans chaque main, rétorqua Jorge.

— Vous allez la fermer, oui ? grommela Thomas.

Il avait les nerfs à fleur de peau. Il frappa à la porte. Après quelques secondes interminables, elle s'ouvrit.

Thomas vit tout de suite que le garçon aux cheveux bruns venu les accueillir était bien le Gally du Bloc. Aucun doute là-dessus. Mais il avait le visage très abîmé, strié de cicatrices blanches. Son œil droit semblait poché de manière permanente, et son nez, déjà imposant et légèrement de travers avant la mort de Chuck, était complètement tordu.

— Content de vous voir, leur dit Gally d'une voix rauque. Parce que la fin du monde est pour très bientôt.

CHAPITRE 25

Gally s'écarta en ouvrant la porte en grand.

— Entrez.

Thomas éprouva de la culpabilité en voyant ce qu'il avait fait à Gally. Ne sachant que dire, il se contenta de hocher la tête et pénétra à contrecœur dans l'appartement.

Il découvrit une pièce obscure mais propre, entièrement nue, où flottait une odeur de bacon. Une couverture jaune était tendue devant la fenêtre, les lieux baignaient dans une pénombre irréelle.

— Asseyez-vous, dit Gally.

Thomas n'avait qu'une seule envie, apprendre comment le Bras Droit avait su qu'ils se trouvaient à Denver, et ce qu'il leur voulait, mais son instinct lui conseillait de ne pas faire de vagues. Ses amis et lui s'assirent donc les uns à côté des autres à même le sol, devant Gally qui leur faisait face comme un juge. Le visage du garçon était affreux dans la pénombre, et son œil abîmé était injecté de sang.

— Tu connais déjà Minho, commença maladroitement Thomas. (Minho et Gally échangèrent un bref hochement de tête.) Et voilà Brenda et Jorge. Ils travaillaient pour le WICKED, mais…

— Je sais qui ils sont, le coupa Gally. Ces tocards du WICKED m'ont rendu la mémoire. Sans me demander mon avis. (Son regard se posa sur Minho.) Hé, tu as été drôlement sympa avec moi lors du dernier rassemblement. Merci.

Sa voix ruisselait de sarcasme.

Cette évocation tira une grimace à Thomas. Minho qui envoyait Gally par terre, qui le menaçait... Il l'avait complètement oublié.

— J'avais eu une journée difficile, répliqua Minho.

Impossible de deviner à son expression s'il était sérieux, ou même un tant soit peu désolé.

— Oui, bah, c'est du passé, non ? fit Gally.

Son ricanement exprimait clairement qu'il n'en pensait pas un mot.

Minho n'avait peut-être aucun regret, mais ce n'était pas le cas de Thomas.

— Écoute, Gally, je suis désolé pour ce que je t'ai fait.

Thomas regardait Gally droit dans les yeux. Il tenait à ce que l'autre le croie et sache qu'il considérait le WICKED comme leur ennemi commun.

— Tu es désolé, toi ? J'ai tué Chuck. Il est mort. À cause de moi.

Cet aveu ne procura aucun soulagement à Thomas, seulement de la tristesse.

— Ce n'était pas ta faute, lui dit Brenda sur un ton apaisant.

— Mais bien sûr ! rétorqua Gally. Si j'avais eu des tripes, j'aurais pu échapper à leur contrôle. Mais je les ai laissés faire parce que je croyais que j'allais tuer Thomas, et pas Chuck. Jamais j'aurais voulu assassiner ce pauvre gosse.

— Très généreux de ta part, ironisa Minho.

— Tu voulais ma mort ? demanda Thomas, décontenancé par une telle franchise.

Gally s'esclaffa.

— Ne me regarde pas avec ces yeux ahuris. Je te détestais comme je n'avais encore jamais détesté personne. Mais comme je le disais, tout ça, c'est du passé. Il faut qu'on discute de l'avenir. Et de la fin du monde.

— Pas si vite, intervint Jorge. D'abord, tu vas nous raconter dans les moindres détails tout ce qui t'est arrivé depuis le moment où tu t'es fait virer du WICKED.

— Dis-nous comment tu as su qu'on venait, ajouta Minho. Et quand. Et qui est ce guignol qui nous a remis ton message.

Gally ricana de nouveau, ce qui le rendit encore plus effrayant.

— J'ai l'impression qu'avoir travaillé pour le WICKED n'incite pas à faire confiance à son prochain, je me trompe ?

— Ils ont raison, dit Thomas. Tu vas devoir nous mettre un peu au courant. Surtout si tu as l'intention de nous demander de t'aider.

— De m'aider ? répéta Gally. Je ne sais pas si j'aurais formulé ça comme ça. Ce qui est sûr, c'est qu'on a les mêmes objectifs.

— Écoute, insista Thomas, il nous faut une raison de te faire confiance. Crache le morceau.

Après une longue pause, Gally se mit à raconter :

— Le type qui vous a donné le message s'appelle Richard. Il fait partie d'un groupe appelé « le Bras Droit ». Ils ont des gars dans chaque bled de cette foutue planète. Leur mission consiste à faire tomber nos vieux copains... et à consacrer le fric et l'influence du WICKED à des choses vraiment utiles. Seulement, ils n'ont pas les ressources nécessaires pour lutter contre une organisation aussi puissante. Ils voudraient agir, mais il leur manque certaines informations cruciales.

— On a entendu parler de ce groupe, dit Brenda. Comment t'ont-ils recruté ?

— Ils ont un ou deux espions au quartier général du WICKED, et ils m'ont contacté, en m'expliquant comment me faire renvoyer en me faisant passer pour un dingue. J'aurais fait n'importe quoi pour m'enfuir de là-bas. Et puis, le Bras Droit avait besoin de quelqu'un pour le renseigner sur le fonctionnement du centre, son dispositif de sécurité, ce genre de plonk. Alors, ils ont attaqué mon véhicule d'escorte pour m'enlever. Et ils m'ont conduit ici. Quant à savoir que vous arriviez, on a reçu un message anonyme par le Netblock. Je croyais qu'il venait de vous.

Thomas se tourna vers Brenda, interrogatif, mais tout ce qu'il obtint fut un haussement d'épaules.

— Donc, ce n'était pas vous, dit Gally. Alors peut-être que quelqu'un au quartier général a voulu donner l'alerte, pour lancer des chasseurs de primes à vos trousses ou quelque chose comme ça. Une fois qu'on l'a su, il nous a suffi de nous introduire dans le système informatique de l'aéroport pour guetter l'apparition du premier berg.

— Et tu nous as fait venir pour discuter d'un moyen d'en finir avec le WICKED ? demanda Thomas.

La seule possibilité d'une telle issue le remplissait d'espoir.

Gally hocha la tête avant de continuer.

— À t'entendre, ça paraît facile. Mais oui, en gros, c'est ça. On a quand même deux sérieux problèmes sur les bras.

Brenda commençait à s'impatienter.

— Ah oui ? Eh bien, vas-y, accouche.

— Écrase, tu veux bien.

— Quels problèmes ? intervint Thomas.

Gally jeta un regard noir à Brenda, puis se tourna vers Thomas.

— Tout d'abord, on raconte que la Braise serait en train de se répandre dans toute cette foutue ville et que le gouvernement se donnerait un mal de chien pour le cacher, parce qu'il y aurait des gens importants parmi les contaminés. On matraque le virus à grands coups de bliss. La drogue ralentit la Braise, ce qui permet aux malades de se fondre dans la population, sauf que le virus continue à se propager. À mon avis, c'est la même chose partout dans le monde. Il n'y a aucun moyen de contenir cette saloperie.

Thomas sentit son ventre se nouer. L'idée d'un monde submergé par des hordes de fondus le terrifiait. Il avait du mal à se représenter l'horreur d'une telle situation ; être immunisé ne servirait plus à grand-chose dans ce cas de figure.

— Et l'autre problème ? demanda Minho. Comme si le premier ne suffisait pas…

— L'autre problème, ce sont les gens comme nous.

— Les gens comme nous ? répéta Brenda, perplexe.

— Oui. (Gally se pencha en avant.) Les immunisés disparaissent les uns après les autres. Kidnappés, en fuite, volatilisés… personne ne le sait. D'après une source bien informée, ils se feraient ramasser et revendre au WICKED pour lui permettre de continuer ses Épreuves. Ou même de tout recommencer à zéro, qui sait ? En tout cas, le nombre d'immunisés dans cette ville ou dans d'autres a réduit de moitié au cours des six derniers mois, et presque tous disparaissent sans laisser de traces. Un vrai casse-tête. Les gens ne réalisent pas à quel point la ville a besoin d'eux.

L'anxiété de Thomas augmenta d'un cran.

— Je croyais que la plupart des gens détestaient les Imunes. Peut-être qu'ils se sont fait tuer, tout simplement.

Il aimait encore moins l'autre explication qui s'imposait à lui : que le WICKED ait enlevé toutes ces personnes pour leur faire subir exactement ce qu'ils avaient enduré.

— J'en doute, répliqua Gally. Ma source est plutôt fiable, et cette histoire pue le WICKED à plein nez. La situation se dégrade à toute vitesse. La Braise qui se répand dans toute la ville, malgré ce qu'en dit le gouvernement, et les immunisés qui disparaissent… À ce train-là, il n'y aura bientôt plus personne à Denver. Et sans doute aussi dans les autres villes.

— En quoi ça nous concerne ? demanda Jorge.

Gally parut surpris.

— Quoi ? Tu te fiches de savoir que la civilisation est au bord de l'extinction ? Les villes sont en train de s'écrouler. Bientôt, le monde entier sera la proie de hordes de cinglés qui ne rêveront que de vous bouffer au petit déjeuner.

— Bien sûr qu'on ne s'en fiche pas, répondit Thomas. Mais qu'est-ce que tu veux qu'on y fasse ?

— Le WICKED ne poursuit qu'un seul objectif : trouver un remède. Et il me paraît clair qu'il n'y arrivera pas. Alors que si on avait l'argent et les ressources dont il dispose, on pourrait *vraiment* faire quelque chose. Comme protéger les non-contaminés. Je pensais que vous me diriez oui tout de suite.

Thomas le voulait, bien sûr. Désespérément.

Voyant que personne ne lui répondait, Gally haussa les épaules.

— On n'a pas grand-chose à perdre. Autant essayer quelque chose.

— Gally, es-tu au courant que Teresa et un autre groupe de personnes se sont échappés ?

Gally acquiesça.

— Oui, on les a contactés aussi ; on leur a fait passer le même message qu'à vous. Qui crois-tu que c'était, ma source ?

— Teresa, murmura Thomas.

Un bref espoir s'alluma en lui. Elle avait dû se rappeler beaucoup de choses à propos du WICKED avec l'annulation de son Effacement. L'opération l'avait-elle fait changer d'avis ? Avait-elle enfin renoncé à prétendre que le WICKED était bon ?

— Tout juste. Elle a dit qu'elle ne voulait pas cautionner un nouveau cycle d'expériences. Et aussi qu'elle espérait te retrouver. Ah, et encore une chose…

Thomas grogna.

— Je sens que je ne vais pas aimer.

Gally haussa les épaules.

— Les bonnes nouvelles sont rares, ces derniers temps. Un de nos gars qui guettait votre arrivée a entendu une drôle de rumeur. En relation avec toutes ces évasions du quartier général du WICKED. Je ne sais pas s'ils peuvent vous suivre à la trace ou non, mais apparemment ils ont deviné que vous viendriez à Denver.

— Pourquoi ? C'est quoi, cette rumeur ?

— On offrirait une grosse récompense pour un certain Hans qui travaillait là-bas, et qui vit ici aujourd'hui. Le WICKED semble croire que vous êtes venus pour lui, et il a mis sa tête à prix.

CHAPITRE 26

Brenda se leva brusquement.

— On s'en va. Tout de suite! Venez.

Jorge et Minho se dressèrent aussitôt, et en les imitant Thomas comprit que Brenda avait eu raison tout à l'heure. Mettre la main sur Hans constituait désormais leur priorité. Ils devaient se faire retirer leurs implants cérébraux, et si le WICKED en avait après Hans, ils avaient intérêt à le retrouver les premiers.

— Gally, tu me jures que tout est vrai?

— Juré, craché, répondit le blocard, toujours assis à la même place. Le Bras Droit est décidé à agir. Il prépare quelque chose en ce moment même. Mais il manque de renseignements concernant le WICKED, et qui est mieux placé que vous pour lui en fournir? Si on pouvait enrôler Teresa et les autres, ce serait encore mieux. On a besoin de tout le monde.

Thomas décida de faire confiance à Gally. Ils ne s'étaient peut-être jamais appréciés, mais ils avaient le même ennemi, ce qui les plaçait dans le même camp.

— Comment fait-on si on décide de marcher avec vous? demanda-t-il.

Gally sourit.

— Revenez ici. Le matin avant neuf heures, pendant une semaine environ. Je serai dans le coin. Je ne pense pas qu'on déclenchera quoi que ce soit d'ici là.

— Déclencher quoi? demanda Thomas, dévoré par la curiosité.

— J'en ai dit bien assez. Si vous voulez en savoir plus, vous n'aurez qu'à revenir. Je serai là.

Thomas hocha la tête, puis tendit la main. Gally la lui serra.

— Je ne t'en veux pas, tu sais, dit Thomas. Tu as vu ce que j'avais fait pour le compte du WICKED quand tu as subi la Transformation. Moi non plus, je ne me serais pas fait confiance. Et je sais que tu n'avais pas l'intention de tuer Chuck. Simplement, n'espère pas qu'on va se tomber dans les bras chaque fois qu'on se reverra.

— C'est la même chose pour moi.

Brenda piaffait déjà sur le seuil quand Thomas se retourna pour partir. Mais Gally le retint par le coude.

— Il ne reste plus beaucoup de temps. Mais on peut encore faire quelque chose.

— On va revenir, promit Thomas, avant de suivre ses amis.

Sa peur de l'inconnu l'avait quitté. L'espoir s'était insinué en lui, et solidement ancré.

*

Ils ne trouvèrent Hans que le lendemain.

Jorge les conduisit dans un motel miteux après qu'ils eurent acheté quelques vêtements et de quoi manger. Puis Thomas et Minho se servirent de l'ordinateur de la chambre pour faire des recherches sur le Netblock, tandis que Jorge et Brenda multipliaient les coups de téléphone à des personnes dont Thomas n'avait jamais entendu parler. Au bout de plusieurs heures, ils finirent par obtenir une adresse par quelqu'un que Jorge décrivit comme « l'ami d'un ami d'un ennemi de notre ennemi ». Comme il était trop tard pour s'y rendre le soir même, ils se résignèrent à passer la nuit au motel. Thomas et Minho dormirent par terre pendant que les deux autres occupaient les lits jumeaux.

Le lendemain matin, ils se douchèrent, mangèrent et enfilèrent leurs habits neufs. Puis ils hélèrent un taxi qui les conduisit à l'adresse supposée de Hans : un immeuble à peine mieux conservé que celui de Gally. Ils montèrent au troisième et frappèrent à une porte en métal gris. La femme qui leur ouvrit prétendit ne connaître personne du nom de Hans, mais Jorge insista ; et un homme grisonnant à la mâchoire carrée finit par apparaître derrière la femme.

— Laisse-les entrer, dit-il d'une voix rocailleuse.

Une minute plus tard, Thomas et ses trois amis étaient assis à une table branlante, dans la cuisine, face au dénommé Hans, maussade et distant.

— Content de voir que tu vas bien, Brenda, grommela leur hôte. Toi aussi, Jorge. Mais je ne suis pas d'humeur à bavarder. Alors dites-moi plutôt ce qui vous amène.

— Je crois que tu peux deviner pourquoi on est là, répondit Brenda, avant d'indiquer Thomas et Minho d'un signe de tête. Mais on a aussi entendu dire que le WICKED avait mis ta tête à prix. Alors il vaut mieux procéder rapidement, et ensuite tu auras intérêt à te débiner vite fait.

Hans parut écarter d'un haussement d'épaules ce dernier conseil. Il s'intéressa plutôt à ses deux clients potentiels.

— Vous avez encore vos implants, c'est ça ?

Thomas hocha la tête, nerveux mais résolu à en finir.

— Je veux seulement qu'on me retire l'instrument de contrôle. Je ne veux pas récupérer la mémoire. Et je tiens à savoir d'abord en quoi consiste l'opération.

Hans fit une grimace de dégoût.

— Qu'est-ce que ça veut dire ? Qui c'est, ce trouillard que tu amènes chez moi, Brenda ?

— Je ne suis pas un trouillard, se défendit Thomas avant que Brenda ne puisse répondre. On est un peu trop intervenu dans ma tête, c'est tout.

Hans tapa sur la table, les mains à plat.

— Qui a dit que j'interviendrais dans ta tête ? Qui a dit que je t'appréciais suffisamment pour ça ?

— Il n'y a vraiment que des furieux, à Denver ? maugréa Minho.

— Les gars, vous êtes à deux doigts de vous faire virer.

— Tout le monde se calme ! cria Brenda. (Elle se pencha vers Hans et reprit d'une voix plus douce :) Écoute, c'est important. Thomas est quelqu'un d'important, et le WICKED est prêt à tout pour remettre la main sur lui. On ne peut pas courir le risque qu'ils s'approchent d'eux assez près pour les contrôler, Minho ou lui.

Hans détailla Thomas comme un scientifique examine un spécimen.

— Je ne vois pas ce qu'il a de si important. (Il secoua la tête, puis se leva.) Donnez-moi cinq minutes pour me préparer.

Il quitta la pièce sans autre explication. Thomas se demanda si cet homme l'avait reconnu. S'il savait ce que Thomas avait accompli pour le WICKED avant l'épisode du Labyrinthe.

Brenda soupira.

— Bon, ça n'a pas été si terrible.

« Le pire est encore à venir », songea Thomas. Bien qu'il soit soulagé à l'idée que Hans allait les aider, il devenait de plus en plus nerveux à mesure qu'il regardait autour de lui. Il était sur le point de laisser un inconnu lui ouvrir la cervelle dans un appartement crasseux.

Minho ricana.

— Tu n'as pas l'air très rassuré, Tommy.

— N'oublie pas, dit Jorge. Tu vas y avoir droit toi aussi. Le grand-père aux cheveux gris a dit cinq minutes, alors prépare-toi.

— Le plus tôt sera le mieux, répliqua Minho.

Thomas posa les coudes sur la table et se prit la tête dans les mains. Il avait un début de migraine.

— Thomas ? murmura Brenda. Ça va ?

Il leva les yeux.

— Oui, j'ai juste besoin de…

Les mots se bloquèrent dans sa gorge tandis qu'une douleur aiguë lui traversait le dos. Puis le malaise disparut aussi vite qu'il était apparu. Thomas se redressa, abasourdi ; après quoi, un spasme lui raidit les bras, ses jambes se mirent à ruer toutes seules et son corps se cabra. Il glissa de sa chaise et s'écroula en tremblant. Il poussa un cri en heurtant le carrelage, et lutta pour maîtriser le tremblement de ses membres. En vain. Ses talons frappaient le sol ; ses mollets cognaient contre les pieds de la table.

— Thomas ! s'écria Brenda. Qu'est-ce qui t'arrive ?

Malgré les convulsions, Thomas restait lucide. Du coin de l'œil, il vit Minho agenouillé auprès de lui qui essayait de le maintenir tandis que Jorge restait figé à sa place, les yeux écarquillés.

Thomas s'efforça de parler, mais seul un filet de bave s'échappa de ses lèvres.

— Tu m'entends ? cria Brenda, penchée sur lui. Thomas, qu'y a-t-il ?

Ses membres s'immobilisèrent d'un coup, les jambes tendues et au repos, les bras mous contre ses flancs. Il ne pouvait plus bouger. Il essaya de toutes ses forces, sans succès. Il tenta encore une fois de parler, mais sans réussir à former un mot.

Une expression d'horreur déforma les traits de Brenda.

— Thomas ?

Sans qu'il sache comment, ce dernier sentit son corps remuer de lui-même. Ses bras et ses jambes bougeaient, il était en train de se relever ! Comme un pantin. Il voulut crier, mais il en était incapable.

— Ça va mieux ? lui demanda Minho.

La panique s'empara de Thomas tandis qu'il continuait à bouger contre sa volonté. Il secoua la tête, puis se tourna vers la porte par laquelle leur hôte avait disparu. Des mots sortirent de sa bouche, sans qu'il sache d'où ils venaient.

— Je ne… peux pas… vous laisser faire.

CHAPITRE 27

Thomas lutta désespérément pour tenter de reprendre le contrôle de ses muscles. Mais une force étrangère s'était emparée de son corps.

— Thomas, ils te tiennent! cria Brenda. Résiste!

Il regarda, impuissant, sa propre main la repousser au visage et la balancer au sol.

Jorge voulut la défendre, mais Thomas lui envoya un crochet au menton. La tête de Jorge partit en arrière ; quelques gouttes de sang giclèrent de sa lèvre.

Encore une fois, des mots sortirent d'eux-mêmes de la bouche de Thomas :

— Je… ne peux pas… vous laisser faire!

Il hurlait à présent, la gorge douloureuse. Comme si la phrase était programmée dans son cerveau et qu'il ne pouvait plus rien dire d'autre.

Brenda s'était relevée. Minho restait pétrifié, en proie à une confusion totale. Jorge essuyait le sang sur son menton, les yeux brillants de colère.

Et un souvenir remonta dans la mémoire de Thomas. Son implant comportait un dispositif destiné à s'opposer à son retrait. Il voulut prévenir ses amis, leur crier de lui administrer un sédatif. Mais il en était incapable. Il se dirigea vers la porte, écartant Minho de son chemin. En passant devant le comptoir de la cuisine, il posa la main sur un couteau qui traînait près de l'évier. Il empoigna l'ustensile par le manche ;

plus il essayait de le lâcher, plus ses doigts se crispaient dessus.

— Thomas! cria Minho, s'arrachant enfin à sa stupeur. Résiste, mec! Ne laisse pas ces tocards te commander!

Thomas se tourna face à lui, le couteau à la main. Il se maudit de sa faiblesse. Une fois de plus il s'efforça de parler… en vain. Son corps n'avait plus qu'un seul objectif : empêcher qu'on lui retire son implant.

— Tu vas me tuer, petite tête? lança Minho. Tu vas me poignarder, comme Gally avec Chuck? Alors vas-y. Balance ton couteau.

L'espace d'un instant terrifiant, Thomas se vit sur le point de le faire, mais au lieu de ça, son corps pivota dans la direction opposée. Au même moment, Hans arriva, et ses yeux s'arrondirent de surprise. Thomas comprit que Hans constituait sa cible principale, qu'il s'en prendrait à quiconque prétendrait lui ôter son implant.

— Qu'est-ce qui se passe ici? demanda Hans.

— Je ne… peux pas… vous laisser faire, répondit Thomas.

— Exactement ce que je craignais, murmura Hans. (Il se tourna vers les autres.) Venez par ici et donnez-moi un coup de main!

Thomas se représenta les rouages du mécanisme à l'œuvre dans son cerveau comme de minuscules instruments manipulés par de minuscules araignées. Il leur résista de son mieux, en serrant les dents. Mais son bras se leva malgré lui, le couteau serré dans son poing.

— Je ne peux p…

Avant qu'il ne puisse achever sa phrase, on lui sauta dessus par-derrière en lui faisant lâcher le couteau. Il tomba par terre et se tortilla; il découvrit Minho assis sur son dos.

— Pas question que je te laisse tuer qui que ce soit! haleta son ami.

— Lâche-moi! hurla Thomas, sans trop savoir si les mots venaient de lui ou du WICKED.

Mais Minho lui clouait les bras au sol. Il se tenait au-dessus de lui, le souffle court.

— Pas avant qu'ils te laissent tranquille.

Thomas voulut sourire, mais son visage refusait d'obéir aux ordres les plus simples. Il percevait la tension dans chacun de ses muscles.

— Ça n'arrêtera pas tant que Hans ne s'en sera pas occupé, dit Brenda. Hans ?

L'homme s'agenouilla auprès de Thomas et Minho.

— Je n'arrive pas à croire que j'ai pu travailler pour eux. Pour toi, cracha-t-il, en regardant Thomas droit dans les yeux.

Thomas assistait à la scène, impuissant. Intérieurement, il brûlait d'envie de se relâcher, d'aider Hans à faire le nécessaire. Mais alors, quelque chose explosa en lui, et il se tendit comme un arc. Son corps se cabra et il lutta pour dégager ses bras. Minho appuya sur lui de tout son poids. Mais la force qui contrôlait Thomas libéra en lui une décharge d'adrénaline, et il parvint à se débarrasser de Minho.

Thomas se remit aussitôt sur ses pieds. Il ramassa le couteau et se jeta sur Hans. L'autre dévia la lame avec son avant-bras ; une estafilade rouge apparut sur sa peau, puis ils s'empoignèrent et roulèrent au sol en luttant comme des chiffonniers. Thomas fit tout son possible pour s'en empêcher, mais continua à distribuer des coups de couteau, que Hans esquivait.

— Retenez-les ! cria Brenda.

Thomas sentit des mains se poser sur lui, le prendre par les bras. Quelqu'un lui agrippa les cheveux et le tira violemment en arrière. Thomas poussa un cri de douleur, puis donna un coup de couteau à l'aveuglette. Le soulagement l'envahit, car Jorge et Minho étaient en train de prendre le dessus, de l'arracher à Hans. On le plaqua sur le dos et on lui fit lâcher le couteau ; il l'entendit glisser au sol quand quelqu'un l'expédia d'un coup de pied à l'autre bout de la cuisine.

— Je ne peux pas vous laisser faire ! rugit Thomas.

Il avait beau savoir que ce n'était pas lui qui parlait, il s'en voulait.

— Ta gueule ! lui cria Minho, pendant que Jorge et lui le maintenaient sur le dos. Tu es cinglé, mec ! Ils sont en train de te faire péter les plombs !

Thomas aurait désespérément voulu lui dire qu'il ne pensait pas un mot de ce qu'il disait.

Minho se tourna vers Hans.

— Sortez-lui ce truc de la tête !

— Non ! hurla Thomas. Non !

Il se débattit avec une énergie farouche. Mais à quatre, ils étaient trop nombreux pour lui. Chacun d'eux lui maintenait un membre. Ils le soulevèrent, l'emmenèrent hors de la cuisine, le long d'un petit couloir. Ses ruades décrochèrent plusieurs photos pendues au mur : il entendait des bruits de verre cassé dans son sillage.

Thomas hurla encore et encore. Il n'essayait plus de résister aux forces qui le manipulaient : il luttait bec et ongles contre Minho et les autres. Il avait capitulé.

— Là-dedans ! cria Hans.

Ils passèrent dans un laboratoire exigu occupé par deux tables encombrées d'instruments et un lit. Une version rudimentaire du masque qu'il avait vu dans les locaux du WICKED pendait au-dessus du lit.

— Allongez-le ! rugit Hans.

Ils plaquèrent Thomas sur le lit, où il continua à se débattre.

— Maintenez-lui cette jambe à ma place, il faut que je l'endorme.

Minho empoigna les deux jambes de Thomas et se coucha en travers pour les clouer sur le lit. Thomas repensa aussitôt à Newt et lui en train de maîtriser Alby de la même façon quand il avait émergé de sa Transformation, à la ferme, dans le Bloc.

Il entendit un fracas métallique tandis que Hans fouillait dans un tiroir.

— Il faut qu'il bouge le moins possible ! dit l'homme.

Thomas redoubla d'efforts pour se libérer, hurlant à pleins poumons. Il parvint à dégager son bras de l'emprise de Brenda et asséna un coup de poing à Jorge.

— Arrête! lui cria Brenda en essayant de reprendre son bras.

Thomas s'arc-bouta.

— Je ne peux pas... vous laisser faire!

Il n'avait encore jamais ressenti une frustration pareille.

— Tenez-le, bon sang! gronda Hans.

Brenda réussit à lui saisir le bras et l'immobilisa avec le haut de son corps.

Thomas sentit une piqûre à la cuisse. C'était très déstabilisant de lutter si violemment contre une chose qu'on désirait plus que tout.

Quand l'obscurité l'envahit et que son corps commença enfin à se détendre, il retrouva le contrôle de lui-même. À la dernière seconde, il souffla :

— Je déteste ces tocards.

Puis tout devint noir.

CHAPITRE 28

Plongé dans une hébétude médicamenteuse, Thomas rêva.

*

Il a quinze ans, il est assis sur un lit. La pièce est plutôt sombre, éclairée uniquement par la lueur ambrée d'une lampe de chevet. Teresa a pris une chaise pour s'installer tout près de lui. Elle a une expression sinistre, le masque de la détresse.

— Il fallait qu'on le fasse, murmure-t-elle.

Thomas est là sans y être. Il ne se rappelle pas en détail ce qui s'est passé, mais au fond de lui il se sent sale, abject. Teresa et lui ont commis une chose terrible, mais dans son rêve il ne se souvient pas de quoi exactement. Un acte épouvantable, en tout cas ; et le fait que les victimes leur aient donné l'ordre de le commettre ne le rend pas moins ignoble.

— Il fallait qu'on le fasse, répète Teresa.

— Je sais, reconnaît Thomas d'une voix éteinte.

Deux mots s'imposent à son esprit : la purge. Le mur qui le sépare de sa mémoire vacille brièvement et un souvenir cruel affleure de l'autre côté.

Teresa reprend la parole :

— Ils voulaient que ça se termine comme ça, Tom. Mieux vaut la mort que passer des années à s'enfoncer lentement dans la folie. C'est fini pour eux. On n'avait pas le choix, et pas de meilleure façon de le faire. Au moins, comme ça, c'est réglé. Maintenant, on doit former les nouveaux et poursuivre les Épreuves. On est allés trop loin pour tout abandonner.

Pendant un instant, Thomas la déteste, mais ce sentiment passe vite. Il sait qu'elle essaie simplement de se montrer forte.

— Quand même, il n'y a pas de quoi être fier.

D'ailleurs, il ne l'est pas. Il ne s'est jamais détesté avec autant d'intensité.

Teresa hoche la tête en silence.

Le Thomas qui rêve essaie de fouiller dans l'esprit de son moi plus jeune, d'explorer ses souvenirs. Les premiers Créateurs, contaminés par la Braise et victimes d'une purge meurtrière. La masse des volontaires prêts à prendre leur place. Les deux Épreuves en cours dans les Labyrinthes, lancées depuis plus d'un an, qui produisent de nouveaux résultats tous les jours. Le modèle de schémas qui s'élabore lentement mais sûrement. La formation des remplaçants.

Tout est là, à sa disposition. Pour qu'il se souvienne. Mais il change d'avis et se détourne. C'est du passé. Il doit penser à l'avenir maintenant.

Il replonge dans le noir et dans l'oubli.

*

Thomas se réveilla groggy, une douleur lancinante entre les yeux. Son rêve vivait encore sous son crâne, même si les détails devenaient flous. Il se rappelait vaguement la purge, le remplacement des Créateurs d'origine par d'autres. Teresa et lui avaient dû exterminer l'ensemble du personnel à la suite d'une contamination ; ils n'avaient pas eu le choix, étant les seuls immunisés. Il se promit de ne plus jamais y repenser.

Installé dans un fauteuil à proximité, la tête ballante, Minho ronflait.

— Minho, chuchota Thomas. Hé, Minho ! Réveille-toi.

— Hein? Quoi? fit Minho, ouvrant les paupières et se mettant à tousser. Qu'est-ce qu'il y a?

— Rien. Je voulais juste te demander ce qui s'était passé. Hans a réussi à neutraliser nos implants? On est réparés?

Minho hocha la tête avec un énorme bâillement.

— Oui, toi et moi. En tout cas, il a dit qu'il l'avait fait. Tu te rappelles tout?

— Bien sûr que oui. (L'embarras le fit rougir comme une tomate.) Mais j'étais comme paralysé. J'avais beau essayer de résister, rien à faire!

— Mec, tu sais que tu as bien failli me trancher les tu-sais-quoi?

Thomas éclata de rire, chose qu'il n'avait plus faite depuis longtemps. Il accueillit cette nouveauté avec plaisir.

— Dommage que je t'aie raté. J'aurais pu sauver le monde d'une vague de petits Minho.

— Oui, eh bien, n'oublie pas que tu m'en dois une.

— Promis.

Il leur devait beaucoup à tous les quatre.

Brenda, Jorge et Hans entrèrent alors dans la pièce, la mine sombre. Le sourire s'effaça des lèvres de Thomas.

— Gally est passé vous reparler de la fin du monde? demanda Thomas, avec une gaieté un peu forcée. Vous avez tous l'air complètement déprimés.

— C'est toi qui me parais bien joyeux, mon pote, rétorqua Jorge. Il y a quelques heures à peine, tu voulais nous trucider à coups de couteau.

Thomas ouvrit la bouche pour s'excuser, mais Hans le fit taire d'un geste. Il se pencha sur le lit et braqua une petite lampe dans les yeux de Thomas.

— On dirait que tu as de nouveau les idées claires. La douleur devrait s'estomper bientôt. Ton opération a été un peu plus difficile que d'habitude à cause de ce court-circuit.

Thomas tourna son attention vers Brenda.

— C'est réparé?

— J'ai l'impression, dit-elle. Si on en juge par le fait que tu n'es plus en train d'essayer de nous tuer, ton implant est désactivé. Et…

— Et quoi ?

— Eh bien, tu ne devrais plus pouvoir communiquer par télépathie avec Teresa ou Aris.

La veille encore, Thomas aurait pu en éprouver une pointe de regret, mais à présent cela ne lui inspirait que du soulagement.

— Je m'en remettrai. Aucun signe de danger jusqu'à maintenant ?

Elle secoua la tête.

— Pas encore, mais on ne peut courir aucun risque. Hans et sa femme vont partir ; seulement, il voulait te dire un truc avant.

Hans s'était reculé contre le mur, sans doute pour leur laisser un peu d'espace. Il se rapprocha, les yeux baissés.

— J'aurais bien voulu vous accompagner, mais j'ai une femme, et elle représente ma seule famille. Je dois penser à elle avant tout. Je tenais quand même à vous souhaiter bonne chance. J'espère que vous réussirez à faire ce que je n'ai pas le courage de tenter.

Thomas hocha la tête. Le changement d'attitude de Hans était remarquable ; peut-être que l'incident récent lui avait rappelé ce dont le WICKED était capable.

— Merci. Si on réussit à stopper le WICKED, on reviendra vous chercher.

— On verra, murmura Hans. Pour ça, et pour tout le reste.

Hans regagna sa place près du mur. Thomas était certain qu'il portait en lui de nombreux souvenirs pénibles.

— Et maintenant ? demanda Brenda.

Thomas savait qu'ils n'avaient pas le temps de se reposer. Et il avait déjà décidé ce qu'ils devaient faire.

— Maintenant, il faut retrouver nos amis et les convaincre de se joindre à nous. Ensuite, on ira voir Gally. Tout ce que j'ai accompli jusqu'ici, c'est participer à l'élaboration d'une expérience monstrueuse qui a fait une foule de victimes. On va mettre un terme à cette opération avant que le WICKED ne recommence à zéro avec deux nouveaux groupes d'immunisés.

— « On »? releva Jorge. À qui tu penses au juste, mec?

Thomas le regarda bien en face, plus déterminé que jamais.

— Nous allons aider le Bras Droit.

Personne ne dit rien.

— D'accord, finit par acquiescer Minho. Mais commençons par manger un morceau.

CHAPITRE 29

Ils se rendirent dans un coffee shop à proximité, recommandé par Hans et son épouse.

C'était la première fois que Thomas pénétrait dans un endroit pareil. Autant qu'il s'en souvienne, en tout cas. Les clients faisaient la queue au comptoir, achetaient des cafés et des pâtisseries, puis allaient s'installer à une table ou ressortaient dans la rue. Une femme d'âge mûr à l'air inquiet sirotait sa boisson chaude en soulevant son masque chirurgical à chaque gorgée. L'un des vigiles en chemise rouge se tenait à la porte avec son détecteur de Braise, et testait des passants choisis au hasard toutes les deux minutes environ ; un drôle d'appareil en métal lui couvrait la bouche et le nez.

Thomas s'assit avec Minho et Brenda à une table située au fond pendant que Jorge allait chercher boissons et nourriture. Le regard de Thomas revenait continuellement sur un homme, entre trente-cinq et quarante ans, assis à un banc voisin devant une fenêtre. Il n'avait pas touché à son café depuis l'entrée de Thomas et de ses amis, et son gobelet ne fumait plus. Il restait penché dessus, les coudes sur les genoux, les mains jointes, le regard perdu quelque part à l'autre bout de l'établissement.

Il y avait quelque chose de dérangeant dans son expression. Ses yeux flottaient dans le vague, et pourtant on y lisait un soupçon de plaisir. Quand Thomas le fit remarquer à Brenda, elle lui répondit en chuchotant que l'homme était probablement sous l'influence du bliss et se ferait jeter en prison s'il était pris. Thomas en eut froid dans le dos. Il espérait que l'homme s'en irait bientôt.

Jorge revint avec des sandwichs et des cafés brûlants, et tous les quatre se mirent à manger et à boire en silence. Conscient comme les autres de l'urgence de la situation, Thomas savoura néanmoins ce moment de répit.

Quand ils se levèrent pour partir, Brenda resta assise à sa place.

— Ça ne vous ennuie pas de nous attendre dehors un moment? demanda-t-elle.

À la manière dont elle avait dit cela, il était clair qu'elle s'adressait à Jorge et à Minho.

— Pardon? répliqua Minho sur un ton exaspéré. Encore des cachotteries?

— Non. Rien de ce genre, je te le promets. J'ai juste besoin d'une minute avec Thomas pour lui dire quelque chose.

Thomas était surpris, mais intrigué. Il se rassit.

— Allez-y, dit-il à Minho. Tu sais bien que je ne te cacherai rien. Et elle le sait aussi.

Son ami bougonna, mais finit par sortir avec Jorge; tous les deux allèrent attendre sur le trottoir de l'autre côté de la fenêtre la plus proche. Minho adressa un rictus et un petit salut ironique de la main à Thomas; de toute évidence, la situation ne l'enchantait guère. Thomas lui rendit son salut avant de fixer Brenda.

— Alors? Qu'est-ce que tu voulais me dire? demanda-t-il.

— Je sais qu'on est pressés, alors je vais faire vite. On n'a pas encore eu l'occasion de se parler tous les deux, et je voulais que tu saches que, dans la Terre Brûlée, je ne te jouais pas la comédie. J'avais une mission, j'étais là pour vous faciliter les choses, mais je me suis vraiment attachée à toi et ça m'a ouvert les yeux. Et je crois qu'il y a deux ou trois petites choses que tu mérites de savoir. À propos de moi, de la chancelière Paige, de…

Thomas leva la main pour l'interrompre.

— Arrête, s'il te plaît.

Elle parut surprise.

— Hein? Pourquoi?

— Je ne veux rien savoir. Je m'en fiche. La seule chose qui m'intéresse, c'est ce qu'on va faire maintenant, et pas des vieux trucs concernant mon passé, le tien ou celui du WICKED. D'accord? En plus, il faut qu'on bouge.

— Mais...

— Non, Brenda. Je suis sérieux. On a un objectif et on doit se concentrer dessus. Fini, les discours.

Elle soutint son regard en silence, puis baissa les yeux sur ses mains croisées.

— Dans ce cas, je te dirai juste que tu fais ce qu'il faut, que tu vas dans la bonne direction. Et que je continuerai à t'aider du mieux que je pourrai.

Thomas espérait ne pas l'avoir vexée, mais il pensait réellement ce qu'il lui avait dit. Il était temps de tirer un trait sur le passé, malgré le désir évident qu'elle avait de lui raconter quelque chose. Alors qu'il se demandait comment réagir, son regard se posa sur l'homme étrange assis sur son banc. Il avait sorti de sa poche un objet que Thomas distinguait mal et le pressait au creux de son coude. Il ferma les yeux un long moment, puis les rouvrit avec une expression hébétée avant d'appuyer la tête contre la vitre.

Le garde en chemise rouge entra dans le coffee shop et s'avança vers le banc où le drogué se reposait tranquillement. Une petite femme, visiblement nerveuse, le rejoignit et lui glissa un mot à l'oreille.

— Thomas? fit Brenda.

Il posa un doigt sur ses lèvres et lui indiqua d'un signe de tête la confrontation imminente. Elle se retourna sur sa chaise pour voir ce qui se passait.

Chemise Rouge toucha du bout du pied le type, qui sursauta et leva la tête. Les deux hommes échangèrent quelques mots, mais Thomas n'entendit pas à cause du brouhaha qui régnait dans le coffee shop. Le drogué, qui paraissait si détendu jusque-là, avait soudain l'air effrayé.

Brenda se tourna vers Thomas.

— Il faut se tirer d'ici. Vite !

— Pourquoi ?

L'atmosphère s'était alourdie d'un coup, et Thomas était curieux d'assister à la suite des événements.

Brenda se levait déjà.

— Viens !

Elle partit d'un pas vif en direction de la sortie, et Thomas se décida enfin à la suivre. Il se levait de sa chaise quand Chemise Rouge sortit un pistolet et le braqua vers l'homme sur son banc, avant de se pencher pour lui coller son testeur dans la figure. L'homme écarta violemment l'instrument et bondit sur le garde. Thomas, pétrifié, vit le pistolet glisser sur le carrelage avant de disparaître sous un comptoir. Les deux hommes roulèrent sur une table et en tombèrent lourdement.

Chemise Rouge se mit à hurler ; sa voix semblait celle d'un robot à travers son masque.

— Contamination ! Tout le monde dehors !

L'endroit se transforma en enfer, tandis que la clientèle se ruait vers l'unique sortie dans un concert de cris et de hurlements.

CHAPITRE 30

Thomas regretta son hésitation. Il aurait dû partir quand il en avait l'occasion. À présent une masse de corps se pressait à l'entrée, obstruant le passage. Brenda n'aurait pas pu revenir sur ses pas même si elle l'avait voulu. Thomas se retrouva coincé à sa table, à regarder, abasourdi, les deux hommes lutter au sol.

Il réalisa qu'en dehors du risque de se faire piétiner, il n'avait pas grand-chose à craindre. Il était immunisé. Les clients avaient cédé à la panique en apprenant la présence du virus. On pouvait les comprendre : il y avait de bonnes chances que l'un d'entre eux au moins ait contracté la maladie. Mais lui-même, tant qu'il se tenait à l'écart de la bousculade, était sans doute en sécurité.

Des coups frappés à la vitre attirèrent son attention. Il vit que Brenda avait rejoint Minho et Jorge sur le trottoir. Elle lui adressait des signes frénétiques pour lui indiquer de sortir. Mais Thomas tenait à observer la suite du combat.

Chemise Rouge réussit enfin à immobiliser son adversaire.

— C'est fini ! Ils sont déjà en route, cria-t-il de sa sinistre voix mécanique.

Le contaminé cessa de lutter et éclata en sanglots. Thomas s'aperçut alors que le coffee shop était désert, à l'exception de lui et des deux hommes. Un silence irréel s'abattit sur la salle.

Chemise Rouge lui jeta un coup d'œil.

— Qu'est-ce que tu fais encore dans le coin, petit? Tu as envie de mourir? (L'homme n'attendit pas la réponse.) Puisque tu es là, rends-toi donc utile. Retrouve-moi mon flingue.

Il ramena son attention sur l'homme qu'il avait maîtrisé.

Thomas agit comme dans un rêve. Il avait souvent assisté à des scènes violentes, mais celle-ci avait quelque chose de différent. Il alla récupérer le pistolet sous le comptoir.

— Je... je suis immunisé, bredouilla-t-il.

Il se mit à genoux et allongea le bras jusqu'à ce qu'il sente le métal froid. Il ramassa l'arme et revint vers Chemise Rouge.

L'homme ne se donna pas la peine de le remercier. Il prit l'arme et se releva d'un bond, en mettant le contaminé en joue.

— Ça ne sent pas bon, pas bon du tout. Et c'est de plus en plus fréquent... Ça se voit tout de suite quand quelqu'un prend du bliss.

— Alors, c'était bien du bliss, murmura Thomas.

— Tu l'avais vu? s'exclama Chemise Rouge.

— Eh bien, je lui trouvais un air bizarre, oui.

— Et tu n'as rien dit? (Le visage du garde s'empourpra au point d'être quasiment assorti à sa chemise.) Qu'est-ce qui ne va pas chez toi?

Thomas était décontenancé par la soudaine colère de Chemise Rouge.

— Je... je regrette. Je ne savais pas vraiment ce qui se passait.

Le contaminé s'était recroquevillé et sanglotait doucement. Chemise Rouge s'écarta de lui pour toiser Thomas d'un air furibond.

— Tu ne savais pas? Non, mais... d'où est-ce que tu sors?

Cette fois, Thomas regretta pour de bon de ne pas s'être enfui.

— Je... je m'appelle Thomas. Je ne suis personne. Je... (Il chercha quelque chose à dire... un moyen de s'expliquer.) Je ne suis pas d'ici. Désolé.

Chemise Rouge le mit en joue.

— Assieds-toi là.

Il indiqua une chaise avec le canon de son arme.

— Attendez! Je suis immunisé, je vous le jure! (Thomas sentit son cœur cogner dans sa poitrine.) C'est pour ça que je n'ai pas...

— Pose ton cul ici! Tout de suite!

Les genoux de Thomas se dérobèrent sous lui, et il se laissa tomber sur la chaise. Il jeta un coup d'œil vers la porte. L'étau qui lui enserrait la poitrine se relâcha un peu quand il vit Minho debout sur le seuil, avec Brenda et Jorge juste derrière. Mais il ne tenait pas à impliquer ses amis, au risque qu'ils se fassent blesser. Il secoua brièvement la tête pour leur signifier de rester dehors.

Chemise Rouge ignora les curieux qui se massaient à l'entrée pour se concentrer uniquement sur Thomas.

— Puisque tu es tellement sûr d'être un Imune, tu ne vois pas d'inconvénient à passer le test, j'imagine?

— Aucun. (L'idée le soulageait au contraire : peut-être que l'autre le laisserait partir quand il se rendrait compte qu'il disait la vérité.) Allez-y, testez-moi.

Chemise Rouge rangea son pistolet dans son étui et s'avança vers Thomas. Il sortit son appareil pour le lui approcher du visage.

— Regarde là-dedans, sans fermer les yeux, ordonna-t-il. Ça ne prendra qu'un instant.

Thomas s'exécuta, désireux d'en finir le plus rapidement possible. Il revit les mêmes flashs de lumière colorée qu'aux portes de la ville, sentit le même courant d'air sur les prunelles, la même piqûre dans le cou.

Chemise Rouge récupéra son appareil et consulta les résultats sur un petit écran.

— Alors, ça! Tu es bien une saleté d'Imune. Tu peux m'expliquer comment tu as abouti à Denver? Et comment ça se fait que tu ne saches pas reconnaître le bliss, même dans la main d'un type qui se défonce sous tes yeux?

— Je travaille pour le WICKED.

La réponse était sortie toute seule, avant même que Thomas ne prenne le temps de réfléchir. Il ne songeait qu'à s'en aller au plus vite.

— J'y croirai le jour où ce guignol arrivera à me convaincre que son problème de drogue n'a rien à voir avec la Braise. Garde tes fesses collées sur cette chaise si tu ne veux pas te faire tirer dessus.

Thomas déglutit. Il était moins terrifié que furieux contre lui-même de s'être laissé piéger dans cette situation ridicule.

— D'accord, dit-il.

Mais Chemise Rouge lui avait déjà tourné le dos. Les renforts étaient arrivés : quatre personnes enveloppées dans du plastique vert épais de la tête aux pieds, à l'exception du visage. Ils portaient de grosses lunettes de protection et un masque identique à celui de leur collègue en rouge. Des images remontèrent brièvement dans la mémoire de Thomas, dont une très précise : celle de sa récupération dans la Terre Brûlée quand sa blessure par balle s'était infectée. Ses sauveteurs à bord du berg portaient la même tenue que les nouveaux venus.

— Nom de Dieu! lâcha l'un d'eux d'une voix déformée. Tu en as pris deux d'un coup?

— Pas exactement, corrigea Chemise Rouge. Le deuxième est un Imune qui a voulu profiter du spectacle.

— Un Imune? répéta l'autre, comme s'il n'en croyait pas ses oreilles.

— Un Imune. Tout le monde s'est débiné en vitesse, mais lui a préféré rester. En plus, il soupçonnait notre futur fondu ici présent de prendre du bliss et il n'a rien dit; il a continué à boire son café bien tranquillement, comme si de rien n'était.

Tous les regards convergèrent vers Thomas, lequel se contenta de hausser les épaules.

Chemise Rouge recula d'un pas tandis que ses quatre collègues en combinaison de protection entouraient le contaminé qui sanglotait toujours, pelotonné dans son coin. L'un d'eux tenait des deux mains un gros appareil en plastique bleu. L'objet se terminait par une sorte de canule que l'homme pointait sur le contaminé comme s'il s'agissait d'une arme. Son aspect n'était guère engageant. Thomas chercha dans sa mémoire défaillante à quoi il pouvait bien servir, mais il ne trouva rien.

— Vous allez devoir allonger les jambes, monsieur, dit l'un des hommes en combinaison verte. Restez tranquille, ne bougez surtout pas, essayez de vous détendre.

— Je ne savais pas! gémit l'homme. Comment est-ce que j'aurais pu le savoir?

— Bien sûr, que tu le savais! s'écria Chemise Rouge. On ne prend pas du bliss uniquement pour le plaisir.

— Mais j'aime la sensation que ça me procure!

Le malheureux prenait des accents si implorants que Thomas se sentait de plus en plus désolé pour lui.

— Il y a d'autres drogues moins chères. Arrête de nous mentir et ferme-la un peu. (Chemise Rouge agita la main comme s'il chassait une mouche.) Oh, et puis ça suffit. Emballez-moi ce salopard.

Thomas regarda le contaminé se recroqueviller sur lui-même, en serrant les genoux contre son torse.

— Ce n'est pas juste. Je ne savais pas! Vous n'avez qu'à m'expulser de la ville. Je vous jure que je ne reviendrai pas. Je vous le jure. Je vous le jure!

Il éclata en sanglots une fois de plus.

— Oh! c'est là que tu vas te retrouver, ne t'en fais pas, lui promit Chemise Rouge en jetant un coup d'œil à Thomas. (On aurait dit qu'il souriait derrière son masque, et ses yeux pétillaient de malice.) Regarde bien la suite, Imune. Tu vas adorer.

Thomas se mit soudain à détester Chemise Rouge. Il détourna les yeux pour s'intéresser plutôt aux quatre personnes en vert, accroupies autour du pauvre homme roulé en boule sur le sol.

— Tendez les jambes! répétait l'un d'eux. Sinon ça va faire un mal de chien. Allons, tendez-les!

— Je ne peux pas! Je vous en supplie, laissez-moi partir!

Chemise Rouge s'avança d'un pas résolu, écarta brutalement

l'un de ses collègues puis se pencha pour presser le canon de son arme contre la tête du malade.

— Tends les jambes, ou je te colle une balle et je nous facilite la vie à tous. Vas-y!

Thomas ne parvenait pas à croire qu'on puisse à ce point manquer de compassion.

En larmes, terrorisé, le contaminé relâcha lentement ses jambes et s'allongea de tout son long sur le sol en tremblant comme une feuille. Chemise Rouge recula et rengaina son arme.

La personne qui tenait l'objet bleu vint se placer derrière la tête de l'homme, puis posa la canule au sommet de son crâne, en l'enfonçant dans ses cheveux.

— Ne bougez surtout pas. (C'était une femme, et aux oreilles de Thomas sa voix déformée par le masque semblait encore plus inquiétante que celle de ses collègues masculins.) Ou vous risquez de perdre quelque chose.

Thomas eut tout juste le temps de se demander ce que ça signifiait qu'elle pressait un bouton et qu'un gel s'écoulait de la canule. Bleu, visqueux, il se répandit rapidement sur la tête de l'homme avant de lui recouvrir les oreilles et le visage. Le malheureux hurla, mais le son fut coupé net quand le gel recouvrit sa bouche, puis son cou et ses épaules. La substance durcissait rapidement, se figeait en une sorte de coque translucide. En quelques secondes, la moitié supérieure du corps de l'homme était rigidifiée, enveloppée dans une mince couche de ce produit qui s'insinuait dans la moindre ride de la peau, dans le moindre pli des vêtements.

Thomas sentit que Chemise Rouge l'observait. Alors, il leva la tête pour affronter son regard.

— Quoi? demanda-t-il.

— Sacré spectacle, hein? répondit Chemise Rouge. Profites-en tant que ça dure. Quand on aura fini, je t'emmènerai avec moi.

CHAPITRE 31

Thomas accusa le coup. Une lueur sadique brillait dans les yeux de Chemise Rouge, et il détourna la tête. Il contempla le contaminé alors que le gel bleu atteignait ses pieds et se solidifiait autour d'eux. L'homme était désormais entièrement immobile, recouvert de plastique dur. La femme au pistolet à gel se redressa, et Thomas vit que son arme n'était plus qu'un sac vide. Elle le plia et le fourra dans l'une des poches de sa combinaison.

— Sortons-le d'ici, dit-elle.

Tandis que ses collègues et elle se penchaient pour soulever le contaminé, Thomas jeta un coup d'œil à Chemise Rouge, qui les regardait emporter leur captif. Où comptait-il l'emmener ? Et pourquoi ? Si l'homme n'avait pas été armé, Thomas aurait pris ses jambes à son cou.

Après le départ des hommes en vert, Minho apparut sur le seuil de la porte. Il allait entrer quand Chemise Rouge sortit son pistolet.

— Stop! Pas plus loin, cria-t-il. Sortez!

— Mais on est avec lui, expliqua Minho en désignant Thomas. Et il faut qu'on y aille.

— Celui-là n'ira nulle part.

Il marqua une pause, comme si une idée venait de le frapper. Il dévisagea Thomas, puis Minho et les autres.

— Attendez une minute. Vous aussi, vous êtes des Imunes?

La panique s'empara de Thomas, mais Minho réagit aussitôt. Il détala sans la moindre hésitation.

— Stop! beugla Chemise Rouge en piquant un sprint vers la porte.

Thomas se pencha contre la vitre. Il vit Minho, Brenda et Jorge courir au bout de la rue et tourner à l'angle. Chemise Rouge s'était arrêté juste devant le coffee shop; renonçant à poursuivre les fuyards, il revint à l'intérieur. L'arme braquée sur Thomas.

— Je devrais te tirer une balle dans le cou et te regarder te vider de ton sang pour ce que tes copains viennent de faire. Remercie le ciel que les Imunes soient précieux. J'ai passé une journée pourrie.

Thomas n'en revenait pas de se retrouver coincé dans une situation aussi absurde après tout ce qu'il avait traversé. Il n'éprouvait pas de peur, seulement de la frustration.

— Oh, ça n'a pas été une super journée pour moi non plus, marmonna-t-il.

— Tu vas me rapporter un bon paquet. C'est tout ce que je vois dans l'histoire. Juste pour que ce soit bien clair : je ne t'aime pas. Je peux le voir rien qu'en te regardant.

Thomas sourit.

— Dommage, moi je vous adore déjà.

— Tu es un marrant, toi. Un vrai petit comique. On verra si tu es toujours d'humeur à rigoler ce soir au coucher du soleil. Allez, viens. (Il fit un geste avec son arme en direction de la porte.) Et crois-moi, je suis à bout de patience. Si tu tentes quoi que ce soit, je te mets une balle dans la nuque et je raconte à la police que tu te comportais comme un contaminé et que tu as essayé de t'enfuir. Tolérance zéro. Ça ne suscitera aucune question. Même pas un haussement de sourcils.

Thomas resta planté là, à réfléchir. L'ironie de la situation était évidente. Il n'avait échappé au WICKED que pour tomber entre les griffes d'un employé municipal armé d'un pistolet.

— Ne m'oblige pas à me répéter, le prévint Chemise Rouge.

— Où on va ?

— Tu verras bien. Et maintenant, bouge !

Thomas s'était déjà fait tirer dessus à deux reprises et savait à quel point c'était douloureux. S'il n'avait pas envie de revivre ça une troisième fois, il allait devoir se plier aux injonctions de cet homme. Il lui jeta un regard noir, puis s'avança vers la porte. Parvenu sur le seuil, il s'arrêta.

— Quelle direction ? demanda-t-il.

— À gauche. On va marcher tranquillement sur trois blocs, et ensuite, encore à gauche. J'ai une voiture qui nous attend là-bas. Est-ce que je dois te rappeler ce qui se passera si tu tentes de t'enfuir ?

— Vous abattrez un garçon désarmé d'une balle dans le dos. J'ai pigé, c'est tout à fait clair.

— Bon sang, ce que je déteste les Imunes. Allez, avance.

Il pressa le canon de son arme au creux des reins de Thomas, et ils suivirent le trottoir.

*

Ils parvinrent au bout du troisième bloc et prirent à gauche sans avoir échangé un mot. L'atmosphère était suffocante, et Thomas était trempé de sueur de la tête aux pieds. Quand il leva le bras pour s'essuyer le front, Chemise Rouge lui asséna un coup de crosse derrière la tête.

— Pas de gestes brusques, dit-il. Ça pourrait me rendre nerveux.

Thomas dut faire appel à toute la force de sa volonté pour ne pas répliquer.

La rue était déserte et jonchée de détritus. Les affiches – avis de mise en garde contre la Braise, portraits de la chancelière Paige – qui tapissaient le bas des bâtiments étaient presque toutes taguées. Au carrefour suivant, ils durent s'arrêter pour laisser passer quelques voitures, et Thomas se tourna vers une affiche intacte juste à côté de lui. Le texte disait :

Avis à la population
Ensemble, arrêtons la propagation de la Braise !
<u>Aidez-nous à stopper la propagation du fléau. Sachez reconnaître</u>
<u>les symptômes avant de contaminer vos voisins et vos proches.</u>
La Braise, ou virus VC321xb47, est une maladie infectieuse hautement contagieuse créée par l'homme et libérée accidentellement lors du chaos occasionné par les éruptions solaires. Elle provoque une dégénérescence progressive du cerveau, entraînant une perte du contrôle de la motricité, des troubles émotionnels et une détérioration mentale.
Il en résulte la pandémie que nous connaissons actuellement.
Les scientifiques en sont aux derniers stades des essais cliniques, mais pour l'instant, il n'existe pas encore de traitement contre la Braise.
Le virus est le plus souvent fatal et se propage dans l'air.
En cette période critique, la population doit unir ses efforts afin de prévenir une plus grande diffusion de la pandémie. En apprenant à reconnaître la menace de contagion virale (MCV) chez vous-même comme chez les autres, vous accomplirez un premier pas dans le combat contre la Braise*.

*Signalez immédiatement toute personne suspecte
aux autorités compétentes.

L'affiche continuait en parlant de la période d'incubation de cinq à sept jours et en décrivant les symptômes : irascibilité et troubles de l'équilibre en signes avant-coureurs, suivis de démence, paranoïa et agressivité extrême par la suite. Thomas, qui avait croisé des fondus plus souvent qu'à son tour, avait déjà vu tout cela de ses propres yeux.

Chemise Rouge le fit avancer d'une poussée et ils repartirent. Tout en marchant, Thomas ne put s'empêcher de repenser au message de l'affiche. Plus particulièrement au passage désignant la Braise comme une création humaine : cela réveillait un écho dans sa mémoire, un souvenir sur lequel il n'arrivait pas à mettre le doigt. Même si l'affiche n'en parlait pas, il y avait autre chose, et pour la première fois depuis longtemps il regretta son amnésie.

— On est arrivés.

La voix de Chemise Rouge l'arracha à ses réflexions. Une petite voiture blanche était garée au bout du bloc, à une dizaine de mètres à peine. Thomas chercha désespérément un moyen de se sauver ; s'il montait dans cette voiture, il n'en aurait peut-être plus l'occasion. Mais pouvait-il courir le risque de se faire tirer dessus ?

— Tu vas te glisser gentiment à l'arrière, lui dit Chemise Rouge. Il y a une paire de menottes à l'intérieur, que tu vas te mettre toi-même. Tu crois pouvoir y arriver sans rien faire de stupide ?

Thomas ne répondit rien. Il espérait que Minho et les autres n'étaient pas loin et réfléchissaient à un plan. Il aurait bien besoin d'une diversion pour échapper à son ravisseur.

Ils atteignirent la voiture, et Chemise Rouge sortit une carte magnétique qu'il plaqua contre la vitre côté passager. Les portières se déverrouillèrent et il ouvrit la portière arrière, sans cesser un seul instant de braquer son arme sur Thomas.

— Allez. Monte là-dedans.

Thomas hésita, parcourut la rue du regard. Le quartier était désert, mais il nota tout de même un mouvement du coin de l'œil. Un hovercraft de police, presque aussi grand qu'une voiture, venait de déboucher dans la rue à deux blocs de distance et avançait dans leur direction. Son bourdonnement se renforçait à mesure qu'il se rapprochait.

— Je t'ai dit de monter, répéta Chemise Rouge. Les menottes sont sur l'accoudoir central.

— Il y a un autoflic qui vient, fit observer Thomas.

— Et alors ? Il fait sa ronde, comme d'habitude. Ceux qui le pilotent sont de mon côté, pas du tien. Pas de chance pour toi, mon pote !

Thomas soupira… Il aurait au moins essayé. Où traînaient donc ses amis? Il jeta un dernier regard sur la rue, puis se glissa dans la voiture. Alors qu'il relevait la tête vers Chemise Rouge, un crépitement d'arme lourde fendit l'air. Son ravisseur tituba en arrière, tressautant. Des balles déchiquetaient sa poitrine, tintaient sur son masque en crachant des étincelles. Il lâcha son arme et perdit son masque en se cognant contre le bâtiment le plus proche. Thomas, pétrifié d'horreur, le regarda s'écrouler sur le flanc.

La fusillade s'arrêta. Thomas demeura immobile, se demandant si la prochaine rafale serait pour lui. Quand il entendit le bourdonnement de l'hovercraft tout près de sa portière ouverte, il comprit d'où était venue l'attaque. Les autoflics étaient pilotés à distance mais lourdement armés. Une voix familière jaillit de ses haut-parleurs.

— Descends de la voiture, Thomas.

Il frissonna. Il aurait reconnu cette voix entre mille.

C'était celle de Janson. L'homme-rat.

CHAPITRE 32

Thomas était abasourdi. Après une brève hésitation, toutefois, il s'empressa de sortir de la voiture. L'autoflic faisait du surplace à environ un mètre de distance. Un panneau s'était ouvert dans l'un de ses flancs, dévoilant un écran où s'affichait le visage de Janson.

Une vague de soulagement envahit Thomas. C'était bien l'homme-rat, mais il ne se trouvait pas à bord de l'hovercraft. Il n'était présent que par connexion vidéo. Thomas supposa que l'autre le voyait également.

— Que s'est-il passé? Comment m'avez-vous retrouvé? demanda-t-il, encore sous le choc, en s'appliquant à ne pas regarder en direction de Chemise Rouge affalé sur le trottoir.

Janson était aussi revêche que d'habitude.

— Oh, ça nous a demandé des efforts considérables, ainsi qu'une bonne dose de chance, crois-moi. Tu peux me dire merci : je viens de te sauver des pattes de ce chasseur de primes.

Thomas pouffa.

— Il travaillait pour vous! Qu'est-ce que vous voulez?

— Thomas, je vais être franc avec toi. La seule raison pour laquelle nous ne sommes pas venus te récupérer à Denver, c'est que le taux de contamination y atteint des records. Je te contacte comme ça parce que c'est encore la manière la plus sûre. Je veux te demander de revenir pour terminer les tests.

Thomas se retint de hurler. Pourquoi accepterait-il de retourner auprès du WICKED ? Pourtant, le mitraillage de Chemise Rouge – dont la dépouille gisait à quelques pas – était encore tout frais dans sa mémoire. Il avait intérêt à jouer ses cartes en finesse.

— Donnez-moi une seule bonne raison de revenir.

Janson le dévisagea d'un air neutre.

— Nous avons compilé nos données afin de sélectionner le Candidat final, et c'est ton nom qui est sorti, Thomas. Nous avons besoin de toi. Tout repose sur tes épaules.

« Tu parles, Charles », songea Thomas. Mais le formuler à voix haute ne l'aiderait pas à se débarrasser de l'homme-rat. Il inclina donc la tête sur le côté, fit semblant d'hésiter, puis concéda :

— Je vais y réfléchir.

— Bonne idée… Il y a une chose dont je me sens tenu de te parler. Principalement parce que je pense qu'elle pourrait influencer ta décision. T'aider à comprendre où est ton devoir.

Thomas s'était adossé au toit arrondi de la voiture ; les derniers événements l'avaient vidé, aussi bien sur le plan émotionnel que sur le plan physique.

— Ah oui ?

L'homme-rat fronça son vilain nez de fouine, comme s'il prenait un malin plaisir à transmettre les mauvaises nouvelles.

— C'est à propos de ton ami Newt. J'ai peur qu'il n'ait de graves ennuis.

— Quel genre d'ennuis ? demanda Thomas, qui blêmit tout à coup.

— Tu sais qu'il a la Braise, et qu'il a commencé à manifester certains symptômes.

Thomas acquiesça de la tête, en se rappelant soudain la lettre qu'il gardait dans sa poche.

— Oui.

— Eh bien, il semble que sa maladie progresse très rapidement. Le fait qu'il ait déjà été sujet à des accès de colère et à des pertes de concentration avant votre départ donne à penser qu'il devrait s'enfoncer dans la folie très bientôt.

Thomas eut l'impression qu'un poing glacé se refermait sur son cœur. Il s'était fait à l'idée que Newt n'était pas immunisé, mais il avait cru qu'il faudrait des semaines, voire des mois, avant que son état ne se détériore. Pourtant, le discours de Janson se tenait : le stress accélérait manifestement le déclin de Newt. Et ils l'avaient laissé seul hors de la ville...

— Tu pourrais encore le sauver, dit Janson avec calme.

— Ça vous amuse, hein ? lança Thomas. Vous donnez vraiment l'impression de vous régaler avec cette histoire.

Janson secoua la tête.

— Je me contente de faire mon travail, Thomas. Il n'y a personne qui tienne plus que moi à ce que nous réussissions. À part toi, peut-être, avant qu'on ne t'efface la mémoire.

— Tirez-vous, dit Thomas.

— J'espère que tu reviendras, fit Janson. Tu as la possibilité de faire beaucoup de bien. Je suis désolé que les choses aient mal tourné entre nous. Mais, Thomas, il faut te dépêcher. Il ne nous reste plus beaucoup de temps.

— Je vais y réfléchir, répéta Thomas à contrecœur.

Cela le rendait malade de donner le change à l'homme-rat, mais il ne voyait pas d'autre manière de gagner du temps. Et s'il ne réussissait pas à convaincre Janson, il existait toujours un risque qu'il finisse comme Chemise Rouge, abattu par cet autoflic qui bourdonnait à moins d'un mètre de lui.

Janson sourit.

— C'est tout ce que je te demande. J'espère te voir bientôt.

L'écran s'éteignit, le panneau se referma ; puis l'autoflic s'éloigna dans les airs en vrombissant. Thomas le regarda disparaître au coin de la rue. Ensuite, il baissa les yeux vers le cadavre, avant de se détourner rapidement. C'était bien la dernière chose qu'il avait envie de voir.

— Le voilà !

Il tourna vivement la tête et vit Minho arriver au pas de course, suivi de près par Brenda et Jorge. Il n'avait jamais été aussi heureux de voir qui que ce soit.

Minho s'arrêta net en découvrant Chemise Rouge sur le trottoir.

— Nom de... Qu'est-ce qui s'est passé? (Il ramena son attention sur Thomas.) Et toi? Ça va? C'est toi qui lui as fait ça?

Stupidement, Thomas eut envie de rire.

— Oui, j'ai sorti ma mitrailleuse et j'en ai fait de la charpie.

À en juger par son expression, Minho n'appréciait pas beaucoup le sarcasme. Brenda intervint avant qu'il n'ait le temps de répliquer.

— Qui l'a tué?

Thomas indiqua le ciel.

— L'une des machines volantes de la police. Elle s'est approchée, l'a descendu, et la seconde d'après j'avais l'homme-rat en ligne sur un écran. Il a essayé de me persuader de revenir.

— Allez, protesta Minho, tu ne vas quand même pas... ?

— Pour qui me prends-tu? s'insurgea Thomas. Il n'est pas question que je retourne là-bas, mais le fait qu'ils tiennent tellement à moi va peut-être nous servir. Ce qui m'inquiète, c'est Newt. D'après Janson, il serait en train de succomber à la Braise beaucoup plus vite que la moyenne. Il faut qu'on aille vérifier comment il va.

— Il a vraiment dit ça?

— Oui, confirma Thomas, qui s'en voulait d'avoir crié sur son ami. Et je le crois. Tu as remarqué le comportement de Newt ces derniers temps.

Minho dévisagea Thomas, les yeux pleins de chagrin. Thomas prit conscience de ce que Minho et Newt se connaissaient depuis plus de deux ans : ils étaient beaucoup plus proches l'un de l'autre que de lui.

— Il faut qu'on se débrouille pour vérifier comment il va, répéta Thomas. Qu'on fasse tout notre possible pour l'aider.

Minho acquiesça puis se détourna. Thomas fut tenté de sortir de sa poche la lettre de Newt et de la lire sur-le-champ, mais il avait promis d'attendre ; et le moment n'était pas encore venu.

— Il se fait tard, remarqua Brenda. Et on ne laisse plus entrer ni sortir personne à la nuit tombée ; c'est déjà assez difficile de contrôler les allées et venues pendant la journée.

Jorge, qui n'avait pas encore prononcé une parole, s'éclaircit la voix.

— Je crois qu'on a des problèmes plus urgents. Il se passe un truc bizarre dans ce quartier.

— Comment ça ? s'inquiéta Thomas.

— On ne voit quasiment plus personne depuis une demi-heure, et les quelques passants qui restent ont un drôle d'air.

— C'est la scène du coffee shop qui a vidé les rues, suggéra Brenda.

Jorge haussa les épaules.

— Je ne sais pas. Cette ville me donne froid dans le dos. Comme si elle était vivante et se préparait à nous sauter dessus.

Un sentiment de malaise s'empara de Thomas, qui pensait toujours à Newt.

— Vous croyez qu'on aurait encore le temps de sortir, en se dépêchant ?

— On peut toujours essayer, répondit Brenda. Mais on a plutôt intérêt à prendre un taxi ; il va falloir retraverser toute la ville.

— Essayons d'en trouver un, proposa Thomas.

Ils s'éloignèrent dans la rue, mais l'expression de Minho n'augurait rien de bon. Thomas espéra qu'il ne commettrait pas de bêtises.

CHAPITRE 33

Ils marchèrent une heure sans voir une seule voiture, encore moins un taxi. Ils croisèrent quelques personnes isolées, et plusieurs autoflics les survolèrent avec leur bourdonnement sinistre. De temps à autre, ils entendaient un bruit au loin qui rappelait à Thomas des souvenirs de la Terre Brûlée : quelqu'un qui parlait trop fort, un hurlement, un rire étrange. À mesure que le jour déclinait, il se sentait de plus en plus mal à l'aise.

Finalement, Brenda s'arrêta et fit face aux garçons.

— On va devoir attendre demain, leur annonça-t-elle. On ne trouvera personne pour nous emmener ce soir, et il y a trop loin à marcher. Il faut qu'on dorme pour être en forme demain matin.

À son corps défendant, Thomas devait admettre qu'elle n'avait pas tort.

— Il y a forcément un moyen de sortir d'ici, protesta Minho.

Jorge lui pressa l'épaule.

— Laisse tomber, mon pote. L'aéroport est à plus de quinze kilomètres. Et vu l'ambiance qui règne dans cette ville, on a toutes les chances de se faire attaquer, tirer dessus ou tabasser à mort en chemin. Brenda a raison, mieux vaut nous reposer et attendre demain pour votre ami.

Thomas vit bien que Minho aurait préféré n'en faire qu'à sa

tête, comme d'habitude, mais il céda sans discuter. L'argument de Jorge était solide.

— Notre motel est loin ? demanda Thomas.

Il se dit que Newt arriverait bien à tenir tout seul une nuit de plus.

Jorge indiqua la gauche.

— À quelques blocs.

Ils partirent dans cette direction.

*

Ils étaient presque arrivés quand Jorge s'arrêta brusquement, une main en l'air et un doigt sur ses lèvres. Thomas se figea.

— Quoi ? chuchota Minho.

Jorge décrivit lentement un tour complet sur lui-même, scrutant les alentours, et Thomas l'imita, en se demandant ce qui rendait leur compagnon à ce point méfiant. La nuit était tombée et seuls quelques lampadaires encore intacts brillaient çà et là. Thomas voyait des ombres inquiétantes partout et imaginait des choses horribles cachées dans chacune d'elles.

— Alors ? insista Minho.

— Je n'arrête pas d'entendre du bruit derrière nous, répondit Jorge. Comme des murmures. Personne d'autre ne… ?

— Là ! cria Brenda, dont la voix claqua dans le silence comme un coup de tonnerre. Vous avez vu ça ?

Elle indiquait quelque chose sur sa gauche.

Thomas plissa les yeux mais ne vit rien. Pour autant qu'il puisse en juger, la rue était déserte.

— J'ai vu quelqu'un sortir de derrière cet immeuble, puis bondir en arrière. Je vous jure que je l'ai vu !

— Ohé ! cria Minho. Qui est là ?

— Tu es cinglé ? chuchota Thomas. Retournons plutôt au motel !

— Écrase, mec. S'ils voulaient nous descendre ou quelque chose comme ça, tu ne crois pas qu'ils l'auraient fait depuis longtemps ?

Thomas poussa un soupir d'exaspération. Il n'aimait pas cela du tout.

— J'aurais dû vous en parler tout de suite, dit Jorge.

— Ce n'est peut-être rien du tout, suggéra Brenda. Et dans ce cas, rester ici ne nous avancera pas à grand-chose. Tirons-nous.

— Ohé! cria de nouveau Minho, faisant sursauter Thomas. Hé, là-bas! Qui êtes-vous?

Thomas lui donna une tape sur l'épaule.

— Sérieusement, tu veux bien arrêter?

Son ami l'ignora.

— Allez, sortez de là et montrez-vous!

Il n'y eut pas de réaction. Minho voulut traverser la rue pour aller jeter un coup d'œil, mais Thomas le retint par le bras.

— Pas question. C'est une très mauvaise idée. Il fait noir, ça pourrait être un piège. Allons plutôt dormir. On fera plus attention demain.

Minho ne chercha pas à discuter.

— Très bien! Mauviette… Mais ce soir, je prends l'un des deux lits.

Sur quoi ils montèrent s'enfermer dans leur chambre. Thomas eut toutes les peines du monde à trouver le sommeil, agité qu'il était par mille spéculations concernant ceux qui les avaient suivis. Mais il avait beau se creuser les méninges, il en revenait toujours à Teresa et aux autres. Où étaient-ils passés? Était-ce eux qui les avaient pris en filature? Ou s'agissait-il plutôt de Gally et du Bras Droit?

Surtout, Thomas détestait l'idée de devoir attendre une nuit entière avant d'aller retrouver Newt. Et s'il lui était arrivé quelque chose?

Son esprit ralentit, ses questions se calmèrent, et il finit par s'endormir.

CHAPITRE 34

Le lendemain matin, Thomas se réveilla étonnamment reposé. Il avait l'impression de s'être tourné et retourné toute la nuit, mais il avait quand même trouvé le moyen de recharger ses batteries. Après une longue douche brûlante et un petit déjeuner acheté dans un distributeur, il fut prêt à affronter la journée.

Ses compagnons et lui quittèrent l'hôtel vers huit heures du matin. Ils virent quelques personnes dans les rues, mais beaucoup moins que la veille à l'heure de pointe. Et Thomas ne remarqua aucun des bruits étranges qu'ils avaient entendus le soir précédent au cours de leur longue marche.

— Il se passe un truc, grommela Jorge tandis qu'ils descendaient la rue à la recherche d'un taxi. Il devrait y avoir plus de monde dehors.

Thomas observa les rares passants qu'ils croisaient. Tous évitaient son regard, la tête baissée, souvent la main sur le masque chirurgical qui leur couvrait le visage, comme s'ils craignaient qu'un courant d'air ne le leur arrache. Ils marchaient d'un pas pressé, faisant presque un bond de côté quand on s'approchait trop près d'eux.

— Grouillons-nous de rejoindre l'aéroport, marmonna Minho. Cette ville me flanque les jetons.

— Essayons par là, suggéra Brenda. On devrait trouver des taxis autour de ces immeubles de bureaux.

Ils traversèrent une avenue et s'engagèrent dans une rue plus étroite coincée entre un terrain vague et un vieil immeuble délabré.

Minho se pencha à l'oreille de Thomas et lui glissa :

— Tu sais, j'ai un mauvais pressentiment. J'ai peur de ce qu'on va découvrir en retrouvant Newt.

Thomas n'était pas rassuré non plus, mais il ne voulut pas l'admettre.

— Ne t'en fais pas. Je suis sûr qu'il va bien.

— Tu parles !

— Écoute, on verra bien quand on arrivera sur place, non ?

Thomas s'en voulait de paraître aussi insensible, mais la situation était déjà suffisamment pénible sans qu'ils aillent imaginer le pire.

— Merci, c'est très réconfortant.

Dans le terrain vague sur leur droite s'élevaient les ruines d'un ancien bâtiment en brique, envahies par les mauvaises herbes. Un pan de mur se dressait encore au milieu, et en passant à sa hauteur, Thomas crut remarquer un mouvement de l'autre côté. Il s'arrêta et tendit instinctivement la main pour arrêter Minho. Il lui fit signe de se taire avant que l'autre ne lui demande ce qui lui prenait.

Brenda et Jorge remarquèrent son manège et se figèrent. Thomas leur indiqua la direction, et tous s'approchèrent.

Un homme, torse nu, leur tournait le dos, penché sur le sol, les mains à ras de terre comme s'il cherchait quelque chose dans la boue. Il avait d'étranges écorchures sur les épaules, ainsi qu'une longue plaie croûteuse en travers du dos. Ses gestes étaient saccadés et… désespérés, pensa Thomas. On aurait dit qu'il grattait le sol. Les hautes herbes empêchaient Thomas de distinguer l'objet de son attention.

— Ne traînons pas, murmura Brenda.

— Ce type est un malade, chuchota Minho. Qu'est-ce qui l'a rendu comme ça ?

Thomas n'en avait aucune idée.

— Fichons le camp.

Ils se remirent en marche, mais Thomas se retournait constamment vers cette scène troublante. Qu'est-ce que ce pauvre bougre pouvait bien fabriquer?

À l'intersection suivante, Thomas s'arrêta, comme ses compagnons. La question les troublait manifestement autant que lui – tous avaient envie de regarder une dernière fois.

Sans crier gare, l'homme se redressa d'un bond et se tourna vers eux, la bouche et le nez barbouillés de sang. Thomas tressaillit, recula et se cogna contre Minho. L'homme afficha un rictus féroce, puis leva ses mains en sang, comme pour les chasser. Thomas allait lui crier quelque chose quand l'homme se pencha et retourna à sa besogne. Fort heureusement, ils ne pouvaient pas voir en quoi elle consistait exactement.

— Je suggère qu'on se tire, souffla Brenda.

Ils s'enfuirent en courant et ne ralentirent l'allure que deux blocs plus loin.

*

Au bout d'une demi-heure, ils finirent par dénicher un taxi. Thomas brûlait d'envie de discuter de ce qu'ils avaient vu dans le terrain vague, mais les mots lui manquaient car la scène l'avait rendu malade.

Minho fut le premier à en parler.

— Ce gars était en train d'en bouffer un autre. Ça ne fait pas un pli.

— Peut-être que..., commença Brenda. Peut-être qu'il s'agissait d'une carcasse de chien? (Au ton de sa voix, on devinait facilement qu'elle n'en croyait pas un mot.) Évidemment, ça n'est pas beaucoup mieux, au final.

Minho ricana.

— Je suis sûr que ce n'était pas le genre de scène qu'on est censé voir en pleine journée dans un quartier sécurisé. Je crois que Gally a raison. Denver grouille de fondus, et ils ne vont pas tarder à s'entretuer dans les rues.

Ils n'échangèrent plus un mot jusqu'à l'aéroport.

*

Il ne leur fallut pas longtemps pour franchir le dispositif de sécurité et déboucher au pied des remparts qui entouraient la ville. En fait, le personnel de surveillance parut enchanté de les voir partir.

Le berg les attendait où ils l'avaient laissé, coquille vide abandonnée sur le béton brûlant. Rien ne bougeait aux alentours.

— Dépêche-toi de l'ouvrir, grogna Minho.

Jorge ne se laissa pas décontenancer par cet ordre ; il sortit la télécommande de sa poche et appuya sur quelques boutons. La rampe de la soute pivota lentement vers le bas, dans un grincement de charnières, avant de se poser bruyamment sur le béton. Thomas avait espéré voir Newt accourir à leur rencontre, un grand sourire aux lèvres.

Mais il n'y avait pas plus de mouvement à l'intérieur qu'à l'extérieur ; un mauvais pressentiment le gagna.

Minho partageait manifestement la même impression.

— Il y a un truc qui cloche.

Il monta la rampe au pas de course et disparut dans la soute avant que Thomas ne puisse réagir.

— On ferait mieux d'embarquer nous aussi, dit Brenda. Et si Newt était devenu dangereux ?

Thomas n'aimait pas du tout cette idée, mais la jeune fille avait raison. Sans répondre, il courut à la suite de Minho et s'engouffra dans la pénombre étouffante du berg. Tous les systèmes avaient été coupés : il n'y avait plus d'air conditionné, plus de lumière, plus rien.

Jorge venait juste derrière Thomas.

— Je vais remettre le contact, dit-il, ou on va tous se liquéfier sur place.

Il se dirigea vers le cockpit.

Brenda et Thomas scrutèrent la soute, à peine éclairée par quelques hublots. Ils entendaient Minho appeler Newt dans l'appareil, mais personne ne lui répondait. Il sembla à Thomas qu'une cavité s'ouvrait dans son ventre, s'agrandissait et engloutissait tout espoir.

— Je vais par là, annonça-t-il en indiquant le centre de la soute. Si tu allais rejoindre Jorge pour chercher de son côté ? Il a dû se passer un truc... il serait déjà venu nous accueillir si tout allait bien.

— Oui, et la lumière et l'air conditionné marcheraient encore.

Elle échangea un regard inquiet avec Thomas, puis partit vers le cockpit.

Thomas s'enfonça dans la soute. Il trouva Minho assis sur un canapé, en train d'examiner un bout de papier, le visage grave. Son mauvais pressentiment se renforça.

— Qu'est-ce que c'est ?

Minho ne répondit pas. Il continua à fixer le bout de papier.

— Qu'est-ce qu'il y a ?

Minho lui jeta un coup d'œil.

— Tu n'as qu'à lire toi-même.

Il lui tendit le papier d'une main, tout en s'affalant sur le canapé. Il avait l'air au bord des larmes.

Thomas lui prit le papier des mains. On y lisait, griffonné au feutre noir :

Ils ont réussi à entrer. Ils vont m'emmener vivre avec les autres fondus.
C'est mieux comme ça. Merci pour votre amitié.
Salut.

— Newt, murmura Thomas.

Le nom de son ami flotta dans l'air comme une sentence de mort.

CHAPITRE 35

Ils se retrouvèrent bientôt assis tous ensemble. En principe, ils auraient dû discuter de la suite des opérations, mais aucun d'eux n'avait rien à dire. Ils restaient là, à fixer le sol en silence. Thomas pensait à ce que lui avait dit Janson. Pourrait-il vraiment sauver Newt en se livrant? Tout son être se rebellait contre l'idée de collaborer à nouveau avec le WICKED, mais si cela permettait vraiment de mener les recherches à leur terme…

Minho finit par rompre ce silence maussade.

— Je vais vous demander de bien m'écouter, tous les trois. (Il prit le temps de dévisager chacun d'eux avant de continuer.) Depuis qu'on a échappé au WICKED, j'ai plus ou moins adhéré à toutes vos décisions. Sans jamais grommeler. Ou presque, ajouta-t-il avec un petit sourire à l'adresse de Thomas. Mais là, maintenant, c'est moi qui vais décider un truc, et vous allez faire ce que je dis. S'il y en a un à qui ça déplaît, qu'il aille se faire voir.

Thomas devinait ce qu'allait dire son ami, et s'en réjouissait d'avance.

— Je sais qu'on a des choses plus importantes à considérer, continua Minho. Comme prendre contact avec le Bras Droit, élaborer une stratégie par rapport au WICKED – bref, sauver le monde et toutes ces plonkeries. Mais d'abord, on va aller chercher Newt. Je ne veux même pas en discuter. Tous les quatre, ensemble, on va prendre le berg, nous rendre à l'endroit où ils l'ont emmené et le sortir de là.

— On appelle ça l'Hôtel des Fondus, dit Brenda.

Thomas se tourna vers elle. La jeune fille avait le regard perdu dans le vide.

— C'est sans doute à ça qu'il faisait allusion dans son mot, expliqua-t-elle. Des Chemises Rouges ont dû s'introduire dans le berg, trouver Newt et voir qu'il était contaminé. Et ils lui ont permis de nous écrire. Ça s'est sûrement passé comme ça.

— L'Hôtel des Fondus, répéta Minho. Charmant! Tu connais?

— Non, mais il y en a dans chaque ville : un lieu où on regroupe tous les contaminés dans des conditions à peu près acceptables jusqu'à ce qu'ils soient au bout du rouleau. Je ne sais pas ce qu'on leur fait après, mais ça n'a sans doute rien d'agréable. Ce sont toujours des immunisés qui gèrent ce genre d'établissement, et ils se font payer une fortune, parce que personne d'autre ne voudrait courir le risque d'attraper la Braise. Si vous voulez y aller, je vous conseille de bien réfléchir avant. On n'a plus de munitions. On serait complètement désarmés.

Malgré cette perspective peu engageante, Minho avait une lueur d'espoir dans le regard.

— C'est bon, j'ai bien réfléchi. Vous savez où se trouve le plus proche?

— Oui, répondit Jorge. On l'a survolé en venant ici. De l'autre côté de la vallée, sur le flanc ouest de la montagne.

Minho tapa dans ses mains.

— Alors, c'est parti! Jorge, fais décoller ce tas de boue.

Thomas s'attendait à un minimum de protestations, ou de résistance. Mais il n'y en eut aucune.

— Je ne suis pas fâché qu'il y ait un peu d'action, mec, dit Jorge en se levant. On y sera dans vingt minutes.

*

Jorge tint parole. Vingt minutes plus tard, il posait le berg dans une clairière, au pied d'une montagne étonnamment boisée. La moitié des arbres étaient morts mais les autres semblaient reverdir après plusieurs années de canicule. Un jour sans doute, le monde se remettrait des éruptions solaires, mais plus personne ne serait là pour le voir, se dit Thomas.

Il descendit du berg et contempla longuement la palissade qui entourait l'Hôtel des Fondus, à une centaine de mètres devant lui. Elle était construite en grosses planches. Le portail le plus proche s'ouvrit, et deux personnes y apparurent, armées de lanceurs. Elles avaient l'air épuisées mais adoptèrent une posture défensive, l'arme prête.

— Ça commence bien, maugréa Jorge.

L'un des gardes leur cria quelque chose, mais Thomas ne comprit pas ce qu'il disait.

— Allons leur parler. Ça doit être des immunisés, puisqu'ils ont des lanceurs.

— À moins que les fondus n'aient pris le dessus sur les gardiens, suggéra Minho. De toute façon, on entre... et on ne ressort pas sans Newt.

Ils avancèrent lentement, en faisant attention d'éviter tout geste brusque. Thomas n'avait aucune envie de se reprendre une grenade. En s'approchant, il vit que les gardes étaient encore plus mal en point qu'il ne l'avait cru. Sales, trempés de sueur, ils étaient couverts d'ecchymoses et d'écorchures.

Ils s'arrêtèrent au portail, et l'un des gardes fit un pas en avant.

— Qui êtes-vous, bon sang? demanda-t-il. (Il avait des cheveux bruns, une moustache et faisait dix bons centimètres de plus que son collègue.) Vous n'avez pas du tout la tête des scientifiques qui passent nous voir de temps en temps.

Jorge prit la parole, comme à l'aéroport lors de leur arrivée à Denver.

— Personne n'a eu le temps de vous prévenir de notre visite. On est du WICKED, et l'un des nôtres s'est fait arrêter et conduire ici par erreur. On vient le récupérer.

Thomas était surpris. Jorge avait dit la vérité, quand on y réfléchissait.

Le garde ne parut pas impressionné.

— Si vous saviez ce que je m'en cogne, de vous et de votre WICKED! Vous n'êtes pas les premiers à débarquer ici avec vos grands airs et à vous pavaner comme des pachas. Vous voulez faire ami-ami avec les fondus? Ne vous gênez pas. Surtout avec ce qui se passe en ce moment. (Il s'écarta devant eux et leur fit une révérence.) Bienvenue à l'Hôtel des Fondus. Ni remboursement ni réclamation si vous perdez un bras ou un œil.

La tension était palpable entre les gardes et le groupe, et Thomas, craignant que Minho ne lâche une remarque sarcastique qui mette le feu aux poudres, s'empressa de prendre la parole.

— Qu'est-ce que vous voulez dire par « surtout avec ce qui se passe en ce moment »?

L'homme haussa les épaules.

— Disons juste que l'établissement a connu des jours meilleurs, voilà tout.

Thomas n'aimait pas du tout la tournure que prenaient les événements.

— D'accord... Et savez-vous si on vous a amené de nouveaux... (Il n'eut pas envie de dire « fondus ».)... pensionnaires, hier ou avant-hier? Est-ce que vous avez un registre?

L'autre garde, petit, râblé, le crâne rasé, se racla la gorge, puis cracha.

— Vous cherchez quoi? Un gars ou une fille?

— Un gars, répondit Thomas. Il s'appelle Newt. Un peu plus grand que moi, blond, plutôt maigre. Il a une patte folle.

L'homme cracha de nouveau.

— P't-être bien que j'sais quelque chose. Mais y a une

différence entre « savoir » et « dire ». Vous m'avez l'air pleins aux as, les jeunes. Z'êtes du genre à partager ?

Thomas, qui reprenait espoir, se tourna vers Jorge dont le visage s'était plissé sous la colère.

Minho répondit avant que Jorge ne puisse le faire.

— Un peu qu'on est pleins aux as, tocard. Maintenant dis-nous où est notre copain.

Le garde pointa son lanceur dans sa direction d'un air menaçant.

— Montrez-moi vos cartes de crédit ou tirez-vous d'ici. Je veux un bâton, minimum.

— C'est lui qui a le fric, répondit Minho avec un geste du pouce en direction de Jorge. (Il fusilla le garde du regard.) Espèce de pourri.

Jorge sortit sa carte et l'agita en l'air.

— Il faudra me descendre pour me la prendre, et vous savez qu'elle ne vous servirait à rien sans mes empreintes. Vous aurez votre argent, *hermano*. Et maintenant, montrez-nous le chemin.

— D'accord, c'est bon, dit l'homme. Suivez-moi. Et n'oubliez pas, si vous perdez une partie de votre corps à la suite d'une rencontre malheureuse avec un fondu, je vous conseille fortement de faire une croix dessus et de vous tirer le plus vite possible. Sauf s'il s'agit d'une jambe, évidemment.

Il tourna les talons et franchit le portail.

CHAPITRE 36

L'Hôtel des Fondus était un endroit effroyable, d'une saleté repoussante. Le petit garde se révéla très bavard, et à mesure qu'ils s'enfonçaient dans le chaos de ce domaine épouvantable, il leur fournit plus d'informations que Thomas n'aurait pu en souhaiter.

Il décrivit le complexe comme une succession de cercles concentriques, avec, au centre, les bâtiments communs – cafétéria, infirmerie, salles de loisirs –, et tout autour, des logements de fortune. On avait conçu ces hôtels dans un but humanitaire, comme des refuges pour les contaminés avant que la folie ne les gagne ; après quoi, les malheureux étaient déportés dans des régions encore plus reculées, abandonnées au plus fort des éruptions solaires. Ceux qui avaient bâti ces hôtels avaient voulu offrir aux résidents des conditions de vie décentes en attendant la fin. Des projets similaires étaient nés dans la plupart des grandes villes survivantes.

Mais malgré ces bonnes intentions, l'idée avait mal tourné. Rassembler ainsi des gens désespérés, conscients de bientôt sombrer dans une spirale de démence irrémédiable, c'était créer les pires zones d'anarchie de tous les temps. Les résidents n'ayant plus rien à perdre ni à craindre, le taux de criminalité avait atteint des sommets astronomiques. Et les hôtels étaient devenus des foyers de débauche.

En passant devant les logements – guère plus que des cabanes en état de délabrement avancé –, Thomas imaginait à quel point cela devait être horrible de vivre dans un endroit pareil. La plupart des vitres étaient cassées. Le garde leur expliqua qu'introduire du verre dans le complexe avait été une erreur dramatique : les résidents en avaient fait leur principale source d'armement. Les rues étaient jonchées de détritus, et bien qu'il n'ait encore aperçu personne, Thomas avait la sensation qu'on les espionnait dans l'ombre. Il entendit au loin crier des obscénités ; puis un hurlement jaillit d'une autre direction, lui mettant les nerfs à vif.

— Pourquoi ne pas fermer cet endroit, tout simplement ? demanda-t-il. Je veux dire… puisque c'est devenu si moche…

— Moche ? répéta le garde. Tout est relatif, tu sais, petit. Cet endroit est comme il est. Que veux-tu qu'on fasse de tous ces gens ? On ne peut pas les laisser en compagnie des bien portants dans les villes fortifiées. On ne peut pas non plus les larguer au milieu d'une horde de fondus au bout du rouleau et les regarder se faire bouffer tout crus. Et le gouvernement n'est pas désespéré au point de commencer à tuer les gens dès qu'ils attrapent la Braise. C'est comme ça. Et puis, pour nous autres immunisés, c'est un bon moyen de gagner de l'argent puisque personne d'autre n'accepte de travailler ici.

Cette déclaration laissa Thomas profondément déprimé. Le monde était décidément dans un triste état. Peut-être faisait-il preuve d'égoïsme en refusant d'aider le WICKED à boucler ses tests.

Brenda intervint à son tour. Elle grimaçait de dégoût depuis qu'ils avaient franchi le portail.

— Dites les choses carrément : vous laissez pourrir les gens dans ces taudis jusqu'à ce qu'ils soient assez mal en point pour qu'on puisse les éliminer la conscience tranquille.

— En gros, c'est ça, reconnut le garde.

Thomas n'arrivait pas à le trouver antipathique ; il le plaignait, plutôt.

Ils continuèrent leur progression, passant devant plusieurs rangées de cabanes branlantes, crasseuses et défoncées.

— Où sont les gens? demanda Thomas. J'aurais cru que cet endroit serait plein comme un œuf. Et que voulait dire votre collègue, tout à l'heure, en parlant de ce qui se passe en ce moment?

Ce fut le moustachu qui répondit, cette fois.

— Certains – les plus chanceux – restent chez eux à se défoncer au bliss. Mais la plupart sont dans la zone centrale, en train de manger, de s'amuser ou de faire du grabuge. On nous en envoie trop. Ajoutez à ça le fait qu'on perd des immunisés tous les jours et vous comprendrez que cet endroit est une vraie Cocotte-Minute. Disons qu'elle s'est mise à siffler depuis ce matin.

— Vous perdez des immunisés tous les jours! s'exclama Thomas.

Apparemment, le WICKED puisait dans toutes les ressources disponibles afin de poursuivre ses Épreuves. Même si cela devait entraîner des conséquences dangereuses.

— Oui, on a pratiquement la moitié de nos gars qui ont disparu au cours des deux derniers mois. Sans laisser de traces, sans aucune explication. Ce qui rend le boulot mille fois plus compliqué.

Thomas grogna :

— Contentez-vous de nous trouver un endroit sûr et à l'écart de vos résidents jusqu'à ce que vous ayez mis la main sur Newt.

— Oui, j'aimerais autant, renchérit Minho.

Le garde haussa les épaules.

— OK. C'est vous qui payez.

*

Les gardes s'arrêtèrent à deux cercles de la zone centrale et demandèrent au groupe de les attendre. Thomas et les autres se retirèrent à l'ombre d'une cabane. La cacophonie n'avait cessé d'augmenter, et maintenant elle donnait l'impression qu'une bagarre générale se déroulait à proximité. Assis par terre, Thomas rongeait son frein, écoutant ces bruits épouvantables en se demandant sans arrêt si les gardes allaient revenir, à plus forte raison avec Newt.

Dix minutes après leur départ, deux personnes émergèrent d'une petite hutte de l'autre côté de la ruelle où ils patientaient. Thomas sentit son pouls s'accélérer ; il faillit se lever et partir en courant avant de réaliser que ces deux-là n'avaient pas l'air dangereux. C'était un couple qui se tenait par la main, et malgré leur aspect crasseux et leurs vêtements en lambeaux, ils paraissaient plutôt sains d'esprit.

Ils s'approchèrent et s'arrêtèrent devant Thomas et ses amis.

— Vous êtes arrivés quand ? leur demanda la femme.

Thomas hésita, cherchant ses mots. Brenda répondit pour lui.

— Avec le dernier groupe. On cherche un ami qui était avec nous. Il s'appelle Newt, il est blond, avec une patte folle... Vous ne l'auriez pas vu ?

L'homme la regarda comme s'il s'agissait de la question la plus stupide qu'on lui ait jamais posée.

— Il y a un tas de blonds par ici... comment voulez-vous qu'on le sache ? Et d'où est-ce qu'il sort un nom pareil ?

Minho ouvrit la bouche pour répliquer, mais comme le vacarme en provenance de la zone centrale enflait, tout le monde se tourna dans cette direction. L'homme et la femme échangèrent un regard inquiet. Puis, sans un mot, ils retournèrent dans leur cabane. Ils refermèrent la porte derrière eux, et Thomas entendit le bruit d'un verrou qu'on tirait. Quelques secondes plus tard, un panneau de bois apparaissait à leur fenêtre, l'obstruant complètement ; un fin débris de verre tomba par terre au pied de la fenêtre.

— Ils ont l'air aussi contents que nous d'être là, observa Thomas.

Jorge grogna.

— Super accueil. Faudra qu'on revienne pour les vacances.

— Ils ne sont sans doute pas là depuis longtemps, dit Brenda. Je ne veux même pas imaginer ce qu'on doit ressentir quand on apprend qu'on est contaminé, qu'on se retrouve enfermé avec les autres fondus et qu'on a sous les yeux le spectacle de ce qu'on va devenir.

Thomas secoua la tête avec lenteur. Ça devait être épouvantable.

— Qu'est-ce qu'ils fabriquent, ces gardes ? s'impatienta Minho. Il leur faut combien de temps pour retrouver quelqu'un et le prévenir que ses amis sont là ?

Dix minutes plus tard, les deux gardes réapparurent au coin de la rue. Thomas et ses amis se dressèrent d'un bond.

— Alors ? leur demanda Minho de but en blanc.

Le petit avait perdu sa belle assurance ; Thomas se demanda si cela se produisait chaque fois qu'ils devaient s'aventurer dans la fameuse zone centrale.

Son collègue répondit :

— Il a fallu interroger pas mal de monde, mais je crois qu'on a trouve votre copain. Il correspond à votre description, et il répond à son nom. Sauf que…

Les deux gardes échangèrent un regard gêné.

— Eh bien, quoi ? les pressa Minho.

— Il nous a dit très clairement, que vous pouviez aller vous faire voir.

CHAPITRE 37

Thomas reçut ces mots comme une gifle, et il imagina ce que Minho devait éprouver.

— Conduisez-nous jusqu'à lui, ordonna Minho d'un ton sec.

Le garde leva les mains en l'air.

— Vous n'avez pas entendu ce que je viens de vous dire?

— Votre travail n'est pas fini, insista Thomas.

Il soutenait Minho à cent pour cent. Peu importait ce que Newt avait pu dire... Puisqu'ils n'étaient pas loin de lui, ils allaient lui parler.

Le plus petit des deux gardes secoua la tête avec véhémence.

— Pas question. Vous nous avez demandé de retrouver votre ami et on l'a fait. Donnez-nous notre argent.

— Je ne le vois nulle part. Et vous? rétorqua Jorge. Personne ne touchera un dollar tant qu'on ne l'aura pas sous les yeux.

Brenda ne dit rien, mais elle vint se placer à côté de Jorge et hocha la tête pour marquer son soutien. Thomas fut soulagé de voir qu'ils étaient tous décidés à parler à Newt malgré le message qu'il leur avait adressé.

Les deux gardes ne semblaient pas enchantés, ils échangèrent à voix basse quelques paroles animées.

— Hé! les interrompit Minho. Si vous voulez votre fric, allons-y!

— Très bien, capitula le moustachu. (Son collègue lui jeta un regard exaspéré.) Suivez-nous.

Ils repartirent dans la direction par laquelle ils étaient venus, suivis de près par Minho et les autres.

*

Ils s'enfoncèrent dans le complexe. Thomas n'arrêtait pas de penser que les choses ne pourraient pas être pires, et pourtant, elles ne cessaient de se dégrader. Les cabanes devenaient de plus en plus délabrées, les rues de plus en plus sales. Il vit plusieurs personnes allongées sur le trottoir, la tête appuyée sur un vieux sac ou un vêtement roulé en boule. Toutes fixaient le ciel avec un regard vitreux et une expression de bonheur intense.

Les gardes braquaient leurs lanceurs sur quiconque approchait à quelques mètres. Ils croisèrent un homme à l'aspect ravagé – les vêtements déchirés, les cheveux maculés d'une boue noirâtre, la peau couverte de plaques – qui s'en prit à un adolescent visiblement défoncé et se mit à le battre violemment.

Thomas s'arrêta, hésitant à intervenir.

— N'y pense même pas, lui conseilla le garde avant que Thomas ne puisse ouvrir la bouche. Continue à marcher.

— Mais… ce n'est pas votre boulot de… ?

L'autre le coupa aussitôt.

— Boucle-la et fais ce qu'on te dit. Si on devait se mêler de toutes les bagarres, on serait sûrement déjà morts. Ces deux-là peuvent très bien régler ça entre eux.

Ils continuèrent, et Thomas s'efforça d'ignorer le hurlement étranglé qui jaillit soudain derrière eux.

Pour finir, ils parvinrent devant un haut mur surmonté d'une grande arche menant à une vaste esplanade noire de monde. Une pancarte au sommet de l'arche annonçait en lettres de couleur vive qu'il s'agissait de la zone centrale. Thomas ne distinguait pas très bien ce qui se passait à l'intérieur, mais tout le monde semblait très occupé.

Les gardes firent halte, et le moustachu s'adressa aux visiteurs.

— Je ne vous le demanderai qu'une fois : vous êtes bien sûrs de vouloir entrer là-dedans ?

— Oui, répondit aussitôt Minho.

— Bon, d'accord. Votre ami se trouve dans la salle de bowling. Dès qu'on vous l'aura montré, je veux être payé.

— On vous suit, grommela Jorge.

Ils pénétrèrent dans la zone centrale. Puis ils s'arrêtèrent, le temps de prendre la mesure de la situation.

Les premiers mots qui vinrent à l'esprit de Thomas furent « asile de fous », au sens littéral.

On voyait des fondus partout.

Ils allaient et venaient sur une vaste place circulaire large d'une centaine de mètres, entourée de ce qui avait dû être des boutiques, des restaurants et des salles de jeux. La plupart des vitrines étaient vides ou closes. La majorité des contaminés ne semblaient pas aussi fous que le type aux cheveux poisseux qu'ils avaient croisé dans la rue, mais une tension palpable flottait entre les différents groupes. Aux yeux de Thomas, leur comportement avait quelque chose… d'exagéré. Certains riaient de manière hystérique, les yeux brillants, en se tapant dans le dos avec rudesse. D'autres étaient la proie de sanglots incontrôlables, assis par terre ou tournant en rond, le visage dans les mains. Des bagarres sporadiques éclataient ici et là, et de temps à autre un homme ou une femme se figeait et se mettait à crier à tue-tête, le visage écarlate.

D'autres encore traînaient en petits groupes, les bras croisés, tournant la tête à droite, à gauche, comme s'ils s'attendaient à se faire attaquer à tout moment. Et comme dans les cercles extérieurs, plusieurs fondus baignaient dans la béatitude du bliss, assis ou allongés dans la poussière, indifférents au chaos environnant. Quelques gardes déambulaient parmi la foule, l'arme au poing, mais ils semblaient largement dépassés par le nombre.

Dévoré par l'angoisse, Thomas était impatient d'en finir.

— Où se trouve la salle de bowling? demanda-t-il.

— Par là, lui indiqua le petit garde.

Il se dirigea vers la gauche en rasant le mur. Brenda marchait à côté de Thomas, et leurs bras se frôlaient à chaque foulée. Il aurait aimé lui prendre la main mais il ne voulait rien faire qui risque d'attirer l'attention. Tout semblait si imprévisible par ici ; il préférait éviter le moindre geste qui ne soit pas absolument indispensable.

À l'approche des nouveaux venus, la plupart des fondus interrompaient leur manège répétitif pour les regarder fixement. Thomas gardait les yeux baissés, de peur de provoquer un comportement hostile ou une tentative de discussion. On leur lançait des appels, des sifflets, des plaisanteries salaces ou des insultes. Ils passèrent devant une épicerie déserte – la vitrine avait volé en miettes depuis longtemps. Ils longèrent aussi une infirmerie et une boutique de sandwichs, mais aucune lumière ne brillait dans l'une ou l'autre.

Quelqu'un retint Thomas par la manche de sa chemise. Il pivota en se dégageant d'un geste brusque. Une femme se tenait devant lui, les cheveux bruns en bataille et le menton écorché, mais, sinon, à peu près normale. Elle le fixa avec une expression renfrognée avant d'ouvrir grand la bouche, dévoilant des dents en bon état, même si elles n'avaient pas été brossées depuis longtemps, ainsi qu'une langue gonflée et décolorée. Puis elle la referma.

— J'ai envie de t'embrasser, susurra-t-elle. Qu'est-ce que tu en dis, l'Imune?

Elle éclata d'un rire de folle entrecoupé de reniflements, et passa lentement la main sur le torse de Thomas.

Ce dernier fit un bond en arrière et repartit avec ses

camarades ; les gardes n'avaient même pas ralenti pour s'assurer qu'il ne lui arrivait rien.

Brenda se pencha vers lui et lui glissa à l'oreille :

— Je crois que c'était le truc le plus effrayant qu'on ait vu jusqu'ici.

Thomas hocha la tête et continua à marcher.

CHAPITRE 38

La salle de bowling n'avait plus de portes. À en juger par l'épaisse couche de rouille sur les gonds, on les avait démontées depuis longtemps. Une grande enseigne en bois pendait au-dessus de l'entrée, mais toute inscription en était pratiquement effacée.

— Il est là-dedans, déclara le garde moustachu. Payez-nous, maintenant.

Minho passa devant lui, s'avança sur le seuil et se pencha à l'intérieur. Puis il se retourna vers Thomas.

— Je le vois tout au fond, dit-il, le front barré d'un pli soucieux. Il fait sombre, mais c'est bien lui.

Thomas n'avait pas réfléchi une seconde à ce qu'ils diraient à leur ami. Pourquoi leur avait-il demandé d'aller se faire voir ?

— On veut notre fric, répéta le garde.

Jorge ne se laissa pas démonter.

— Vous aurez le double si vous nous raccompagnez sains et saufs jusqu'à notre berg.

Les deux gardes se consultèrent, puis le petit répondit :

— Le triple. Avec la moitié d'avance, pour être sûrs que vous n'êtes pas en train de nous bourrer le mou.

— Marché conclu.

En voyant Jorge sortir sa carte et la mettre en contact avec celle du garde pour transférer l'argent, Thomas éprouva une satisfaction lugubre à l'idée qu'ils détournaient les fonds du WICKED.

— On vous attend ici, annonça le garde à l'issue du virement.

— Venez, dit Minho à ses compagnons.

Il entra dans le bâtiment sans attendre leur réaction.

Thomas regarda Brenda, qui fronçait les sourcils.

— Quel est le problème ? demanda-t-il.

— Je ne sais pas, répondit-elle. J'ai un mauvais pressentiment.

— On est deux, alors.

Elle lui adressa un mince sourire et lui prit la main, ce qu'il accueillit avec plaisir ; puis ils entrèrent à leur tour dans la salle de bowling, suivis de Jorge.

*

Comme pour tant d'autres choses depuis l'effacement de sa mémoire, Thomas avait en tête des images de salles de bowling et de la façon dont elles fonctionnaient mais pas le moindre souvenir d'y avoir jamais mis les pieds. La salle qu'ils découvrirent était beaucoup plus vaste qu'il ne s'y attendait.

Les pistes de bowling étaient complètement éventrées, la plupart des planches arrachées ou cassées. Sacs de couchage et couvertures occupaient l'essentiel de l'espace disponible, avec des gens qui somnolaient ou contemplaient le plafond d'un air hébété. Seuls les plus riches pouvant s'offrir du bliss, Thomas fut surpris que certains osent en consommer au vu et au su de tous dans un endroit pareil ; ils devaient rapidement se faire voler ou rançonner.

Dans les niches où se logeaient les quilles autrefois, des feux brûlaient, ce qui ne semblait pas très prudent. Mais chaque feu était surveillé par au moins une personne. Une odeur de bois brûlé flottait dans l'air, et une fumée grise baignait la pénombre.

Minho indiqua la dernière piste sur la gauche, à une

trentaine de mètres environ. On n'y voyait pas grand monde – la plupart des gens se regroupaient plutôt sur les pistes du milieu –, aussi Thomas repéra Newt presque immédiatement malgré l'éclairage défaillant. Il reconnut ses longs cheveux blonds dans la lueur des flammes et sa silhouette familière, avachie. Il leur tournait le dos.

— On y est, murmura Thomas à Brenda.

Personne ne leur dit rien tandis qu'ils progressaient prudemment vers Newt, en zigzaguant entre les gens jusqu'à la piste du fond. Thomas faisait bien attention à ne pas marcher sur un fondu : il n'avait pas envie de se faire mordre la jambe.

Ils ne se trouvaient plus qu'à quelques mètres de Newt quand celui-ci déclara soudain, d'une voix forte qui résonna dans la salle obscure :

— Tas de tocards, je ne vous avais pas dit de me laisser tranquille ?

Minho s'arrêta. Thomas faillit lui rentrer dedans. Brenda pressa sa main, avant de la lâcher ; il s'aperçut alors à quel point il avait les paumes moites. Entendre ces mots dans la bouche de Newt lui fit comprendre l'évidence : leur ami ne serait plus jamais le même, son état ne ferait qu'empirer.

— Il faut qu'on te parle, dit Minho en s'approchant.

Il dut enjamber une femme émaciée, couchée sur le flanc.

— Pas plus près, l'avertit Newt. (Quoique douce, sa voix était menaçante.) Ces salopards ne m'ont pas amené ici sans raison. Ils me prenaient pour une saleté d'immunisé planqué dans ce foutu berg. Imaginez leur tête quand ils ont vu que j'avais la Braise. Il paraît qu'ils ont rempli leur devoir civique en me larguant dans ce trou à rats.

Voyant que Minho restait muet, Thomas prit la parole, en s'efforçant de ne pas se laisser démonter par les mots de Newt.

— Pourquoi crois-tu qu'on est là, Newt ? Je suis désolé que tu aies dû rester dans le berg et que tu te sois fait prendre. Je suis désolé que tu te sois retrouvé ici. Mais on peut te faire sortir... Apparemment, plus personne ne se préoccupe de savoir qui entre ou qui sort.

Newt pivota lentement face à eux. Thomas sentit son estomac se nouer quand il vit que son ami tenait un lanceur entre ses mains. Il avait l'air éreinté, comme s'il venait de passer trois jours à courir, se battre et dégringoler du sommet d'une falaise. Pourtant, malgré la colère accumulée dans ses yeux, il n'avait pas encore complètement succombé à la folie.

— Waouh, dit Minho en reculant d'un pas. (Il évita de justesse la femme couchée.) Du calme. Pas la peine de me braquer une saleté de lanceur dans la figure pendant qu'on cause. D'où tu sors ce truc?

— Je l'ai volé, répondit Newt. Je l'ai pris à un garde qui m'avait... mis en colère.

Les mains de Newt tremblaient légèrement, ce qui rendait Thomas quelque peu nerveux, car leur ami avait tout de même le doigt sur la détente!

— Je... ne me sens pas bien, avoua Newt. Sincèrement, les tocards, j'apprécie que vous soyez venus pour moi. Je vous jure. Mais c'est là que ça se termine. Vous allez faire demi-tour, remonter dans votre berg et vous tirer. Vous m'avez bien compris?

— Non, Newt, je ne te comprends pas, rétorqua Minho sur un ton où perçait la frustration. On a risqué notre peau pour venir jusqu'ici, tu es notre ami et on va t'emmener avec nous. Si tu as envie de te plaindre et de pleurnicher pendant que tu perds la boule, pas de problème. Mais au moins tu seras avec nous, pas au milieu de tous ces fondus.

Newt bondit sur ses pieds, si brusquement que Thomas faillit tomber à la renverse. Il épaula son lanceur et le pointa sur Minho.

— Mais je suis un fondu, Minho! Je suis un fondu! Pourquoi est-ce que tu n'arrives pas à te rentrer ça dans le crâne? Si tu avais la Braise et que tu savais ce qui t'attendait, tu

crois que tu aurais envie que tes amis soient là pour y assister ?
Hein ? Tu crois que ça te plairait ?

Il criait en arrivant à la fin de sa tirade, et tremblait de plus
en plus fort.

Minho ne dit rien. Thomas savait pourquoi. Lui-même
cherchait quelque chose à dire et ne trouvait rien. Le regard de
Newt se reporta sur lui.

— Et toi, Tommy, poursuivit-il en baissant la voix, tu as du
culot de te pointer ici et de me demander de vous suivre. Un
sacré culot, ça oui. Tu me donnes envie de vomir.

Thomas resta abasourdi. Personne ne l'avait jamais autant
blessé. Jamais.

CHAPITRE 39

Thomas ne trouva aucune explication à cette déclaration.

— Mais de quoi est-ce que tu parles? demanda-t-il.

Newt ne répondit pas et se contenta de le fixer durement, les bras tremblants, le lanceur pointé sur lui. Il finit par se calmer, son expression s'adoucit. Il baissa son arme et contempla ses pieds.

— Newt, je ne comprends pas, insista Thomas d'une voix douce. Pourquoi tu me dis ça?

Newt releva la tête, sans plus rien montrer de l'amertume qu'il venait de manifester.

— Écoutez, les gars, je suis désolé. Vraiment. Mais il faut que vous compreniez un truc. Je suis de moins en moins lucide, et bientôt je ne le serai plus du tout. Alors s'il vous plaît, tirez-vous.

Voyant Thomas ouvrir la bouche pour protester, Newt l'interrompit d'un geste.

— Non! Pas la peine d'en rajouter. Tirez-vous, c'est tout. S'il vous plaît. Je vous en prie. Faites ça pour moi. Je vous en supplie, comme je n'ai jamais supplié personne de toute ma vie. Faites-le. J'ai rencontré un groupe de gars dans le même état que moi qui envisagent de se tailler aujourd'hui et de regagner Denver. Je compte les accompagner.

Il fit une pause ; Thomas dut faire un gros effort pour s'abstenir de tout commentaire. Qu'espéraient-ils en s'enfuyant et en se rendant à Denver?

— Je ne m'attends pas à ce que vous compreniez, mais je ne veux pas venir avec vous. Ça va être suffisamment moche comme ça ; ce sera encore pire si je sais que vous êtes là pour y assister. Ou pire que tout, si je m'en prends à vous. Alors on va se dire adieu une bonne fois, et vous allez repartir en me promettant de garder un bon souvenir de moi.

— Je ne peux pas faire ça, dit Minho.

— Ta gueule ! explosa Newt. Est-ce que tu sais à quel point c'est dur pour moi de garder mon calme ? J'ai dit ce que j'avais à dire. Maintenant, tirez-vous d'ici. C'est compris ? Dégagez !

Quelqu'un poussa Thomas à l'épaule. En se retournant, il découvrit plusieurs fondus qui s'étaient regroupés derrière eux. Celui qui avait poussé Thomas était grand, costaud, avec de longs cheveux gras. Il martela le torse de Thomas avec son index.

— Je crois que notre nouveau copain vous a demandé de le laisser tranquille, déclara-t-il.

Il sortait sa langue pour s'humecter les lèvres tout en parlant.

— Mêlez-vous de vos affaires, riposta Thomas. (Il était conscient du danger mais s'en moquait. En cet instant précis, Newt constituait sa seule préoccupation.) Il était notre ami avant d'arriver ici.

L'homme passa la main dans ses cheveux gras.

— C'est un fondu, maintenant, comme nous. Ce qui veut dire que ce sont nos affaires. Alors, fichez-lui la paix !

Minho intervint avant que Thomas ne puisse répliquer.

— Eh, tocard, tu as les oreilles bouchées par la Braise ou quoi ? Ça se passe entre Newt et nous. À vous de débarrasser le plancher.

L'homme se renfrogna, puis montra le long éclat de verre qu'il serrait dans son poing. Le sang gouttait entre ses doigts.

— J'espérais bien que vous diriez ça, avoua-t-il. Je m'ennuyais.

Son bras se détendit brusquement, et le morceau de verre fila vers le visage de Thomas. Ce dernier se baissa en levant les mains pour se protéger. Mais avant qu'il ne puisse bloquer le coup, Brenda s'avança et frappa la main de l'homme, lui faisant lâcher son arme improvisée. Puis Minho bondit sur le fondu et le plaqua au sol. Ils atterrirent sur la femme qu'il avait enjambée plus tôt pour rejoindre Newt ; elle se mit à vociférer des insanités, à donner des coups de poing et des coups de pied. Les trois se retrouvèrent bientôt engagés dans une lutte confuse.

— Arrêtez ! cria Newt. Arrêtez ça tout de suite !

Thomas s'était figé, accroupi, guettant une ouverture pour bondir au secours de Minho. Mais il pivota sur ses talons et vit que Newt, les yeux brûlants, tenait son lanceur en position de tir.

— Je vous préviens, je vais tirer dans le tas et je me fiche pas mal de savoir qui je toucherai.

L'homme aux cheveux gras s'extirpa de la mêlée et se releva, en balançant à la femme un dernier coup de pied dans les côtes. Elle poussa un petit cri pendant que Minho se redressait à son tour, le visage couvert de griffures.

Le grésillement électrique du lanceur en charge emplit l'air. Puis Newt pressa la détente. Une grenade cueillit Cheveux Gras au plexus et des filaments de foudre l'enveloppèrent ; il s'écroula au sol en hurlant, tressaillant, les jambes raides et l'écume aux lèvres.

Thomas demeura éberlué. Il dévisagea Newt avec des yeux écarquillés, heureux de son intervention, et encore plus heureux que leur ami ne l'ait pas visé lui, ou Minho.

— Je lui avais dit d'arrêter, bougonna Newt à mi-voix. (Il pointa son arme sur Minho d'une main tremblante.) Et maintenant, tirez-vous, les gars. Assez discuté. Je suis désolé.

Minho leva les mains.

— Tu vas me tirer dessus, mec ? Tu en es capable ?

— Tirez-vous, répéta Newt. Je vous l'ai demandé gentiment. Maintenant, c'est un ordre. C'est déjà assez difficile comme ça. Du balai !

— Newt, sors avec nous…

— Dehors! cria Newt en lui agitant son lanceur sous le nez. Cassez-vous d'ici!

Thomas était horrifié par la sauvagerie qui s'était emparée de Newt. Le malheureux tremblait de la tête aux pieds, et une lueur de folie brillait dans son regard. Il était en train de perdre la raison.

— Allons-y, dit Thomas, la mort dans l'âme. Venez.

Minho se tourna vers lui comme s'il venait de lui briser le cœur.

— Tu es sérieux?

Thomas ne put qu'acquiescer de la tête.

Les épaules de Minho s'affaissèrent, il baissa le regard.

— Comment on a pu en arriver là, bon sang?

Il s'était exprimé d'une voix sourde, presque inaudible, et lourde de chagrin.

— Je suis désolé, répéta Newt encore une fois, les joues mouillées de larmes. Je... je vais tirer si vous restez là. Fichez le camp.

Incapable d'en supporter davantage, Thomas prit Brenda par la main, attrapa Minho par le bras et les entraîna tous les deux vers la sortie, enjambant les corps. Minho n'offrit aucune résistance; Thomas, qui n'osait pas le regarder, espérait que Jorge les suivait. Il ressortit sur l'esplanade de la zone centrale, au milieu de la foule des fondus.

Loin de Newt. Loin de son ami et de son cerveau malade.

CHAPITRE 40

Les gardes qui les avaient escortés avaient disparu, en revanche les fondus étaient encore plus nombreux qu'à leur arrivée. La plupart d'entre eux semblaient les attendre. Sans doute avaient-ils entendu la détonation de la grenade et les hurlements de celui qui l'avait reçue. À moins qu'on ne les ait prévenus. Quoi qu'il en soit, Thomas avait l'impression que tous ceux qui le fixaient étaient au bout du rouleau et avides de chair humaine.

— Visez-moi ces guignols, lança quelqu'un.

— Ouais, y sont pas mignons? dit un autre. Venez, venez jouer avec les fondus.

Thomas continua à avancer en direction de l'entrée de la zone centrale. Il avait lâché le bras de Minho mais tenait toujours la main de Brenda. Ils s'enfonçaient dans la foule. Il dut cesser de regarder les gens dans les yeux. Il ne voyait que folie, fureur meurtrière et jalousie gravées sur ces visages innombrables, sanguinolents et mutilés. Il aurait voulu courir mais il sentait que, s'il le faisait, la foule se jetterait sur eux comme une meute de loups.

Ils atteignirent l'arche, la franchirent sans hésitation. Thomas les entraîna dans la rue principale, à travers les anneaux successifs de maisons délabrées. Les bruits de la foule avaient repris derrière eux. Thomas n'était pas fâché de s'en éloigner. Il n'osait pas demander à Minho comment il se sentait. Il connaissait la réponse.

Ils venaient de passer devant une autre rangée de taudis quand il entendit des cris derrière lui, puis un bruit de pas précipités.

— Courez! cria quelqu'un. Courez!

Thomas vit les gardes qui les avaient abandonnés surgir à fond de train au coin de la rue. Sans ralentir, tous deux filèrent vers le dernier cercle d'habitations et le portail. Ils n'avaient plus leurs lanceurs.

— Hé! leur cria Minho. Revenez ici!

— Je vous ai dit de courir, bande d'idiots! leur lança le moustachu par-dessus son épaule. Remuez-vous!

Thomas ne prit pas le temps de réfléchir. Il piqua un sprint dans la même direction, sachant que c'était la seule chose à faire. Minho, Jorge et Brenda l'imitèrent. Une meute de fondus était à leurs trousses, au moins une douzaine; et ils avaient l'air fous furieux, comme s'ils s'étaient tous retrouvés au bout du rouleau tout à coup.

— Où étiez-vous passés? s'écria Minho, haletant.

— Ils nous ont coincés! répondit le petit garde. Bon sang, j'ai bien cru qu'ils allaient nous bouffer! On leur a échappé de justesse.

— Ne vous arrêtez pas! prévint l'autre garde.

Les deux hommes s'engagèrent dans une ruelle perpendiculaire.

Thomas et ses amis continuèrent vers le portail et le berg qui les attendait dehors. Des cris et des sifflets retentissaient dans leur dos. Thomas risqua un coup d'œil en arrière pour détailler leurs poursuivants. Vêtements déchirés, cheveux ébouriffés, visages crasseux. Au moins avaient-ils réussi à conserver leur avance.

— Ils ne nous rattraperont pas! cria-t-il alors que le portail extérieur apparaissait devant eux. Continuez, on y est presque!

Thomas courait comme il n'avait jamais couru de sa vie… encore plus vite que dans le Labyrinthe. L'idée de tomber entre les mains de ces fondus l'horrifiait. Les quatre compagnons arrivèrent au portail et le franchirent au pas de charge. Ils ne prirent pas le temps de le refermer et coururent droit au berg. Jorge actionna l'ouverture de la soute en appuyant sur un bouton de sa télécommande.

Ils parvinrent au pied de la rampe, la gravirent en courant et Thomas plongea à l'intérieur. En se retournant, il vit ses amis glisser sur le sol à côté de lui tandis que la soute commençait déjà à se refermer en grinçant. Les fondus ne pouvaient plus les rejoindre, mais ils continuaient à hurler et à crier des insanités. L'un d'eux se baissa pour ramasser une pierre et la lança. Elle retomba à dix mètres du berg qui décolla au moment où la soute se refermait.

*

Jorge stabilisa l'appareil à faible altitude, le temps qu'ils reprennent leurs esprits. Les fondus ne représentaient plus une menace : aucun n'était armé.

Thomas se pencha à un hublot avec Minho et Brenda et observa la meute en contrebas. Il n'en croyait pas ses yeux.

— Regardez-moi ça, dit-il. Je me demande à quoi ils ressemblaient il y a quelques mois. Ils habitaient sûrement dans un gratte-ciel, ils partaient travailler au bureau. Et maintenant, ils traquent les gens comme des bêtes sauvages.

— Je vais te dire à quoi ils ressemblaient il y a quelques mois, répondit Brenda. Ils étaient malheureux, terrifiés à l'idée d'attraper la Braise, sachant que ça leur arriverait tôt ou tard.

Minho les interrompit.

— Comment pouvez-vous vous en faire pour eux ? Vous vous rappelez Newt ?

— On n'aurait rien pu faire, lança Jorge depuis le cockpit, avec un manque de compassion qui fit grimacer Thomas.

Minho se tourna dans sa direction.

— Boucle-la et contente-toi de piloter, tocard !

— Comme tu veux, dit Jorge avec un soupir.

Il se concentra sur les commandes.

Minho se laissa glisser au sol, vidé de toute énergie.

— Comment il fera quand il n'aura plus de grenades? demanda-t-il, le regard perdu.

Thomas ne sut quoi répondre, incapable d'exprimer son chagrin. Il s'assit par terre à côté de Minho et resta là sans dire un mot, tandis que le berg prenait de l'altitude et s'éloignait de l'Hôtel des Fondus.

Newt était fichu.

CHAPITRE 41

Au bout d'un moment, Thomas et Minho finirent par aller s'asseoir sur un canapé pendant que Brenda allait seconder Jorge dans le cockpit.

La réalité de ce qui venait de se produire frappa Thomas de plein fouet. Depuis qu'il avait émergé dans le Labyrinthe, Newt avait toujours été là pour lui. Il comprit pour la première fois à quel point leur amitié avait compté. Son cœur saignait.

Il essaya de se dire que Newt n'était pas encore mort. Mais en un sens, c'était encore pire. Il avait basculé dans la folie, au milieu d'une foule de fondus assoiffés de sang. Et la perspective de ne plus jamais le revoir était insupportable.

Minho lâcha d'une voix éteinte :

— Pourquoi il a refusé de venir avec nous ? Pourquoi il m'agitait son arme sous le nez comme ça ?

— Il n'aurait pas appuyé sur la détente, lui assura Thomas, même s'il doutait que ce soit vrai.

Minho secoua la tête.

— Tu as vu ses yeux, comme ils ont changé ? De la folie furieuse. Si j'avais insisté, il m'aurait grillé sur place. Il est dingue, mec. Complètement timbré, plus rien à en tirer.

— C'est peut-être mieux comme ça.

— Pardon ? fit Minho en se tournant vers Thomas.

— Peut-être qu'en devenant fous ils ne sont plus eux-mêmes. Peut-être que le Newt qu'on connaît n'existe plus et ne se rend compte de rien. Au moins, ça lui évite de souffrir.

Minho parut presque indigné par cette idée.

— Bien essayé, petite tête, mais je n'en crois pas un mot. Je crois qu'il sera toujours là, sous la surface, malade mais suffisamment conscient pour souffrir le martyre à chaque instant. Comme si on l'avait enterré vivant.

Cette image ôta toute envie de discuter à Thomas. Il fixa le sol devant lui, ruminant sur le sort effroyable de Newt, jusqu'à ce que le berg se pose à l'aéroport de Denver.

Thomas se frotta le visage.

— J'ai l'impression qu'on est arrivés.

— Je crois que je commence à comprendre le point de vue du WICKED, lança Minho d'un air absent. Après avoir vu ce regard de près. La folie qu'on lisait dedans. Ce n'est pas la même chose, quand ça touche quelqu'un que tu connais depuis longtemps. J'ai vu mourir beaucoup d'amis, mais ça, c'est pire que tout ce que je pouvais imaginer. Si on pouvait trouver un remède contre cette saloperie…

Thomas devinait à quoi il pensait. Il ferma les yeux une seconde ; rien n'était tout blanc ou tout noir dans cette histoire.

Jorge et Brenda les rejoignirent.

— Je suis navrée, murmura Brenda.

Minho grommela dans sa barbe. Thomas hocha la tête en fixant la jeune fille avec tristesse. Jorge resta planté là, les yeux baissés.

— Je sais que c'est dur, reprit Brenda, mais il faut décider ce qu'on va faire.

Minho se redressa d'un bond et lui agita son index sous le nez.

— Réfléchis tant que tu voudras, miss Brenda, et décide ce que tu veux. Nous, on vient d'abandonner notre ami entre les griffes d'une bande de psychopathes!

Il sortit de la pièce d'un pas rageur.

Brenda se tourna vers Thomas.

— Désolée.

Il haussa les épaules.

— Ce n'est rien. Newt et lui se connaissaient depuis plus de deux ans quand je suis arrivé dans le Labyrinthe. Il va lui falloir un peu de temps.

— Écoutez, on est tous crevés, intervint Jorge. Peut-être qu'on devrait s'accorder quelques jours de repos. Prendre le temps de réfléchir.

— Oui, approuva Thomas.

Brenda lui prit la main.

— On trouvera bien une idée.

— Je ne vois qu'un seul endroit par où commencer, dit Thomas. Chez Gally.

— Tu as peut-être raison. (Elle lui pressa la main, puis la lâcha.) Viens avec moi, Jorge. Allons préparer à manger.

Ils sortirent tous les deux, laissant Thomas seul avec son chagrin.

*

Après un repas horrible au cours duquel aucun d'eux ne prononça plus de deux mots d'affilée, les quatre compagnons partirent chacun de son côté. Thomas déambula à travers le berg, n'arrêtant pas de penser à Newt. Son cœur se serrait quand il songeait à ce que serait désormais la vie de leur ami, du moins pour le peu qui lui en restait.

Le billet.

Thomas resta un moment abasourdi, puis courut s'enfermer dans les toilettes. Le billet! Il l'avait complètement oublié. Newt lui avait dit qu'il saurait quand le moment de le lire serait venu. Il aurait dû le faire à l'Hôtel des Fondus, avant de laisser leur ami dans cet endroit infect.

Il tira l'enveloppe de sa poche, la déchira et en sortit un bout de papier. Les lampes au-dessus du lavabo baignaient le message d'une lueur chaude. Il tenait en deux phrases succinctes :

Tue—moi. Si tu es vraiment mon ami, tue—moi.

Thomas le lut plusieurs fois, en priant pour que les lettres se transforment. Quand il pensait à la peur qu'avait dû éprouver son ami pour lui écrire ces mots, il en était malade. Il se souvint de la colère que Newt avait manifestée contre lui lors de leurs retrouvailles dans la salle de bowling. Le pauvre voulait simplement s'épargner le sort inévitable qui l'attendait.

Et Thomas l'avait laissé tomber.

CHAPITRE 42

Thomas décida de ne rien dire aux autres de la lettre de Newt. Cela n'aurait servi à rien. Il était temps de tourner la page, et il le fit avec un sang-froid qui le surprit lui-même.

Ils restèrent deux jours à bord du berg, à se reposer et à échafauder des plans. Aucun d'eux ne connaissait vraiment la ville, et ils n'y avaient presque aucun contact. Leurs conversations revenaient invariablement à Gally et au Bras Droit. Ce dernier voulait abattre le WICKED. Et s'il était vrai que le WICKED souhaitait recommencer les Épreuves depuis le début avec de nouveaux immunisés, alors Thomas et ses amis avaient le même objectif que le Bras Droit.

Gally. Ils devaient retourner voir Gally.

Le matin du troisième jour, Thomas prit une douche puis retrouva les autres autour d'un repas rapide. Tout le monde était visiblement impatient d'agir après ces deux jours passés dans l'inactivité. Leur plan consistait à se rendre à l'appartement de Gally puis à improviser. L'avertissement de Newt selon lequel certains fondus prévoyaient de s'échapper du centre pour se rendre à Denver les inquiétait bien un peu, mais pour l'instant ils n'avaient encore vu arriver personne.

Quand ils furent prêts, ils se regroupèrent devant la trappe de la soute.

— Laissez-moi baratiner les gardes, dit Jorge.

Brenda hocha la tête.

— Et une fois à l'intérieur, on prendra un taxi.

— C'est bon, grommela Minho. Arrêtez de tourner autour du pot et allons-y.

Thomas n'aurait pas mieux dit. Agir lui évitait de trop penser à Newt et à sa lettre.

Jorge appuya sur un bouton. La grande trappe de la soute commença à pivoter vers le bas. Elle était à moitié ouverte quand ils remarquèrent trois personnes debout au pied du berg. Le temps que la trappe heurte le sol avec un bruit sourd, Thomas avait pu se rendre compte qu'elles n'avaient pas de banderoles de bienvenue.

Deux hommes, une femme. Portant le même masque de protection que Chemise Rouge dans le coffee shop. Les hommes tenaient des pistolets et la femme un lanceur. Barbouillés de crasse et de traînées de sueur, les vêtements déchirés, ils donnaient l'impression d'avoir dû se frayer un chemin à travers une armée pour arriver jusque-là. Thomas espérait qu'il s'agissait d'un simple renforcement des mesures de sécurité.

— Que se passe-t-il ? demanda Jorge.

— Ta gueule, Imune, répliqua l'un des hommes, dont la voix déformée par le masque rendait ces paroles d'autant plus sinistres. Descendez de là gentiment, ou je vous garantis que vous n'allez pas aimer la suite. Et ne jouez pas les héros.

Thomas regarda derrière leur comité d'accueil et fut choqué de voir les portes de Denver grandes ouvertes, avec deux corps sans vie gisant à l'intérieur du sas.

Jorge fut le premier à réagir.

— Si tu tires on vous tombe dessus dans la seconde. Vous descendrez peut-être l'un d'entre nous, mais on vous aura tous les trois.

Thomas savait qu'il bluffait.

— On n'a rien à perdre, riposta l'homme. Allez-y, essayez. Je vous parie que j'en aligne au moins deux avant que vous n'ayez eu le temps de faire un pas.

Il leva son arme et la pointa sur Jorge.

— Ça va, bougonna ce dernier en levant les mains. Vous êtes les plus forts… pour l'instant.

Minho grogna.

— Tu parles d'un dur! (Pourtant lui aussi leva les mains, imité par Brenda.) Vous avez plutôt intérêt à ne pas baisser la garde, les gars, j'aime autant vous prévenir.

Thomas n'eut pas d'autre choix que de suivre leur exemple. Il leva les mains à son tour et fut le premier à descendre la rampe. On les entraîna derrière le berg où un vieux van cabossé les attendait, moteur au ralenti. Une femme qui portait un masque de protection était assise au volant, en compagnie de deux autres armées de lanceurs sur la banquette arrière.

L'un des hommes ouvrit la portière coulissante du van et leur fit signe de grimper à bord.

— Montez là-dedans. Un seul geste bizarre, et les balles se mettent à voler. Comme je vous l'ai dit, on n'a plus rien à perdre. Et je ne crois pas qu'il y aura grand monde pour pleurer la perte d'un ou deux Imunes.

Thomas embarqua à l'arrière du véhicule en calculant leurs chances. Quatre contre six… tous armés. Cela se présentait mal.

— Qui vous paie pour capturer les Imunes? demanda-t-il alors que ses amis s'installaient à côté de lui.

Il espérait obtenir confirmation de ce que Teresa avait raconté à Gally : que les immunisés se faisaient enlever et revendre. Mais nul ne lui répondit.

Les trois personnes qui les avaient cueillis à leur descente du berg montèrent dans le van et refermèrent la portière. Puis elles braquèrent leurs armes sur leurs prisonniers.

— Vous trouverez des sacs noirs dans ce coin, leur indiqua l'un des hommes. Enfilez-vous-en un sur la tête. Et n'essayez surtout pas de jeter un coup d'œil par-dessous pendant le trajet. On tient à conserver nos petits secrets.

Thomas soupira; il ne servirait à rien de discuter. Il attrapa l'un des sacs et se l'enfonça sur la tête. Le van s'ébranla en faisant rugir son moteur.

CHAPITRE 43

Sans être particulièrement éreintant, le trajet parut durer une éternité à Thomas. Et il n'avait vraiment pas besoin de ruminer. Quand ils s'arrêtèrent enfin, il commençait à se sentir nauséeux.

En entendant la porte du van s'ouvrir, il leva machinalement la main pour ôter son sac.

— Garde-le! aboya celui qui semblait être le chef. Ne vous avisez pas de retirer vos sacs avant qu'on vous le dise. Maintenant descendez, sans geste brusque. Vous seriez gentils de ne pas vous faire tuer.

— Vous êtes un dur de dur, hein? fit la voix de Minho. Facile de rouler des mécaniques quand on est six avec des flingues. Et si vous…

Thomas entendit le choc sourd d'un coup de poing, suivi d'un grognement étouffé.

Il sentit des mains l'agripper et le tirer du van si brutalement qu'il faillit s'étaler par terre. Quand il eut repris son équilibre, on le tira de nouveau; il eut bien du mal à suivre sans tomber.

Il se laissa conduire en silence au bas d'une suite de marches, puis le long d'un couloir. Ils s'arrêtèrent; il entendit un froissement de clé magnétique qu'on insérait dans une fente, le déclic d'une serrure, puis un chuintement de porte en train de s'ouvrir. Des murmures étouffés parvinrent à ses oreilles, comme si plusieurs dizaines de personnes les attendaient à l'intérieur.

On lui donna une poussée qui le fit trébucher. Il arracha le sac qui lui recouvrait la tête à l'instant où la porte se refermait derrière lui.

Ils se trouvaient dans une salle immense et pleine de gens, assis à même le sol pour la plupart. Des ampoules de faible intensité éclairaient les visages tournés vers eux, certains crasseux, presque tous égratignés ou tuméfiés.

Une femme s'approcha, les traits déformés par l'angoisse.

— À quoi ça ressemble, dehors ? leur demanda-t-elle. On est là depuis des heures, et c'était déjà le chaos. Est-ce que les choses ont encore empiré ?

D'autres gens s'approchèrent pour entendre la réponse de Thomas.

— On n'est pas entrés dans la ville… ils nous ont arrêtés aux portes. Qu'est-ce que vous entendez par « chaos » ? Que s'est-il passé ?

Elle baissa les yeux.

— Le gouvernement a déclaré l'état d'urgence, sans aucun avertissement. Et puis la police, les autoflics, les testeurs de Braise ont tous disparu, d'un coup, comme ça. On s'est fait embarquer en se rendant au travail à l'hôtel de ville. On n'a pas eu le temps de dire ouf ou de demander pourquoi.

— Nous, on était gardiens à l'Hôtel des Fondus, raconta un autre. Comme les collègues disparaissaient les uns après les autres, il y a quelques jours, on a décidé de tout plaquer pour revenir à Denver. On s'est fait cueillir à l'aéroport, nous aussi.

— Comment la situation a-t-elle pu se dégrader aussi vite ? demanda Brenda. Tout allait bien il y a trois jours.

L'homme lâcha un petit rire amer.

— Cette ville est dirigée par des imbéciles qui s'imaginaient réussir à contenir le virus. Ça couvait depuis longtemps, et ça nous a finalement explosé à la figure. Le monde n'a aucune chance, le virus est trop fort.

L'attention de Thomas se reporta sur un petit groupe qui s'approchait. Il se figea en reconnaissant Aris.

— Minho, regarde! dit-il en donnant un coup de coude à son ami.

Le garçon du groupe B affichait déjà un grand sourire. Derrière lui, Thomas reconnut deux filles qui étaient avec lui dans le Labyrinthe. Quelles que soient les personnes qui les avaient arrêtés, il fallait leur reconnaître une certaine compétence.

Aris s'arrêta devant Thomas, parut hésiter à le serrer dans ses bras, puis finit par lui tendre la main. Thomas la lui serra.

— Content de voir que vous allez bien, leur dit le garçon.

Face au visage familier d'Aris, Thomas réalisa que le ressentiment qu'il avait pu y avoir entre eux après la Terre Brûlée était désormais oublié.

— Où sont les autres? demanda-t-il.

L'expression d'Aris s'assombrit.

— La plupart ne sont pas avec nous. Ils ont été emmenés par un autre groupe.

Avant que Thomas ne puisse assimiler cette réponse, Teresa apparut. Thomas dut se racler la gorge pour chasser la grosse boule qui s'y était formée.

Il était tiraillé entre des émotions tellement contradictoires qu'il parvint tout juste à prononcer son nom.

— Teresa?

— Salut, Tom. (Elle s'approcha de lui avec un regard triste.) Je suis bien contente de te revoir.

Ses yeux se mouillèrent de larmes.

— Oui, moi aussi.

Une part de lui la détestait; pourtant, elle lui avait manqué.

Il faillit l'insulter pour les avoir abandonnés entre les griffes du WICKED.

— Où étiez-vous passés ? lui demanda-t-elle. Comment vous êtes-vous retrouvés à Denver ?

Thomas demeura abasourdi.

— Comment ça, où on était passés ?

Elle le dévisagea pendant de longues secondes.

— Il y a pas mal de choses dont il va falloir qu'on discute.

— Qu'est-ce que tu manigances encore ? dit-il en plissant les yeux.

— Rien du tout, protesta-t-elle, indignée. J'ai l'impression qu'il y a eu un malentendu. Écoute, le gros de notre groupe s'est fait capturer hier par d'autres chasseurs de primes… qui ont probablement déjà revendu tout le monde au WICKED. Y compris Poêle-à-frire. Je suis désolée.

L'image du cuisinier s'imposa à l'esprit de Thomas. Il n'était pas certain de pouvoir supporter la perte d'un autre ami.

Minho se pencha pour apporter son grain de sel.

— Toujours aussi réjouissante ! Quel bonheur de profiter à nouveau de ta présence enchanteresse.

Teresa l'ignora.

— Tom, ils vont bientôt nous déplacer. Je voudrais te dire deux mots avant. Rien que toi et moi. Maintenant.

Thomas en mourait d'envie ; il se maudit pour ça, et s'efforça de ne pas le montrer.

— J'ai déjà eu droit au sermon de l'homme-rat. J'espère que tu ne vas pas me dire que tu es d'accord avec lui et que je devrais retourner avec le WICKED.

— Je ne sais même pas de quoi tu parles. (Elle hésita, comme si elle luttait contre son amour-propre.) Je t'en prie.

Thomas la dévisagea longuement, en proie à des sentiments partagés. Brenda se tenait en retrait. Revoir Teresa ne lui faisait pas plaisir, c'était manifeste.

— Alors ? insista Teresa. (Elle balaya les alentours d'un

geste.) Il n'y a pas grand-chose à faire ici pour tuer le temps. Tu es trop occupé pour me parler?

Thomas se retint de lever les yeux au plafond. Il indiqua deux chaises vides dans un coin de la grande salle.

— Allons-y, mais fais vite.

CHAPITRE 44

Thomas s'assit, la tête en arrière contre le mur, les bras croisés. Installée face à lui, Teresa avait plié ses jambes sous son menton. Tandis qu'ils s'éloignaient, Minho l'avait prévenu de ne pas croire un mot de ce qu'elle lui dirait.

— Bon, dit Teresa.

— Bon.

— Par où on commence ?

— À toi de me le dire. C'était ton idée. On peut s'en tenir là si tu n'as rien à me raconter.

Teresa soupira.

— Tu pourrais peut-être m'accorder le bénéfice du doute et arrêter de te comporter comme un crétin. Oui, je sais que j'ai mal agi dans la Terre Brûlée, mais tu sais aussi pourquoi… c'était pour te garder en vie. À ce moment-là, je ne savais pas encore que c'était uniquement une histoire de variables et de schémas. Et si tu m'accordais un peu de crédit ? On pourrait commencer par se parler normalement.

Thomas laissa le silence se prolonger un moment avant de répondre.

— D'accord, très bien. Mais vous nous avez quand même laissés entre les mains du WICKED, ce qui montre que…

— Tom ! s'exclama-t-elle, comme s'il l'avait giflée. On ne vous a pas laissés ! De quoi est-ce que tu parles ?

— Toi, de quoi est-ce que tu parles ?

Thomas n'y comprenait plus rien.

— On ne vous a pas laissés! On est partis à votre recherche. C'est vous qui nous avez laissés tomber!

Thomas la dévisagea.

— Tu me crois aussi stupide?

— Le personnel du complexe ne parlait plus que de ça. Tout le monde disait que Newt, Minho et toi vous étiez échappés et vous cachiez dans la forêt. On vous a cherchés, mais on ne vous a pas trouvés. J'espérais que vous aviez réussi à regagner la civilisation. Pourquoi crois-tu que j'étais si contente de te revoir en vie?

Thomas sentit une colère familière monter en lui.

— Tu t'imagines sérieusement que je vais avaler ça? Je parie que tu savais exactement ce que m'a raconté l'homme-rat – qu'ils ont besoin de moi, que je suis soi-disant leur Candidat final.

Teresa courba la tête.

— Tu me considères vraiment comme la dernière des dernières, pas vrai? Si tu avais recouvré la mémoire comme tu étais censé le faire, tu aurais vu que je suis la même Teresa que j'ai toujours été. J'ai agi comme je le devais dans la Terre Brûlée pour te sauver, et depuis, j'essaie de me racheter.

Thomas avait du mal à rester en colère, car elle ne lui donnait pas l'impression de jouer la comédie.

— Comment veux-tu que je te croie, Teresa? Franchement?

Elle leva son visage vers lui.

— Je te jure que je ne savais rien de cette histoire de Candidat final. Ils ont développé ça après notre arrivée dans le Labyrinthe, si bien que je n'en ai aucun souvenir. Par contre, j'ai appris que le WICKED n'avait pas l'intention de mettre un terme aux Épreuves avant d'avoir obtenu son fameux modèle. Ils sont en train de préparer une nouvelle promotion, Thomas. Ils rassemblent d'autres immunisés pour tout recommencer à zéro au cas où les Épreuves ne donneraient rien. Et je ne pouvais pas cautionner ça. Je me suis enfuie pour te retrouver. C'est tout.

Thomas ne fit pas de commentaire. Il avait envie de la croire. Désespérément.

— Je suis désolée, dit Teresa en soupirant. (Elle détourna la tête et se passa la main dans les cheveux. Elle attendit plusieurs secondes avant d'oser le regarder en face.) Tout ce que je peux te dire, c'est que cette histoire m'a rendue complètement malade. Je ne sais plus où j'en suis. Je croyais vraiment qu'on pourrait parvenir à trouver un remède, et je savais qu'ils avaient besoin de toi pour ça. Mais maintenant... même en ayant récupéré la mémoire, je ne vois plus les choses de la même façon. J'ai l'impression que ça n'en finira jamais.

Elle se tut, mais Thomas n'avait rien à dire. Il scruta le visage de Teresa et y lut une douleur comme il n'en avait encore jamais vu. Elle lui disait la vérité.

Elle continua :

— Alors, je me suis promis une chose. Faire tout ce que je pourrais pour réparer mes erreurs. Je voulais commencer par sauver mes amis, puis le reste des immunisés si possible. Et regarde où ça m'a menée.

Thomas chercha ses mots.

— Bah, on n'a pas fait beaucoup mieux, non ?

Elle haussa les sourcils.

— Toi aussi, tu voulais arrêter le WICKED ?

— Quelle importance ? Ils vont bientôt nous remettre entre ses mains de toute façon.

Elle ne répondit pas tout de suite. Thomas aurait donné n'importe quoi pour être dans sa tête en cet instant. Il se sentit triste de savoir qu'ils avaient partagé d'innombrables moments et qu'il n'en avait plus aucun souvenir. Ils avaient été les meilleurs amis du monde autrefois.

Elle déclara enfin :

— Si seulement on trouvait un moyen d'agir, j'espère que tu réussirais à me faire confiance comme avant. Je suis sûre qu'on pourrait convaincre Aris et les autres de nous aider. Ils pensent comme moi.

Thomas savait qu'il marchait sur des œufs. Il trouvait curieux qu'elle partage son opinion à propos du WICKED maintenant qu'elle avait récupéré tous ses souvenirs.

— On verra bien ce qui se passe, dit-il.

Elle fronça les sourcils.

— Tu te méfies encore de moi?

— On verra ce qui se passe, répéta-t-il.

Puis il se leva et s'éloigna. Il détestait le petit air malheureux qu'elle affichait. Et il se détestait lui-même de s'en préoccuper après tout ce qu'elle lui avait fait.

CHAPITRE 45

Thomas retrouva Minho assis en compagnie de Brenda et de Jorge. Son ami le fusilla du regard.

— Alors, qu'est-ce que cette foutue traîtresse avait de si important à te raconter ?

Thomas s'assit à côté de lui. Plusieurs inconnus traînaient à proximité ; il les vit tendre l'oreille.

— Alors ? insista Minho.

— Elle prétend qu'ils se sont échappés parce qu'ils avaient découvert que le WICKED avait l'intention de tout recommencer depuis le départ s'il le fallait. Qu'il est en train de ramasser des immunisés, comme Gally nous l'a dit. D'après elle, on leur avait fait croire qu'on avait déjà mis les voiles. Il paraît même qu'ils nous ont cherchés. (Thomas hésita, sachant que Minho n'allait pas aimer la suite.) Et elle se dit prête à nous aider si elle le peut.

Minho secoua la tête.

— Espèce de tête de pioche. Tu n'aurais pas dû lui parler.

— Merci.

Thomas se frotta le visage. Minho avait raison.

— Je ne voudrais pas casser l'ambiance, intervint Jorge, mais vous aurez beau discuter toute la journée, ça ne servira pas à grand-chose si on ne trouve pas un moyen de se tirer d'ici.

À cet instant la porte s'ouvrit et trois de leurs ravisseurs entrèrent, chargés de gros sacs bourrés à craquer. Un quatrième les suivait, armé d'un lanceur et d'un pistolet. Il balaya la salle d'un regard vigilant tandis que les autres commençaient à distribuer le contenu de leurs sacs : du pain et de l'eau en bouteille.

— Comment on fait pour se retrouver dans la mouise à chaque fois? grommela Minho. Au moins, avant, on pouvait dire que tout était la faute du WICKED.

— Oh, on peut toujours, fit remarquer Thomas.

Minho sourit.

— Tant mieux. Je déteste ces types.

Un silence maussade s'abattit dans la salle à mesure que les kidnappeurs passaient dans les rangs. Les gens se mirent à manger. Thomas s'aperçut qu'ils allaient devoir murmurer s'ils voulaient continuer à discuter.

Minho le poussa du coude.

— Il n'y en a qu'un seul d'armé. Et il n'a pas l'air bien méchant. Je te parie que je pourrais l'avoir.

— Peut-être, répondit Thomas à voix basse. Mais pas d'imprudence, il a un flingue, en plus de son lanceur. Et fais-moi confiance, c'est encore moins agréable de se prendre une balle qu'une grenade.

— Non, à toi de me faire confiance, cette fois.

Minho adressa un clin d'œil à Thomas, qui ne put que soupirer. Il y avait peu de chances que la suite des événements soit de tout repos.

Leurs ravisseurs s'arrêtèrent devant leur petit groupe. Thomas accepta un pain et une bouteille d'eau, mais quand l'homme voulut donner son pain à Minho, celui-ci l'écarta d'un revers de main.

— Vous croyez pouvoir me faire avaler n'importe quoi? Vous avez probablement mis du poison dedans.

— Si tu préfères avoir faim, c'est comme tu veux, répondit l'autre en se tournant vers le groupe suivant.

Alors qu'il passait devant eux, Minho bondit sur ses pieds et se jeta sur son collègue qui tenait le lanceur. Thomas grimaça en voyant l'arme échapper des mains de l'homme et tirer une grenade qui explosa au plafond dans une gerbe d'électricité. Le ravisseur était encore par terre quand Minho entreprit de le rouer de coups de poing, tout en luttant de l'autre main pour lui arracher son pistolet.

Pendant un instant, personne d'autre n'esquissa un geste. Puis tout le monde passa à l'action, trop vite pour que Thomas puisse réagir. Les trois autres gardes lâchèrent leurs sacs et voulurent s'élancer vers Minho, mais six prisonniers leur tombèrent aussitôt sur le râble et les plaquèrent au sol. Jorge aida Minho à maîtriser son adversaire et lui piétina le bras jusqu'à ce qu'il lâche son pistolet. Minho éloigna l'arme d'un coup de pied ; une femme la ramassa. Thomas vit que Brenda s'était emparée du lanceur.

— Arrêtez ! cria-t-elle, en mettant les ravisseurs en joue.

Minho se releva, et, tandis qu'il s'écartait de l'homme étendu par terre, Thomas vit que ce dernier avait la figure en sang. Les prisonniers traînèrent les trois autres gardes à côté de leur collègue.

Tout cela s'était déroulé si vite que Thomas n'avait pas bougé de place. Il se mit aussitôt au travail.

— Il faut les faire parler avant qu'ils ne reçoivent du renfort.

— Il n'y a qu'à leur mettre une balle dans la tête ! cria quelqu'un. Les descendre sur place et les laisser ici.

Plusieurs personnes l'approuvèrent bruyamment.

Les prisonniers se transformaient en foule en colère. S'il voulait obtenir des renseignements, Thomas allait devoir se dépêcher avant que la situation ne dégénère. Il s'approcha de la femme qui avait ramassé le pistolet et réussit à la convaincre de le lui remettre ; puis il alla s'accroupir auprès de l'homme qui lui avait donné le pain.

Il lui colla son arme sur la tempe.

— Je vais compter jusqu'à trois. Soit vous nous dites ce que le WICKED a l'intention de faire de nous et à quel endroit vous deviez le rencontrer, soit j'appuie sur la détente. Un…

L'homme n'eut aucune hésitation.

— Le WICKED? On n'a rien à voir avec le WICKED.

— Vous mentez. Deux.

— Non, je le jure! Ça n'a aucun rapport avec eux!

— Ah, vraiment? Dans ce cas, expliquez-moi un peu pourquoi vous capturez tous ces immunisés?

L'homme jeta un coup d'œil en direction de ses collègues, puis répondit, en regardant Thomas bien en face :

— On travaille pour le Bras Droit.

CHAPITRE 46

— Comment ça, vous travaillez pour le Bras Droit? demanda Thomas.

Cela n'avait aucun sens.

— Qu'est-ce que tu crois? rétorqua l'homme, malgré le pistolet braqué sur sa tempe. On travaille pour le Bras Droit, voilà. Ce n'est pas si difficile à comprendre.

Thomas baissa son arme et se laissa tomber sur les fesses, perplexe.

— Alors pourquoi enlever des immunisés?

— On fait ce qu'on veut, répondit l'autre en lorgnant sur le pistolet. Et ce ne sont pas vos affaires.

— Descends-le et interroge plutôt un de ses copains, cria une voix dans la foule.

Thomas se pencha en avant et pointa de nouveau son arme sur la tempe de l'homme.

— Je vous trouve drôlement courageux, pour quelqu'un qui est du mauvais côté du flingue. Je vais compter jusqu'à trois une dernière fois. Dites-moi pourquoi le Bras Droit s'intéresse tellement aux immunisés, ou je serai obligé de considérer que vous mentez. Un…

— Tu sais bien que j'ai dit la vérité, petit.

— Deux.

— Tu ne tireras pas. Je le vois dans tes yeux.

L'homme avait compris qu'il bluffait. Il soupira et baissa son arme.

— Si vous travaillez effectivement pour le Bras Droit, on est dans le même camp, vous et moi. Alors dites-moi ce qui se passe.

L'homme s'assit, imité par ses trois collègues. Celui qui avait le visage en sang gémit de douleur.

— Si vous voulez des explications, dit l'un d'eux, il faudra vous adresser au patron. Sérieusement, on n'est au courant de rien.

— Oui, confirma celui auquel Thomas avait parlé. On n'est personne.

Brenda s'approcha avec son lanceur.

— Et comment fait-on pour contacter votre patron?

L'autre haussa les épaules.

— Aucune idée.

Minho grogna et arracha le pistolet des mains de Thomas.

— Maintenant ça suffit ! (Il braqua l'arme sur le pied de l'homme.) D'accord, on ne vous tuera pas, mais ton orteil va te faire un mal de chien d'ici trois secondes si tu refuses de te mettre à table. Un!

— Puisqu'on vous dit qu'on ne sait rien! protesta l'homme, le visage plissé de colère.

— Comme tu voudras, répondit Minho.

Et il appuya sur la détente.

Thomas, stupéfait, vit l'homme empoigner son pied en poussant un hurlement de souffrance. Minho lui avait fait sauter le petit orteil ; il lui manquait un bout de chaussure, et par le trou on apercevait la plaie sanguinolente.

— Qu'est-ce qui t'a pris de faire ça? s'exclama l'un de leurs prisonniers, une femme, en se portant au secours de son collègue.

Elle sortit plusieurs serviettes en papier d'une poche de son pantalon et les pressa contre la plaie.

Quoique choqué de voir Minho mettre sa menace à exécution,

Thomas devait s'incliner devant sa détermination. Lui n'aurait pas eu le courage d'appuyer sur la détente, et s'ils n'avaient pas de réponses maintenant, ils n'en obtiendraient jamais. Il jeta un coup d'œil à Brenda ; son haussement d'épaules lui indiqua qu'elle approuvait. Teresa observait la scène de loin, avec une expression indéchiffrable.

Minho continua :

— Très bien, pendant qu'elle s'occupe de ce pauvre pied, quelqu'un a plutôt intérêt à parler. Racontez-nous ce qui se passe, ou on va dire adieu à un autre orteil. (Il agita son pistolet en direction de la femme, puis des deux autres hommes.) Pourquoi kidnappez-vous des gens pour le compte du Bras Droit ?

— On vous l'a dit, on ne sait rien, répondit la femme. Ils nous paient, et on fait ce qu'ils nous disent.

— Et toi ? demanda Minho en braquant l'un des hommes. Tu n'as pas envie de nous dire quelque chose... de sauver un orteil ou deux ?

L'autre leva les mains.

— Je vous jure que je ne suis au courant de rien. Mais...

Il parut aussitôt regretter ce « mais ». Son regard vola vers ses collègues, et il blêmit.

— Mais quoi ? Crache le morceau... je sais que tu nous caches un truc.

— Rien du tout.

— Il faut vraiment continuer ce petit jeu ? (Minho colla le pistolet contre le pied de l'homme.) J'en ai marre, je ne compte plus.

— Arrête ! s'écria l'autre. C'est bon, écoute. On pourrait emmener un ou deux d'entre vous avec nous pour aller leur demander directement. Je ne sais pas s'ils vous laisseront parler au patron, mais c'est possible. Je n'ai pas envie de perdre un orteil pour rien.

— Entendu, dit Minho, reculant d'un pas et faisant signe

à l'homme de se lever. Tu vois, ce n'était pas si difficile. Allons rendre une petite visite au grand patron. Toi, moi et mes amis.

Un concert de protestations s'éleva dans la salle. Personne n'avait envie de rester sur la touche.

La femme qui leur avait apporté de l'eau se leva et se mit à crier. La foule se tut.

— Vous êtes bien plus en sécurité à l'intérieur ! Croyez-moi. Si tout le monde essaie de venir, je vous garantis que vous serez une bonne moitié à y rester. Puisqu'ils tiennent absolument à rencontrer le patron, laissez-leur risquer leur peau. Ce n'est pas un pistolet et un lanceur qui vont faire une grosse différence dehors. Alors qu'ici on a une porte blindée… et pas de fenêtres.

Quand elle eut fini, d'autres protestations s'élevèrent. La femme se tourna vers Minho et Thomas et leur cria par-dessus le brouhaha :

— Écoutez, c'est trop dangereux, dehors. On peut emmener une ou deux personnes au maximum. Plus vous serez nombreux, plus vous courrez le risque de vous faire repérer. (Elle jeta un regard circulaire sur l'assistance.) À votre place, je n'attendrais pas trop. Ces gens vont devenir de plus en plus chatouilleux. Bientôt, il n'y aura plus moyen de les retenir. Et à l'extérieur…

Elle pinça les lèvres, puis continua :

— Il y a des fondus partout. Et ils tuent tout ce qui bouge.

CHAPITRE 47

Minho pointa son pistolet vers le plafond et tira, faisant sursauter Thomas. Le brouhaha de la foule se mua en un silence complet.

Minho n'eut pas besoin de prononcer un mot. Il fit signe à la femme de continuer.

— C'est la folie, en ville. Tout s'est dégradé très vite. À croire qu'ils se cachaient en attendant un signal ou je ne sais quoi. Ce matin, la police a été submergée et quelqu'un a ouvert les portes. Des fondus échappés de l'Hôtel sont entrés. Et maintenant les rues en sont pleines.

Elle marqua une pause, le temps de croiser plusieurs regards.

— Je vous assure qu'il ne fait pas bon traîner dehors. Et je vous assure qu'on est du côté des gentils. J'ignore ce que prépare le Bras Droit, mais je sais qu'il a prévu de nous conduire tous hors de Denver.

— Dans ce cas, pourquoi nous traiter comme des prisonniers ? cria quelqu'un.

— Parce qu'on m'a engagée pour ça. (Elle ramena son attention sur Thomas et continua.) Je crois que c'est une très mauvaise idée de sortir d'ici, mais comme je vous l'ai dit, si vous y tenez absolument, n'y allez pas à plus de deux ou trois. Si les fondus flairent la chair fraîche en masse, c'est cuit. Avec ou sans armes. Et le patron n'apprécierait sans doute pas de vous voir débarquer en force. Si nos gars voient arriver un van rempli d'inconnus, ils risquent d'ouvrir le feu.

— Brenda et moi allons y aller, décida Thomas.

— Pas question, rétorqua Minho en secouant la tête. Toi et moi.

Mais Minho était imprévisible. Il s'emportait trop facilement. Brenda réfléchissait avant d'agir, et ils en auraient besoin pour sortir vivants de là. Et puis, Thomas ne voulait plus la quitter d'une semelle.

— Elle et moi. On s'est bien débrouillés, tous les deux, dans la Terre Brûlée. On s'en sortira.

— Pas question, mec! Il ne faut pas se séparer. On devrait y aller tous les quatre, ce serait plus sûr.

— Minho, quelqu'un doit rester ici pour garder la situation en main, plaida Thomas. (L'argument se tenait : la salle était remplie de personnes susceptibles de les aider contre le WICKED.) En plus, ça m'ennuie de dire ça, mais suppose qu'il nous arrive quelque chose? En restant là, tu garantis la survie de nos plans. Ils ont déjà Poêle-à-frire, Minho. Et Dieu sait qui encore. Tu as dit un jour que je mériterais d'être le maton des coureurs. Eh bien, laisse-moi l'être aujourd'hui. Fais-moi confiance. Comme le dit cette femme, moins on sera, plus on aura de chances de passer inaperçus.

Thomas regarda son ami dans les yeux et attendit sa réponse.

— Très bien, concéda Minho au bout d'un long moment. Mais si tu te fais tuer, je peux te dire que ça va barder.

Thomas hocha la tête.

— Entendu.

Il comprit alors à quel point c'était important pour lui que Minho croie en lui. Ça lui donnait presque assez de courage pour entreprendre ce qu'il allait devoir faire.

*

L'homme qui avait proposé d'emmener Thomas et ses amis fut désigné pour leur servir de guide. Il s'appelait Lawrence. Quelle que soit la situation à l'extérieur, il ne semblait pas fâché de quitter cette salle remplie de gens en colère. Après avoir déverrouillé la grande porte, il fit signe à Thomas et Brenda de le suivre, Thomas avec le pistolet, et Brenda avec le lanceur.

Le trio suivit le long couloir. Lawrence s'arrêta devant la porte extérieure du bâtiment. La lumière sale des ampoules au plafond éclairait son visage, et Thomas vit qu'il n'en menait pas large.

— On a une décision à prendre. On peut y aller à pied, ce qui nous prendra environ deux heures mais augmentera nos chances de passer inaperçus. Ou bien on peut prendre le van. Ce sera plus rapide, mais on est sûrs de se faire repérer.

— La vitesse ou la discrétion, résuma Thomas. (Il se tourna vers Brenda.) À ton avis ?

— Le van, répondit-elle.

— Oui, approuva Thomas. (L'image du fondu au visage sanguinolent le hantait encore.) L'idée de me retrouver à pied dehors ne me dit rien qui vaille. Moi aussi, je vote pour le van.

Lawrence hocha la tête.

— D'accord, on prend le van. Maintenant, bouclez-la et vérifiez vos armes. Dès qu'on a franchi la porte, on se dépêche de monter dans le véhicule et on verrouille les portières. Il est garé juste devant. Vous êtes prêts ?

Thomas haussa les sourcils à l'intention de Brenda ; ils firent oui de la tête en même temps.

Lawrence sortit de sa poche un jeu de cartes magnétiques et entreprit de déverrouiller les multiples serrures alignées sur le mur. Puis il serra les cartes dans son poing et poussa de tout son poids contre la porte, qui s'ouvrit lentement. Il faisait nuit dehors ; un lampadaire solitaire fournissait le seul éclairage de la rue. Thomas se demanda combien de temps le courant durerait avant de s'arrêter, comme tout le reste. Denver serait peut-être ville morte d'ici quelques jours.

Il apercevait le van garé à moins de dix mètres dans une ruelle étroite. Lawrence passa la tête à l'extérieur, jeta un coup d'œil à droite et à gauche, puis se tourna vers eux.

— La voie est libre. Ne traînons pas.

Ils se glissèrent au-dehors. Thomas et Brenda coururent jusqu'au van pendant que Lawrence refermait la porte derrière eux. Thomas était extrêmement tendu. Il jetait des regards inquiets aux deux extrémités de la rue, certain de voir un fondu surgir d'une seconde à l'autre. Mais hormis quelques rires de déments qu'on entendait dans le lointain, le quartier paraissait désert.

Le van se déverrouilla et Brenda grimpa devant avec Lawrence. Thomas monta sur la banquette arrière, claquant la portière derrière lui. Lawrence mit le contact et lança le moteur. Il allait engager la marche avant quand un bruit sourd résonna au-dessus de leurs têtes, suivi de deux secousses qui ébranlèrent le véhicule. Puis le silence et une toux rauque.

Quelqu'un venait de bondir sur le toit.

CHAPITRE 48

Le van démarra en trombe. Lawrence avait les deux mains crispées sur le volant. Thomas se retourna pour jeter un coup d'œil par la lunette arrière mais ne vit rien. La personne sur le toit avait réussi à se cramponner.

Alors que Thomas reprenait place, un visage apparut au sommet du pare-brise, les fixant à l'envers : celui d'une femme, cheveux au vent alors que Lawrence lançait le van à toute vitesse dans la ruelle. Elle croisa le regard de Thomas et lui sourit, dévoilant des dents étonnamment blanches.

— À quoi elle s'accroche ? cria Thomas.

— On s'en fout ! lui répondit Lawrence d'une voix tendue. Elle ne tiendra pas longtemps.

La femme riva son regard sur celui de Thomas. Il lui restait une main libre ; elle serra le poing, puis entreprit de marteler le pare-brise. Boum, boum, boum ! Elle continuait à sourire, les dents étincelant à la lumière du lampadaire.

— Vous comptez faire quelque chose, ou quoi ? cria Brenda.

— Très bien, grogna Lawrence.

Il écrasa la pédale de frein.

La femme fusa dans les airs, les jambes écartées, en moulinant avec les bras, et elle roula au sol. Thomas fit la grimace ; il ferma les yeux, puis s'obligea à regarder. Contre toute attente la femme se relevait déjà sur ses jambes flageolantes. Elle reprit son équilibre puis se tourna vers eux, illuminée par les phares.

Elle ne souriait plus du tout. Ses lèvres étaient retroussées en un rictus féroce ; une grosse trace rouge lui mangeait un côté du visage. Son regard se fixa de nouveau sur Thomas, qui frémit.

Lawrence enfonça l'accélérateur. La fondue parut sur le point de se jeter devant le véhicule, mais à la dernière seconde elle s'écarta pour les laisser passer. Thomas ne l'avait pas lâchée des yeux ; au moment de la dépasser il la vit froncer les sourcils et cligner des paupières, l'air surprise, comme si elle venait de réaliser ce qu'elle avait fait. Comme s'il subsistait en elle un peu de la personne qu'elle avait été.

C'était peut-être cela, le pire, aux yeux de Thomas.

— On aurait dit qu'elle était à la fois folle et normale.

— Estime-toi heureux qu'elle ait été seule, bougonna Lawrence.

Brenda prit le bras de Thomas.

— C'est horrible. J'imagine ce que vous avez dû ressentir, Minho et toi, en voyant ce que Newt était devenu.

Thomas ne fit pas de commentaire mais posa sa main par-dessus la sienne.

Parvenu au bout de la ruelle, Lawrence tourna à droite dans une rue plus large. Des gens y déambulaient en petits groupes. Certains semblaient se chamailler, mais la plupart fouillaient dans les détritus. Plusieurs levèrent vers eux des visages hantés, fantomatiques, et les regardèrent passer d'un œil éteint.

À bord du van, chacun se taisait, comme si le moindre mot risquait de déclencher une explosion de fureur parmi les fondus.

— C'est incroyable que tout se soit effondré aussi vite, murmura Brenda au bout d'un moment. Vous croyez qu'ils projetaient de s'emparer de Denver depuis longtemps ? Qu'ils auraient pu organiser un truc pareil ?

— Difficile à dire, répondit Lawrence. Il y avait des signes avant-coureurs. Des gens portés manquants, des disparitions mystérieuses au sein du gouvernement, et puis les cas de contamination, de plus en plus nombreux. Mais on dirait qu'ils étaient toute une armée, tapis dans l'ombre à guetter le bon moment.

— Oui, approuva Brenda. J'ai l'impression que le nombre des contaminés a fini par dépasser celui des personnes saines. Et à partir de là, tout a dû basculer très vite.

— Peu importe de savoir comment c'est arrivé, dit Lawrence. Ce qui compte, c'est la situation dans laquelle nous sommes. Regardez autour de nous. C'est un cauchemar. (Il ralentit pour s'engager dans une ruelle.) On y est presque. À partir de maintenant, il va falloir faire particulièrement attention.

Il éteignit les phares, puis reprit de la vitesse.

À mesure qu'ils s'enfonçaient entre les bâtiments, il faisait de plus en plus sombre. Thomas ne distinguait plus que des ombres informes qu'il croyait voir surgir brusquement devant eux.

— Vous devriez peut-être rouler un peu moins vite, non?

— Ça ira, répondit Lawrence. J'ai pris ce chemin des milliers de fois. Je le connais par c…

Thomas fut projeté en avant, puis retenu par sa ceinture de sécurité. Ils avaient roulé sur quelque chose qui était coincé sous le châssis, de la ferraille, à en juger par le bruit. Le van s'immobilisa.

— Qu'est-ce que c'était? murmura Brenda.

— Je ne sais pas, répondit Lawrence tout bas. Peut-être une poubelle. Ça m'a flanqué une sacrée frousse.

Il repartit en douceur. Un crissement métallique s'éleva dans la nuit. Puis il y eut un dernier choc sourd et le silence revint.

— Je l'ai décrochée, souffla Lawrence avec un soulagement non dissimulé.

Il continua à rouler, mais pas tout à fait aussi vite qu'auparavant.

— Et si vous rallumiez les phares? suggéra Thomas, impressionné par le rythme de son pouls. On n'y voit rien.

— Oui, renchérit Brenda. De toute manière, avec ce raffut, s'il y a du monde dans le coin, on est sûrement repérés.

— J'imagine, admit Lawrence.

Il alluma les phares. La ruelle fut baignée d'une lumière blafarde, aveuglante après la pénombre dont ils sortaient. Thomas plissa les paupières, puis rouvrit les yeux et sentit une bouffée d'horreur monter en lui. À moins d'une dizaine de mètres devant eux, une trentaine d'individus s'étaient rassemblés et barraient complètement la ruelle.

Ils avaient les traits pâles, hagards et meurtris. Ils flottaient dans leurs vêtements sales et en lambeaux. Ils fixaient la lumière en face comme si elle ne les dérangeait pas. Raides comme des piquets, ils ressemblaient à des cadavres ressuscités.

Thomas fut parcouru d'un frisson glacial.

La foule se fendit pour leur laisser un passage. Puis l'un des fondus leva le bras et fit signe aux occupants du van qu'ils pouvaient avancer.

— Drôlement polis pour des fondus, observa Lawrence à voix basse.

CHAPITRE 49

— Ils ne sont peut-être pas encore au bout du rouleau ? dit Thomas, même s'il était le premier à trouver cette idée ridicule. À moins qu'ils n'aient pas envie de se faire rouler dessus par un van ?

— Eh bien, foncez, dit Brenda. Avant qu'ils ne changent d'avis.

Au grand soulagement de Thomas, Lawrence suivit ce conseil : le van bondit en avant et ne ralentit pas. Alignés contre les murs, les fondus les regardèrent passer à fond de train. À les voir de si près – avec leurs écorchures, leurs ecchymoses et leurs yeux fous –, Thomas frissonna de nouveau.

Ils approchaient de la fin du groupe quand plusieurs claquements sourds se firent entendre. Le van tressauta et se déporta vers la droite. Il s'écrasa contre le mur de la ruelle, en coinçant deux fondus sous sa calandre. Thomas, horrifié, regarda les malheureux hurler de douleur et tambouriner sur le pare-brise avec leurs poings ensanglantés.

— Nom de Dieu ! rugit Lawrence en enclenchant la marche arrière.

Le van se détacha du mur et recula d'un mètre dans un grand bruit de ferraille. Les deux fondus s'écroulèrent et furent aussitôt attaqués par leurs congénères les plus proches. Thomas détourna les yeux, en proie à une terreur sans nom. Les fondus s'abattirent sur le van en le frappant avec leurs poings. Pendant ce temps, les pneus patinaient et dérapaient sur le béton. La cacophonie avait quelque chose de cauchemardesque.

— Qu'est-ce qu'il y a? s'écria Brenda.

— Ils ont fait un truc aux pneus! Ou aux essieux, je ne sais pas!

Lawrence alterna marche avant et marche arrière, sans réussir à déplacer le van de plus d'un mètre chaque fois. Une fondue hirsute s'approcha de la portière de Thomas. Elle tenait une pelle énorme, qu'elle brandit au-dessus de sa tête avant de l'abattre contre la vitre. Le verre tint bon.

— Il faut qu'on arrive à se dégager! cria Thomas.

Il ne trouvait rien d'autre à dire. Ils avaient été stupides de se jeter délibérément dans ce piège grossier.

Lawrence continuait à martyriser le levier de vitesse mais ne parvenait qu'à secouer le van d'avant en arrière. Une série de chocs retentirent sur le toit. Quelqu'un était monté dessus. Les fondus frappaient sur toutes les vitres à présent, certains avec des bâtons, d'autres avec leur tête. La femme à la portière de Thomas cognait sans relâche avec sa pelle; à la cinquième ou sixième fois, le verre s'étoila.

Une panique grandissante nouait la gorge de Thomas.

— Elle va finir par la casser!

— Tirez-nous de là! cria Brenda au même instant.

Le van avança de quelques centimètres, juste assez pour que la femme rate son coup. Mais quelqu'un abattit une masse sur le pare-brise et une énorme toile d'araignée se dessina dans le verre.

Encore une fois, le van eut un petit soubresaut en arrière. L'homme à la masse, qui se tenait au-dessus de la cabine, bascula en avant et s'écrasa sur le béton. Un fondu au crâne chauve zébré d'une longue balafre lui prit l'outil des mains et eut le temps de balancer deux coups avant que d'autres ne viennent lui prendre l'arme. Tout le pare-brise était fissuré, au point d'être presque opaque. Un bruit de verre cassé retentit dans leur dos. Thomas se retourna : un bras s'agitait dans un trou percé dans la lunette arrière, en s'écorchant sur les bords saillants.

Il défit sa ceinture et se faufila à l'arrière. Il attrapa le premier objet qui lui tomba sous la main, une raclette à givre terminée par une brosse à une extrémité et par une lame triangulaire à l'autre, puis il frappa le bras du fondu avec son arme improvisée. Hurlant, l'autre retira son membre en faisant pleuvoir des éclats de verre sur le béton dehors.

— Tu veux le lanceur ? demanda Brenda.

— Non ! cria Thomas. Pas assez de place à l'intérieur. Passe-moi le pistolet !

Le van s'ébranla en avant, avant de s'arrêter encore une fois ; Thomas se cogna le visage contre la banquette du milieu, et sentit une vive douleur lui remonter dans la joue et la mâchoire. Il vit un homme et une femme arracher ce qui restait de la lunette arrière. Leurs mains saignaient sur les bords du trou.

— Tiens ! cria Brenda dans son dos.

Il prit l'arme qu'elle lui tendait, visa et tira, une fois, puis deux, et les fondus basculèrent en arrière. Leurs hurlements de douleur furent noyés par le crissement des pneus et le fracas des poings sur la carrosserie.

— J'ai l'impression que j'y suis presque ! cria Lawrence.

Thomas lui jeta un coup d'œil ; il ruisselait de sueur. Un gros trou s'était formé dans le pare-brise au milieu de la toile d'araignée. Les autres vitres étaient complètement fendillées ; on ne voyait plus grand-chose à travers. Brenda tenait son lanceur, prête à s'en servir en dernier recours.

Le van repartit en arrière, en avant, puis de nouveau en arrière. Il semblait un peu plus stable. Deux paires de bras passèrent par le grand trou dans la lunette, et Thomas lâcha encore deux balles dans leur direction. On entendit des hurlements, et le visage d'une femme, déformé par une grimace horrible, les dents ourlées de crasse, apparut dans l'ouverture.

— Laisse-nous monter, petit, grommela-t-elle. Tout ce qu'on veut, c'est manger. Donne-nous un truc à manger.

Elle s'efforça de passer la tête dans le trou, comme si elle pensait vraiment pouvoir se glisser à l'intérieur. Thomas n'avait pas envie de l'abattre mais il se tint prêt avec son pistolet, au cas où elle réussirait. Quand le van s'ébranla en avant, elle bascula hors de vue, laissant les bords de la lunette poissés de sang.

Thomas se cramponna en s'attendant à repartir en arrière encore une fois. Mais après une brève secousse, le van continua à avancer, mètre par mètre.

— Je crois que c'est bon ! hurla Lawrence.

Le véhicule continua encore sur quelques mètres. Les fondus les poursuivirent. Les cris et le martèlement reprirent de plus belle. Un homme passa son bras par le trou, armé d'un grand couteau avec lequel il frappait à l'aveuglette. Thomas leva son pistolet et fit feu. Combien de personnes avait-il tuées ? Trois ? Quatre ? Les avait-il vraiment tuées ?

Dans un dernier crissement interminable, le van jaillit en avant et ne s'arrêta plus. Il tressauta deux ou trois fois en roulant sur des corps, puis cessa de tanguer et prit de la vitesse. En jetant un coup d'œil en arrière, Thomas vit plusieurs silhouettes dégringoler du toit. Quelques fondus leur coururent après mais furent rapidement distancés.

Thomas se laissa tomber sur la banquette, allongé sur le dos, le regard fixé sur le toit bosselé. Il respirait profondément, tâchant de reprendre le contrôle de ses émotions. Il vit à peine Lawrence éteindre le dernier phare intact, prendre encore deux virages puis s'engouffrer dans un garage dont la porte se referma aussitôt.

CHAPITRE 50

Quand le van s'immobilisa et que Lawrence coupa le contact, un grand silence se fit. Thomas entendait son pouls à l'intérieur de ses oreilles. Il ferma les yeux et tenta de ralentir sa respiration. Personne ne dit rien pendant deux minutes, après quoi Lawrence rompit le silence.

— Ils sont dehors, tout autour, à attendre qu'on sorte.

Thomas s'obligea à s'asseoir. Le garage était plongé dans le noir.

— Qui ça ? demanda Brenda.

— Les hommes du patron. Ils savent que c'est un de leurs vans, mais ils n'approcheront pas tant qu'on ne se sera pas montrés. Ils veulent d'abord s'assurer qu'on est dans le bon camp. À mon avis, on a une vingtaine de flingues braqués sur nous en ce moment.

— Alors, qu'est-ce qu'on fait ? demanda Thomas, qui n'avait aucune envie d'un nouvel affrontement.

— On descend gentiment, sans geste brusque. Ils me reconnaîtront. Je vais sortir en premier, leur dire que tout va bien. Attendez, avant de me suivre, que je frappe à la portière. D'accord ?

— Bien obligés, dit Thomas avec un soupir.

— Ce serait ballot, maugréa Brenda, d'être arrivés jusqu'ici pour nous faire tirer dessus. Je dois avoir l'air d'une vraie fondue en ce moment.

Lawrence ouvrit sa portière et disparut. Thomas attendit anxieusement son signal. Le coup frappé contre la carrosserie le fit sursauter, mais il était prêt.

Brenda ouvrit de son côté et descendit. Thomas la suivit, en scrutant l'obscurité, mais on n'y voyait strictement rien.

Un déclic se fit entendre et le garage fut aussitôt baigné d'une lumière aveuglante. Thomas mit ses mains devant ses yeux, plissa les paupières, puis les entrouvrit pour tenter d'y voir quelque chose. Un énorme projecteur monté sur un trépied était braqué sur eux. On distinguait une silhouette de chaque côté. En parcourant le reste de la pièce, Thomas compta au moins une dizaine de personnes, toutes armées, ainsi que Lawrence l'avait prédit.

— C'est toi, Lawrence ? lança un homme, dont la voix résonna contre les murs en béton.

Impossible de dire précisément qui avait parlé.

— Oui, c'est moi.

— Qu'est-ce qui est arrivé à notre van, et qui sont tes passagers ? Ne me dis pas que tu nous as ramené des contaminés.

— Un groupe de fondus nous est tombé dessus dans la ruelle. Eux, ce sont des Imunes. Ils m'ont obligé à les conduire ici. Ils veulent rencontrer le patron.

— Pourquoi ?

— D'après eux…

L'homme interrompit Lawrence.

— Non, je veux qu'ils me le disent eux-mêmes. Donnez-moi vos noms et racontez-moi un peu pourquoi vous teniez tellement à venir ici et à démolir l'un des rares véhicules qui nous restent. Et j'espère que vous avez une bonne raison.

Thomas et Brenda échangèrent un regard pour décider lequel parlerait.

Thomas se tourna face au projecteur, se focalisant sur la personne de droite qu'il croyait avoir identifiée comme étant leur interlocuteur.

— Je m'appelle Thomas. Elle, c'est Brenda. On est de

vieilles connaissances de Gally : on était au WICKED avec lui, et l'autre jour il nous a parlé du Bras Droit et de ce que vous faisiez. On était d'accord pour vous donner un coup de main, mais pas comme ça. On veut simplement savoir ce que vous préparez, pour quelle raison vous enlevez des immunisés. Je croyais que c'était le WICKED qui faisait ça.

L'homme se mit à glousser.

— Je crois que je vais vous laisser voir le patron, juste histoire que vous compreniez à quel point on n'a rien en commun avec le WICKED.

Thomas haussa les épaules.

— Parfait. Allons le voir.

L'homme paraissait sincère. Mais cela n'expliquait pas les enlèvements.

— Tu as plutôt intérêt à ne pas nous raconter d'histoires, petit, prévint l'homme. Lawrence, conduis-les. Et fouillez-moi ce van, vérifiez qu'il ne contient pas d'armes.

*

Thomas et Brenda suivirent leur guide jusqu'au sommet de deux escaliers métalliques brinquebalants. Ils passèrent une vieille porte en bois qui fermait mal, longèrent un couloir crasseux éclairé par une ampoule nue et dont le papier peint se décollait, et débouchèrent dans une grande pièce qui avait dû être une salle de conférence quelque cinquante ans plus tôt. Désormais, elle n'abritait qu'une grande table striée d'éraflures et des fauteuils en plastique dispersés un peu partout.

Deux personnes étaient assises en bout de table. Thomas reconnut Gally, à droite. Il avait l'air fatigué, les cheveux hirsutes, mais il leur adressa un signe de tête et un petit sourire. À côté de lui se tenait un homme imposant, plus gras que musclé, dont la bedaine débordait sur les bras de son fauteuil en plastique blanc.

— C'est ça, le quartier général du Bras Droit ? s'exclama Brenda. Eh ben, ça promet !

Le sourire de Gally s'effaça.

— On est obligés de déménager sans arrêt. Mais merci, c'est gentil.

— Lequel de vous deux est le patron ? demanda Thomas.

Gally indiqua son compagnon.

— Ne sois pas ridicule, c'est Vince. Et tâchez de montrer un peu de respect. Il a risqué sa vie pour essayer d'améliorer les choses.

Thomas leva les mains en un geste de conciliation.

— Je ne voulais vexer personne. À la façon dont tu t'es comporté dans ton appartement, je me disais que c'était peut-être toi.

— Eh bien, tu t'es trompé. C'est Vince.

— Et il sait parler, Vince ? s'enquit Brenda.

— Ça suffit ! tonna l'obèse d'une voix caverneuse. La ville entière est envahie par les fondus. Je n'ai pas de temps à perdre à vous écouter vous balancer des vannes. Qu'est-ce que vous voulez ?

Thomas s'efforça de contenir la colère qu'il sentait monter en lui.

— Juste une chose : pourquoi vous nous avez capturés ? Pourquoi vous enlevez des gens pour le compte du WICKED ? Gally nous a donné beaucoup d'espoir ; on pensait que vous étiez dans le même camp que nous. Imaginez notre tête quand on a découvert que le Bras Droit ne valait pas mieux que ceux qu'il était censé combattre. Combien de fric vous comptez vous faire à la revente de tous ces prisonniers ?

— Gally ? dit l'homme, comme s'il n'avait pas écouté un mot du discours de Thomas.

— Oui ?

— Tu as confiance en ces deux-là ?

Gally refusa de croiser le regard de Thomas.

— Oui, dit-il en hochant la tête. On peut leur faire confiance.

Vince se pencha, ses deux coudes en appui sur la table.

— Alors, j'irai droit au but. Il s'agit d'une opération de couverture, petit, et on n'a pas l'intention de tirer un dollar de qui que ce soit. On ramasse des immunisés pour imiter le WICKED.

Cette réponse stupéfia Thomas.

— Pourquoi voulez-vous faire un truc pareil?

— Pour nous introduire dans leur quartier général.

CHAPITRE 51

Thomas dévisagea l'obèse pendant de longues secondes. Si le WICKED était vraiment à l'origine de la disparition des autres immunisés, ce plan paraissait si simple qu'il lui donnait presque envie de rire.

— Ça pourrait marcher.

— Content qu'on soit du même avis. (L'homme était demeuré imperturbable. Thomas aurait été incapable de dire s'il était sarcastique ou non.) On a déjà pris contact avec eux pour arranger la vente. Ce sera notre sésame. Il faut qu'on arrête ces gars-là. Qu'on les empêche de gaspiller nos dernières ressources dans une expérience vouée à l'échec. Si l'humanité a une chance de survivre, c'est en consacrant tous ses moyens à aider ceux qui sont encore en vie. À protéger l'espèce humaine de la façon la plus efficace.

— Croyez-vous qu'il existe encore une chance qu'ils découvrent un remède?

Vince partit d'un long gloussement qui fit trembler sa poitrine flasque.

— Si vous pensiez ça une seconde, vous ne seriez pas là devant moi, non? Vous ne vous seriez pas échappés, vous n'auriez pas envie de vous venger. Parce que je suppose que c'est ce qui vous anime? Je sais ce que vous avez enduré, Gally m'a tout raconté… Non, ça fait longtemps qu'on ne croit plus à la possibilité d'un… remède.

— On ne cherche pas à se venger, protesta Thomas. Ce n'est pas une affaire personnelle. C'est pour ça que j'aime votre idée d'utiliser les ressources du WICKED à des fins différentes. Que savez-vous exactement de leurs travaux?

Vince s'enfonça dans son fauteuil, qui grinça sous son poids.

— Je viens de vous révéler un secret que certains d'entre nous ont payé de leur vie. À votre tour, maintenant. Si Lawrence et ses gars avaient su qui tu étais, ils t'auraient conduit ici tout de suite. Je m'excuse pour la manière dont on vous a traités.

— Pas besoin de vos excuses, dit Thomas (même si cela l'ennuyait d'apprendre que le Bras Droit lui aurait appliqué un traitement de faveur). On veut simplement savoir ce que vous avez prévu.

— Je ne dirai pas un mot de plus tant que vous ne vous serez pas mis à table. Qu'avez-vous à offrir?

— Dis-lui, murmura Brenda en poussant Thomas du coude. C'est pour ça qu'on est venus.

Elle avait raison. Son instinct lui soufflait de faire confiance à Gally depuis l'instant où il avait reçu son billet, et il était temps de se jeter à l'eau. Sans aide, jamais ils n'arriveraient à retourner jusqu'à leur berg, et encore moins à accomplir quoi que ce soit.

— Très bien, dit-il. Au WICKED, ils sont persuadés de pouvoir élaborer un remède, d'être sur le point d'y arriver. Il ne leur manque plus qu'une chose, moi. Ils m'ont juré que c'était vrai, mais ils m'ont tellement menti que je ne sais plus ce que je dois croire. J'ignore quels sont leurs objectifs actuels. Ni à quel point ils sont désespérés, ni jusqu'où ils seraient prêts à aller.

— Combien êtes-vous en tout? demanda Lawrence.

Thomas prit le temps de réfléchir.

— Nous avons quatre camarades qui nous attendent à l'endroit où Lawrence nous avait enfermés. On n'est pas nombreux, mais on sait beaucoup de choses. Et vous, combien êtes-vous dans votre groupe?

— Eh bien, Thomas, ce n'est pas facile de te répondre. Si tu me demandes combien de membres ont rejoint le Bras Droit depuis nos premières réunions et manifestations voilà quelques années, on est plus d'un millier. Mais si tu veux savoir combien d'entre nous sont encore là, toujours en vie et prêts à mener le combat jusqu'au bout... je dirais quelques centaines, tout au plus.

— Y a-t-il des immunisés parmi vous ? demanda Brenda.

— Presque aucun. Moi-même, je ne le suis pas, et après ce qu'on a vu à Denver, je suis presque sûr d'être contaminé maintenant. Heureusement, une grande majorité d'entre nous n'ont pas le virus, mais ils l'auront tôt ou tard, c'est inévitable. Avant que tout s'effondre, on aimerait s'assurer que quelqu'un fasse quelque chose pour sauver ce qui reste de cette race magnifique qu'on appelle les humains.

— On peut s'asseoir ?

— Bien sûr.

À peine assis, Thomas entreprit de poser les nombreuses questions qui se bousculaient dans sa tête.

— Bon, qu'envisagez-vous exactement ?

Vince gloussa de nouveau.

— Calme-toi, petit. Commence par jouer cartes sur table, et ensuite je t'exposerai nos plans.

Thomas se rendit compte qu'il s'était à moitié levé de son fauteuil, penché en avant sur la table. Il se détendit et se laissa retomber sur son siège.

— On sait pas mal de choses sur le quartier général du WICKED et leur manière de fonctionner. Certains membres de notre groupe ont recouvré la mémoire. Mais le plus important, c'est que le WICKED tient à me récupérer. Et je crois qu'on devrait pouvoir se servir de ça.

— C'est tout ? demanda Vince. C'est tout ce que vous avez ?

— Je n'ai jamais dit qu'on arriverait à quelque chose sans aide. Ou sans armes.

Vince et Gally échangèrent un regard entendu.

Thomas comprit qu'il avait mis le doigt sur un point sensible.

— Quoi?

Vince dévisagea tour à tour Brenda et Thomas.

— On a beaucoup mieux que des armes.

— Ah oui, et quoi donc? demanda Thomas, intéressé.

— Un moyen de faire en sorte que personne ne puisse plus en utiliser aucune.

CHAPITRE 52

— Comment? s'étonna Brenda avant que Thomas n'ait le temps d'ouvrir la bouche.

— Gally va vous expliquer, répondit Vince.

— Réfléchissez un peu au Bras Droit, commença Gally. Ces gens-là ne sont pas des soldats mais des comptables, des concierges, des plombiers, des enseignants. Alors que le WICKED possède pratiquement son armée privée, formée au maniement des armes les plus sophistiquées. Même en mettant la main sur le plus gros stock de lanceurs du monde entier, on resterait désavantagés.

Thomas ne voyait pas où il voulait en venir.

— Et donc, c'est quoi, le plan?

— La seule manière de rééquilibrer les chances, c'est de désarmer l'adversaire. Là, on aurait un espoir.

— Vous comptez leur voler leurs armes? demanda Brenda. En interceptant une livraison?

— Non, pas du tout, dit Gally en secouant la tête. (Une excitation puérile illumina son visage.) Le plus important, ce n'est pas de savoir combien de personnes vous pouvez enrôler mais qui vous avez dans vos rangs. Et justement, parmi toutes les personnes recrutées par le Bras Droit, il y a une femme en particulier.

— Oui...? l'encouragea Thomas.

— Une certaine Charlotte Chiswell. Elle était ingénieur en

chef chez l'un des plus grands fabricants d'armes du monde. Des armes de pointe, celles qui font appel à une technologie de deuxième génération. Chaque pistolet, lanceur, grenade ou autre utilisé par le WICKED vient de cette firme. Et tous fonctionnent grâce à des systèmes électroniques et informatiques complexes. Or, Charlotte a découvert un moyen de les neutraliser.

— Vraiment ? dit Brenda sur un ton dubitatif.

Thomas trouvait ça difficile à croire, lui aussi, mais il n'en écouta pas moins avec attention les explications de Gally.

— Il existe une puce commune à chacune de ces armes, et Charlotte a consacré ces derniers mois à chercher un moyen de les reprogrammer à distance pour les neutraliser. Elle a fini par y arriver. Le processus prendra environ une heure, et pour que ça fonctionne il faudra introduire un petit appareil dans l'enceinte du bâtiment. Ce sera le travail de nos gars qui viendront livrer les immunisés. En cas de succès, nous serons désarmés nous aussi, mais au moins tout le monde se retrouvera à armes égales.

— Nous aurons peut-être même un petit avantage, ajouta Vince. Les agents du WICKED sont tellement bien formés au maniement des armes que c'est devenu pour eux comme une seconde nature. Mais je parie qu'ils ont négligé le combat au corps à corps. Le vrai combat. Celui qui se déroule à coups de couteau, de batte de base-ball, de pelle, de bâton ou de caillou. Et à poings nus. (Il eut un sourire sinistre.) Ce sera une bonne bagarre à l'ancienne. Je crois qu'on peut les avoir. En procédant autrement, avec la supériorité de leur armement, on se ferait tailler en pièces avant même d'approcher.

Thomas repensa à leur bataille contre les Griffeurs dans le Labyrinthe. Elle avait ressemblé à la description de Vince. Pas une partie de plaisir, mais toujours mieux que de charger à mains nues sous un tir nourri.

Et si leur truc fonctionnait bel et bien, ils avaient peut-être une chance. Il ressentit une bouffée d'excitation.

— Comment vous comptez vous y prendre ?

Vince marqua une pause.

— On a trois bergs. On part avec quatre-vingts personnes, les plus costauds d'entre nous. On livre les immunisés au WICKED, on cache l'appareil sur place – ce sera la partie la plus délicate –, et dès qu'il aura fait son petit effet, on creuse une brèche dans le mur à l'explosif et on fait rentrer tout le monde. Une fois le quartier général entre nos mains, Charlotte nous aide à remettre suffisamment d'armes en service pour en garder le contrôle. Soit ça marche, soit on se fera tuer jusqu'au dernier. Ou on fera sauter la base si on ne peut pas faire autrement.

Thomas réfléchit. Son groupe pourrait apporter un soutien inestimable dans un assaut de ce genre.

Vince continua, comme s'il avait lu dans ses pensées :

— Si Gally dit vrai, tes amis et toi nous seriez d'une aide précieuse pour préparer l'opération, puisque vous connaissez le quartier général de l'intérieur. Et puis, tous les volontaires sont les bienvenus, peu importe leur âge.

— On a un berg, nous aussi, déclara Brenda. À moins que les fondus ne l'aient mis en pièces. Il est à l'aéroport, devant la porte nord-ouest. Le pilote est resté avec nos amis.

— Où sont les vôtres ? demanda Thomas.

— Planqués en sécurité. Tout est bouclé. On aurait bien aimé avoir encore une ou deux semaines devant nous, mais le temps presse. L'appareil de Charlotte est prêt. Nos quatre-vingts gars sont prêts. On peut patienter encore jusqu'à demain pour que tes copains et toi nous disiez tout ce que vous savez, qu'on peaufine les derniers préparatifs. Ensuite, on passe à l'action. Inutile de tergiverser plus longtemps. On y va et on attaque.

L'entendre présenter la chose aussi simplement la rendit d'autant plus réelle pour Thomas.

— Vous êtes sûrs de votre coup ?

— Écoute-moi bien, petit, déclara Vince, le visage grave. Depuis des années, on nous rebat les oreilles avec la mission du WICKED. Comme quoi chaque sou, chaque homme, chaque femme, doit être consacré à la recherche d'un remède contre la Braise. Ils nous ont raconté qu'ils avaient isolé des immunisés et que, s'ils parvenaient à découvrir pourquoi leur cerveau résiste au virus, le monde entier serait sauvé! Pendant ce temps, tout s'est écroulé : l'éducation, le maintien de l'ordre, les soins concernant toutes les autres maladies, la solidarité, l'aide humanitaire. Le monde entier est parti en sucette pour que le WICKED puisse avoir les coudées franches.

— Je sais, reconnut Thomas. Croyez-moi, je le sais.

Mais Vince ne s'arrêtait plus. À l'évidence, il ruminait ces idées depuis des années.

— On aurait pu enrayer la propagation de la pandémie de manière beaucoup plus efficace. Mais le WICKED pompait tous les financements, ainsi que le personnel le plus qualifié. Non seulement ça, mais il a aussi nourri de faux espoirs, et les gens ne se sont pas protégés suffisamment. Ils croyaient qu'un remède miracle finirait par les sauver. Sauf que si on attend encore, il n'y aura plus personne à sauver.

Vince parut fatigué, tout à coup. Le silence se fit dans la salle tandis qu'il restait assis à fixer Thomas, dans l'attente de sa réaction. Mais Thomas ne voyait rien à ajouter.

Finalement, Vince reprit la parole :

— Nos gars qui débarqueront avec les immunisés pourront sans doute cacher l'appareil une fois qu'ils seront à l'intérieur, mais ce serait beaucoup plus facile s'il était déjà en place avant notre arrivée. Le fait d'amener les immunisés nous vaudra l'accès à l'espace aérien et la permission d'atterrir, seulement...

Il haussa les sourcils à l'intention de Thomas, comme s'il attendait de lui la conclusion qui s'imposait.

Thomas acquiesça de la tête.

— C'est là que j'interviens.

— Oui, confirma Vince en souriant. C'est là que tu interviens.

CHAPITRE 53

Un calme surprenant envahit Thomas.

— Vous n'aurez qu'à me déposer à quelques kilomètres et me laisser finir le chemin à pied. Je dirai que je suis revenu pour achever les Épreuves. D'après ce que j'ai vu et entendu, ils devraient m'accueillir à bras ouverts. Montrez-moi simplement ce que je dois faire avec l'appareil.

Un large sourire apparut sur le visage de Vince.

— Je vais laisser ce soin à Charlotte.

— Vous pourrez obtenir de l'aide et des informations auprès de mes amis, Teresa, Aris et les autres. Brenda sait beaucoup de choses également.

La décision de Thomas avait été rapide et absolue ; il avait accepté cette mission dangereuse. Elle représentait leur meilleure chance de réussite.

— Bon, Gally, dit Vince. Et après? Comment va-t-on procéder?

Le vieil ennemi de Thomas se leva et lui fit face.

— Je vais demander à Charlotte de t'expliquer quoi faire de l'appareil. Ensuite, on te déposera à proximité du quartier général du WICKED. On attendra à distance avec le groupe d'assaut. J'espère que tu es bon comédien ; on devra laisser passer au moins deux heures avant de débarquer avec les immunisés, sans quoi ça paraîtrait suspect.

— Je m'en sortirai.

Thomas respira plusieurs fois bien à fond, pour se détendre.

— Parfait. On ira chercher Teresa et les autres au moment de ton départ. J'espère que tu n'as rien contre une autre virée en ville?

*

Charlotte était une femme discrète, très professionnelle. Elle expliqua à Thomas le fonctionnement de son appareil d'une manière brève et efficace. Il était assez petit pour tenir dans le sac à dos qu'on lui avait fourni, avec quelques provisions et des vêtements supplémentaires en vue de la longue marche dans le froid qui l'attendait. Une fois installé et activé, l'engin localiserait et établirait une connexion à distance avec chaque arme, puis neutraliserait son système. Il lui faudrait environ une heure pour rendre inopérante la totalité des armes du WICKED.

« Pas compliqué », songea Thomas. Le plus difficile consisterait à introduire l'appareil dans la place sans éveiller les soupçons.

Gally décida que ce serait Lawrence qui conduirait Thomas et son pilote au hangar désaffecté où ils cachaient les bergs. De là, ils voleraient jusqu'au quartier général du WICKED. Cela voulait dire un autre trajet en van à travers les rues de Denver infestées de fondus. Ils emprunteraient le chemin le plus direct, une grande artère. L'aube pointait; sans trop savoir pourquoi, Thomas trouvait cela encourageant.

Il bouclait ses derniers préparatifs pour le voyage quand Brenda le rejoignit. Il lui adressa un hochement de tête et un petit sourire.

— Je vais te manquer? lui demanda-t-il.

Il avait posé la question sur le ton de la plaisanterie, mais il espérait vraiment qu'elle répondrait oui.

Elle leva les yeux au plafond.

— Ne parle pas comme ça. On croirait que tu as déjà jeté l'éponge. On sera bientôt tous réunis et on rigolera ensemble en évoquant le bon vieux temps.

— On ne se connaît que depuis quelques semaines.

Il sourit de nouveau.

— Et alors? (Elle passa les bras autour de son cou et lui parla au creux de l'oreille.) On m'avait envoyée dans ces ruines de la Terre Brûlée pour te rencontrer et faire semblant d'être ton amie. Mais je veux que tu saches que tu es vraiment mon ami. Tu...

Il s'écarta de manière à pouvoir la dévisager. L'expression de la jeune fille était indéchiffrable.

— Quoi donc?

— Juste... évite de te faire tuer.

Thomas se racla la gorge, ne sachant pas quoi dire.

— D'accord? insista-t-elle.

— Fais attention à toi aussi, parvint-il à bredouiller.

Brenda se hissa sur la pointe des pieds et l'embrassa sur la joue.

— C'est le truc le plus adorable que tu m'aies jamais dit.

Et son sourire rendit le monde un peu plus lumineux aux yeux de Thomas.

— Assure-toi qu'ils ne fassent pas n'importe quoi, dit-il. Vérifie que leurs plans tiennent la route.

— Compte sur moi. On se revoit dans un jour ou deux.

— D'accord.

— Et je resterai en vie si tu restes en vie toi aussi. Promis.

Thomas la serra dans ses bras.

— Marché conclu.

CHAPITRE 54

Le Bras Droit leur fournit un van en meilleur état. Lawrence conduisait, avec la pilote assise sur le siège passager à côté de lui. Elle restait silencieuse et se montrait renfermée, hostile. Lawrence n'était pas d'excellente humeur non plus, sans doute parce qu'il était passé – deux fois – d'un rôle de gardien dans un entrepôt sécurisé à celui de chauffeur particulier dans une ville grouillant de fondus.

On avait restitué à Thomas son pistolet, avec un chargeur plein ; il l'avait glissé dans son jean. Il savait bien que douze balles ne feraient pas une grosse différence s'ils tombaient dans une embuscade, mais cela le rassurait.

Le soleil illuminait les étages supérieurs des gratte-ciel. Le van s'enfonça au cœur de la ville, le long d'un boulevard jonché de voitures à l'abandon. Thomas vit plusieurs fondus planqués dans des véhicules, qui les guettaient derrière les vitres comme s'ils mijotaient un mauvais coup.

Lawrence tourna après deux ou trois kilomètres, puis s'engagea sur une voie rapide menant directement à l'une des portes de la ville. Des murs anti-bruits se dressaient de part et d'autre, construits à une époque plus favorable pour épargner les tympans des habitants. Il paraissait presque impossible qu'un tel monde ait pu exister un jour, un monde dans lequel on n'avait pas à trembler pour sa vie à chaque instant.

— Maintenant, c'est tout droit jusqu'au bout, annonça Lawrence. Le hangar est probablement notre bâtiment le plus sûr ; il faut juste arriver là-bas en un seul morceau. Et dans une heure, on sera en vol, sains et saufs.

— Parfait, dit Thomas, même si cela lui semblait un peu trop facile après la nuit précédente.

La pilote demeura silencieuse.

Soudain Lawrence ralentit.

— Qu'est-ce que c'est que ça, encore ? murmura-t-il.

Thomas aperçut devant eux plusieurs véhicules en train de tourner en rond.

— Je suppose qu'on va devoir passer à travers, fit Lawrence.

Thomas ne dit rien : ses compagnons comprenaient aussi bien que lui que cette scène n'annonçait rien de bon.

Lawrence reprit de la vitesse.

— Ça nous prendrait des siècles de faire demi-tour et d'emprunter un autre chemin. On va essayer de passer.

— Surtout, pas d'imprudence ! grogna la pilote. On n'ira pas loin si on doit terminer à pied.

Thomas se pencha sur son siège en plissant les yeux pour tenter de comprendre ce qu'il voyait. Une vingtaine de personnes se disputaient autour d'une gigantesque pile qu'il ne distinguait pas clairement, et jetaient des débris, se bousculaient, se donnaient des coups de poing. Une trentaine de mètres plus loin, les voitures tournaient et se rentraient les unes dans les autres. C'était un miracle que personne sur la route n'ait encore été touché.

— Qu'est-ce que vous comptez faire ? s'inquiéta Thomas.

Lawrence n'avait toujours pas ralenti, alors qu'ils arrivaient droit sur l'obstacle.

— Il faut s'arrêter ! cria la pilote.

Lawrence secoua la tête.

— Non. Je fonce dans le tas.

— Tu vas nous faire tuer !

— Mais non. Ferme-la une seconde !

Thomas se glissa sur un côté du van pour avoir une meilleure vue. Les fondus éventraient de grands sacs à ordures, dont ils sortaient de vieux sachets de nourriture, de la viande avariée et des épluchures de légumes. Aucun d'eux ne parvenait à garder quoi que ce soit dans les mains sans qu'un autre essaie de le lui voler. Les coups pleuvaient, les malheureux se déchiraient avec leurs ongles. L'un d'eux avait une plaie béante sous l'œil, et un filet de sang lui coulait sur le visage, comme des larmes rouges.

Le van fit une embardée. Thomas ramena son attention vers l'avant. Les voitures – uniquement des anciens modèles, tout cabossés, à la peinture écaillée – avaient cessé leur manège, et trois d'entre elles s'étaient alignées face au van. Lawrence ne ralentit pas. Il visait l'espace libre entre la voiture du milieu et celle de droite quand la voiture de gauche bondit en avant et braqua pour tenter de leur couper la route.

— Accrochez-vous ! cria Lawrence en écrasant l'accélérateur.

Thomas se cramponna à son siège. Les deux voitures vers lesquelles ils fonçaient n'avaient pas bougé, tandis que la troisième se rapprochait à toute allure. Thomas comprit qu'ils ne passeraient pas.

Au moment où l'avant du van s'insérait entre les deux voitures, la troisième le cueillit de plein fouet dans l'aile arrière gauche. Thomas se cogna contre le montant des deux vitres latérales, lesquelles se fracassèrent avec un bruit horrible. Du verre vola dans tous les sens et le van décrivit plusieurs tours sur lui-même. Thomas rebondit à l'intérieur, en s'efforçant de se raccrocher à quelque chose. Des crissements de pneus et des froissements de métal emplirent la cabine.

Le vacarme prit fin quand le van s'immobilisa brutalement contre le mur en béton.

Thomas, durement secoué, se retrouva à quatre pattes sur le plancher. Il se releva à temps pour voir les trois voitures s'éloigner et disparaître le long de la voie rapide dans la direction par laquelle ils étaient venus. Il jeta un coup d'œil à Lawrence et à la pilote, indemnes tous les deux.

Puis il se passa quelque chose d'étrange. En regardant par la portière, Thomas vit un fondu à une dizaine de mètres, qui le regardait fixement. Il lui fallut une seconde pour s'apercevoir qu'il s'agissait de son ami.

Newt.

CHAPITRE 55

Newt était dans un état épouvantable. Il avait perdu de grosses touffes de cheveux, remplacées par des plaques rougeâtres. Son visage était couvert d'écorchures et d'ecchymoses. Sa chemise était en lambeaux et son pantalon couvert de crasse et de sang. À l'évidence, il avait basculé dans le camp des fondus.

Pourtant, il continuait à fixer Thomas comme s'il le reconnaissait.

Lawrence parlait ; Thomas l'écoutait à peine.

— Ça va aller. Le van en a pris un sérieux coup, mais il nous traînera bien encore sur trois kilomètres jusqu'au hangar.

Lawrence enclencha la marche arrière et dégagea le van du mur de béton dans un grand fracas. Lorsqu'il s'apprêta à repartir un déclic se fit dans la tête de Thomas.

— Stop ! cria-t-il.

— Quoi ? s'exclama Lawrence en démarrant. Qu'est-ce qui te prend ?

— Arrêtez ce foutu van !

Lawrence enfonça la pédale de frein. Thomas allait ouvrir la portière quand le chauffeur le saisit par sa chemise et le tira en arrière.

— Bon sang, mais qu'est-ce que tu fabriques ?

Thomas n'allait pas se laisser arrêter maintenant. Il sortit son pistolet de son pantalon et le braqua sur Lawrence.

— Lâchez-moi!

Lawrence leva les mains en l'air.

— Holà, petit, du calme! Tu pètes les plombs, ou quoi?

— C'est mon ami qui est là, dehors. Je veux juste m'assurer qu'il va bien. Au moindre pépin, je remonte illico. Tenez-vous prêt à démarrer quand je vous le dirai.

— Parce que tu t'imagines que ce gars-là est encore ton ami? demanda froidement la pilote. Ces fondus sont tous au bout du rouleau. Tu ne le vois pas? Ton ami n'est plus qu'un animal, maintenant. Pire qu'un animal.

— Dans ce cas, je n'en aurai pas pour longtemps, répliqua Thomas. (Il ouvrit la portière, puis descendit.) Couvrez-moi si ça commence à chauffer.

— Je vais te botter le cul avant d'embarquer à bord de ce berg, tu peux me croire, lui promit Lawrence. Grouille-toi! Si les autres fondus rappliquent par ici, on les allume. Et je me fiche de savoir si on risque d'atteindre ta maman ou ton vieil oncle Frank.

— D'accord.

Thomas remit son pistolet dans son pantalon. Il s'approcha lentement de son ami qui se tenait à l'écart de ses semblables. Pour l'instant, les fondus paraissaient suffisamment occupés avec les ordures.

Parvenu à mi-distance de Newt, Thomas s'arrêta. Le plus inquiétant chez son ami, c'était la sauvagerie qu'on lisait dans son regard. La folie rôdait derrière ses prunelles. Comment son état avait-il pu se dégrader aussi vite?

— Hé, Newt. C'est moi, Thomas. Tu te souviens de moi?

Les yeux de Newt exprimèrent une lucidité soudaine. Surpris, Thomas faillit reculer d'un pas.

— Oh oui, Tommy, je me souviens. Tu es passé me voir à l'Hôtel des Fondus, histoire de remuer le couteau dans la plaie. Je n'ai quand même pas complètement perdu la boule.

Ce reproche fit plus mal à Thomas que le spectacle pitoyable qu'offrait son ami.

— Alors, qu'est-ce que tu fais là? Pourquoi es-tu avec... eux?

Newt jeta un coup d'œil en direction des fondus, avant de se retourner vers Thomas.

— Ça va, ça vient, mec. Je ne saurais pas l'expliquer. Par moments, je n'arrive plus à me contrôler et j'ai à peine conscience de ce que je fais. Mais la plupart du temps, c'est plutôt une sorte de démangeaison dans le cerveau, juste ce qu'il faut pour m'embrouiller les idées et me foutre en rogne.

— Tu as l'air d'aller bien, là.

— Oui, si on veut... La seule raison pour laquelle je traîne avec ces tarés de l'Hôtel, c'est que je ne sais pas quoi faire d'autre. Ils se battent sans arrêt, mais ils forment quand même un groupe. Alors que tout seul, je n'aurais aucune chance.

— Newt, viens avec moi, maintenant. On peut t'emmener ailleurs, en lieu sûr, où tu pourras...

Newt s'esclaffa, et sa tête tressauta bizarrement deux ou trois fois.

— Tire-toi d'ici, Tommy. Dégage.

— Allez, viens, supplia Thomas. Je t'attacherai les mains si ça peut te rassurer.

Le visage de Newt se durcit sous la colère, et il cracha d'un ton rageur :

— Va te faire voir, enfoiré de lâcheur! Tu n'as pas lu mon mot? Tu ne pouvais pas faire ça pour moi? Il a fallu que tu joues les héros, comme toujours. Je te déteste! Je t'ai toujours détesté!

« Il ne le pense pas vraiment », se dit Thomas.

— Newt...

— Tout ça, c'est ta faute! Tu aurais pu tout arrêter après la mort des premiers Créateurs. Tu aurais pu trouver un moyen. Mais non! Tu as voulu absolument continuer, sauver le monde, être un héros. C'est pour ça que tu as débarqué dans le Labyrinthe. Tu n'as jamais pensé qu'à toi. Admets-le! Il faut toujours que tu sois sur le devant de la scène, que tous les regards soient braqués sur toi! On aurait dû te balancer au fond de la Boîte!

Le visage de Newt avait pris une coloration cramoisie. Il s'avança d'un pas lourd, les poings fermés.

— Je vais le descendre! prévint Lawrence depuis le van. Écarte-toi!

Thomas se retourna.

— Non! C'est entre lui et moi. Ne vous en mêlez pas! Newt, arrête. Écoute-moi. Je sais que tu as encore ta tête, au fond. Suffisamment pour m'entendre.

— Je te hais, Tommy! (Il n'était plus qu'à quelques pas. Thomas battit en retraite car Newt commençait à lui faire peur.) Je te hais, je te hais, je te hais! Après tout ce que j'ai fait pour toi, et ce qu'on a traversé ensemble dans ce foutu Labyrinthe, tu n'as pas eu le courage de faire la seule chose que je t'aie jamais demandée! Je ne veux plus jamais voir ta sale gueule!

Thomas continua à reculer.

— Newt, n'avance plus. Ils vont te tirer dessus. Arrête-toi et écoute-moi! Monte dans le van, laisse-moi t'attacher. Donne-moi une chance!

Il refusait de tuer son ami. Il en était incapable.

Newt poussa un hurlement et se jeta sur lui. L'arc électrique d'un lanceur jaillit du van et ricocha sur l'asphalte en grésillant, mais le manqua. Thomas s'était figé sur place. Newt le plaqua au sol en lui coupant la respiration. Il s'efforça de respirer tandis que son vieil ami le chevauchait et l'immobilisait entre ses cuisses.

— Je devrais t'arracher les yeux, dit Newt en lui postillonnant à la figure. Ça t'apprendrait à être aussi débile. Qu'est-ce que tu croyais, hein? Qu'on allait se tomber dans les bras?

C'est ça? Qu'on allait s'asseoir et discuter du bon vieux temps au Bloc?

Thomas secoua la tête, terrifié, rapprochant lentement la main de son pistolet.

— Tu veux savoir pourquoi je boite comme ça, Tommy? Je te l'ai déjà raconté? Non, je ne crois pas.

— Que t'est-il arrivé? demanda Thomas pour gagner du temps.

Ses doigts se refermèrent doucement sur la crosse de son arme.

— J'ai voulu me suicider dans le Labyrinthe. J'ai escaladé l'un de ces foutus murs, et une fois à mi-hauteur, j'ai sauté. Alby m'a retrouvé et ramené au Bloc juste avant la fermeture des portes. Je détestais cet endroit, Tommy. J'en ai détesté chaque seconde, tous les jours. Et tout était... ta... faute!

Newt empoigna la main de Thomas qui tenait l'arme. Il la ramena devant lui de manière à se coller le canon du pistolet contre le front.

— Maintenant, il faut payer! Tue-moi avant que je ne devienne un de ces foutus cannibales! Tue-moi! C'est à toi seul que j'avais adressé ma lettre. Alors, fais-le!

Thomas essaya de dégager sa main, mais Newt était trop fort.

— Je ne peux pas, Newt. Je ne peux pas!

— Tu n'as pas le choix! Tu dois expier tout ce que tu as fait! cracha Newt. (Il tremblait de tout son corps.) Tue-moi, espèce de dégonflé. Fais quelque chose de bien, pour une fois. Abrège mes souffrances.

Ces paroles horrifièrent Thomas.

— Newt, on pourrait peut-être...

— Ta gueule! Ferme-la! Je te faisais confiance. Alors, vas-y!

— Je ne peux pas.

— Fais-le!

— Je ne peux pas!

Comment Newt pouvait-il exiger de lui une chose pareille ? Comment pourrait-il exécuter l'un de ses meilleurs amis ?

— Tue-moi, ou c'est moi qui te règle ton compte. Tue-moi ! Vas-y !

— Newt...

— TUE-MOI ! (Le regard de Newt s'éclaircit, comme s'il avait recouvré un peu de lucidité, et sa voix s'adoucit.) Je t'en prie, Tommy. Je t'en supplie.

Avec le sentiment de tomber au fond d'un gouffre noir, Thomas appuya sur la détente.

CHAPITRE 56

Thomas avait fermé les yeux au moment de tirer. Il sentit le corps de Newt tressauter, puis s'écrouler à son côté. Il se releva péniblement et n'ouvrit pas les yeux avant de s'être mis à courir. L'horreur de la scène, le chagrin, la culpabilité et l'écœurement qu'il éprouvait menaçaient de le dévorer. En larmes, il rejoignit le van.

— Monte! lui cria Lawrence.

La portière était restée ouverte. Thomas bondit à l'intérieur et la referma derrière lui. Le van s'ébranla aussitôt.

Personne ne dit un mot. Thomas regardait devant lui fixement. Il venait d'abattre son ami d'une balle dans la tête. Peu importait que Newt le lui ait demandé. Thomas avait appuyé sur la détente. En baissant la tête, il vit ses mains et ses jambes qui tremblaient. Tout à coup il eut très froid.

— Qu'est-ce que j'ai fait? bredouilla-t-il.

*

Le reste du trajet se déroula dans le brouillard pour Thomas. Ils croisèrent d'autres fondus et durent tirer quelques grenades par la fenêtre. Ils franchirent ensuite le mur d'enceinte de la ville, le grillage de protection du petit aéroport et enfin la porte gigantesque du hangar, sous la garde vigilante de membres du Bras Droit.

Thomas se borna à suivre en silence les indications qu'on lui donnait. Ils embarquèrent à bord du berg, et il suivit ses deux compagnons lors de leur inspection de routine. La pilote partit lancer les moteurs, Lawrence disparut quelque part et Thomas se trouva une banquette dans la salle commune. Il s'y allongea en fixant la grille métallique du faux plafond.

Depuis le meurtre de Newt, il n'avait plus repensé une seule fois à sa mission. Lui qui avait enfin échappé au WICKED retournait se livrer volontairement.

Cela n'avait plus d'importance. Arriverait ce qui devait arriver. Il savait que ce qu'il avait vu le hanterait toute sa vie. Chuck cherchant son souffle en se vidant de son sang, et maintenant Newt lui hurlant dessus, en proie à une rage terrifiante. Et cet ultime instant de lucidité, quand il l'avait imploré du regard.

Il mit longtemps à trouver le sommeil.

*

Lawrence vint le réveiller en le secouant.

— Debout, petit! On arrive bientôt. On te largue en douceur, on se tire, et ensuite, à toi de jouer!

— Hmm... Je vais devoir marcher beaucoup?

— Quelques kilomètres. Ne t'en fais pas, ça m'étonnerait que tu croises des fondus, il commence à faire froid, dehors. Au pire, tu apercevras peut-être quelques orignaux mal embouchés. Ou des loups, qui risquent de t'attaquer aux jambes. Bref, rien de bien méchant.

Thomas leva les yeux vers lui, s'attendant à lui voir un grand sourire, mais l'autre s'affairait dans un coin à ranger des fournitures.

— Tu trouveras un manteau avec ton sac à dos à la porte de la soute, annonça Lawrence en déplaçant une boîte sur une étagère. On t'a mis de la nourriture et de l'eau. On voulait s'assurer que tu profites de ta petite excursion... que tu savoures les joies de la nature.

Toujours pas le moindre sourire.

— Merci, bougonna Thomas.

Il se donnait beaucoup de mal pour ne pas retomber dans l'abîme de tristesse au fond duquel il s'était endormi. Il ne parvenait pas à se sortir Chuck et Newt de la tête.

Lawrence interrompit ce qu'il faisait pour se tourner vers lui.

— Je vais te le demander une fois, et une seule.

— Quoi donc?

— Tu es vraiment sûr de vouloir faire ça? D'après ce que je sais de ces types, ce sont de vraies ordures. Kidnapping, torture, meurtre, ils sont prêts à tout pour arriver à leurs fins. C'est quand même risqué de t'envoyer là-bas tout seul.

Sans trop savoir pourquoi, Thomas n'avait plus peur.

— Ça ira. N'oubliez pas de revenir me chercher, c'est tout.

Lawrence secoua la tête.

— Soit tu es le gosse le plus courageux que j'aie jamais rencontré, soit tu es complètement dingue... Va donc prendre une douche et mettre des habits propres. Tu devrais trouver ce qu'il te faut dans les casiers.

Thomas ignorait de quoi il avait l'air, mais il se représenta une sorte de zombie pâle et maculé de sang, au regard éteint.

— D'accord, dit-il.

Il partit se laver un peu de l'horreur qu'il portait sur lui.

*

Le berg pencha et Thomas dut se cramponner à une barre le long de la carlingue tandis que l'appareil plongeait vers le sol. La porte de la soute s'abaissa en grinçant alors qu'ils se trouvaient encore à trente mètres d'altitude. Une rafale d'air froid s'engouffra à l'intérieur. Le fracas des réacteurs devint assourdissant. Thomas vit qu'ils descendaient vers une petite clairière au sein d'une immense forêt de sapins enneigée. Elle était si dense que le berg ne pourrait jamais s'y poser. Thomas allait devoir sauter.

L'appareil se stabilisa, et Thomas se prépara.

— Bonne chance, petit, lui dit Lawrence. Je te conseillerais bien d'être prudent, mais comme tu n'es pas idiot, ce n'est pas la peine.

Thomas lui adressa un sourire, dans l'espoir d'en recevoir un en retour. Il en aurait eu besoin. Mais cet espoir fut déçu.

— OK, j'y vais. Dès que je serai à l'intérieur, j'activerai l'appareil. Je suis sûr que ça va marcher comme sur des roulettes.

— Petit, les poules auront des dents le jour où tu verras un plan se dérouler sans accroc, répondit Lawrence, non sans une certaine bienveillance dans la voix. Allez, saute. Une fois en bas, dirige-toi de ce côté.

Il indiqua l'orée de la clairière sur sa gauche.

Thomas enfila son manteau, passa les bras dans les lanières de son sac à dos, puis descendit prudemment la rampe inclinée de la trappe de la soute et s'accroupit au bord. Le sol enneigé était à moins de deux mètres, mais il allait tout de même devoir faire attention. Il sauta et se réceptionna dans une congère encore fraîche. Au fond de lui, il se sentait tout engourdi.

Il avait tué Newt, son ami, d'une balle dans la tête.

CHAPITRE 57

La clairière était jonchée d'arbres morts à moitié pourris. Les sapins géants encerclaient Thomas de toutes parts, dressés vers le ciel comme une muraille de tours majestueuses. Il se protégea les yeux du tourbillon de neige que souleva le berg dans un grondement de réacteurs et regarda l'appareil s'éloigner et disparaître au sud-ouest.

L'air était sec et glacial, et la forêt dégageait une impression de fraîcheur, comme s'il se tenait dans un monde flambant neuf, un endroit épargné par la pandémie. Convaincu qu'ils n'étaient pas nombreux à pouvoir savourer une sensation pareille par les temps qui couraient, il se trouva chanceux.

Après avoir remonté son sac à dos sur ses épaules, il partit dans la direction indiquée par Lawrence, décidé à parvenir à destination le plus rapidement possible. Moins il aurait de temps pour ruminer ce qu'il avait fait à Newt, mieux ce serait. Il quitta la clairière enneigée et s'enfonça dans la pénombre des grands sapins. Il se laissa submerger par leur odeur agréable, faisant de son mieux pour cesser de réfléchir.

*

Il y réussit plutôt bien, se concentrant sur le sentier, la vue, le bruit du vent dans les arbres, et toutes ces senteurs merveilleuses. Ses sens n'étaient pas habitués à pareille fête puisque la majeure partie de ses souvenirs se rapportaient à une vie passée enfermé. Sans parler du Labyrinthe ou de la Terre Brûlée. En cheminant à travers bois, il avait peine à croire qu'il se trouvait sur la même planète. Son imagination vagabonda. Il se demanda à quoi ressemblerait la vie des animaux si l'espèce humaine s'éteignait pour de bon.

Il marcha pendant plus d'une heure avant d'atteindre l'orée de la forêt et de déboucher dans une vaste étendue plate et rocailleuse. Des îlots de terre brune dépourvue de végétation émergeaient çà et là de l'épaisse couche de neige. Des rochers de toutes les tailles hérissaient le sol, qui remontait en pente douce vers un décrochement abrupt : une immense falaise. Au-delà s'étendait l'océan, jusqu'à l'horizon où son bleu profond se fondait dans le bleu plus clair du ciel. Et au bord de la falaise, à un peu plus d'un kilomètre, se tenait le quartier général du WICKED.

Le complexe était gigantesque, constitué de grands bâti-ments informes reliés les uns aux autres. Des fentes étroites s'ouvraient dans les murs de béton blanc, autorisant quelques rares fenêtres. Un bâtiment circulaire culminait au milieu des autres à la manière d'une tour. Le climat austère de la région, allié à l'humidité de la mer, n'avait pas épargné les façades. Des fissures crevassaient l'ensemble du complexe, mais les bâtiments semblaient construits pour durer malgré tout ce que l'homme ou la nature pourraient leur infliger. Cela lui remit en mémoire un vague souvenir, peut-être tiré d'un livre, une histoire d'asile hanté. C'était l'endroit idéal pour héberger une organisation vouée à empêcher le monde de devenir une maison de fous. Une longue route étroite partait du complexe et disparaissait dans la forêt.

Thomas s'avança à découvert. Un calme inquiétant se fit autour de lui. Il n'entendait plus que le crissement de ses pas, son souffle et le fracas lointain des vagues au pied de la falaise. Il était persuadé que les gens du WICKED l'avaient repéré, leur dispositif de surveillance devait être parfaitement rôdé.

Un cliquetis discret, tintement de métal sur de la roche, le fit s'arrêter et regarder vers la droite. Un scaralame se tenait perché sur un rocher, ses petits yeux rouges braqués en direction de Thomas. À croire que c'était l'évocation du système de sécurité qui l'avait fait surgir.

Thomas se souvint de ce qu'il avait ressenti la première fois qu'il avait vu l'un de ces mouchards à l'intérieur du Bloc, juste avant qu'il ne détale dans les sous-bois. Cela semblait remonter à une éternité.

Il adressa un petit salut au scaralame, puis se remit en marche. Dans dix minutes, il frapperait à la porte du WICKED pour demander à entrer, cette fois, et non à sortir.

Il descendit une dernière pente puis posa le pied sur une allée verglacée qui faisait le tour du campus. Apparemment, on avait tenté d'embellir quelque peu le terrain par rapport à la lande stérile qui l'entourait, mais les buissons décoratifs, parterres de fleurs et arbustes variés avaient succombé à l'hiver depuis longtemps, et seule la mauvaise herbe poussait encore entre les plaques de neige. Thomas s'avança le long de l'allée goudronnée, se demandant pourquoi personne ne sortait l'accueillir. Peut-être que l'homme-rat l'attendait à l'intérieur, en l'observant, persuadé que Thomas s'était enfin rangé à leurs vues.

Deux autres scaralames attirèrent son attention : ils rampaient sur la neige entre les brins d'herbe, promenant les rayons rouges de leurs capteurs à droite, à gauche. Thomas scruta les fenêtres les plus proches mais ne vit aucune lumière à l'intérieur – le verre était fortement teinté. Un grondement sourd dans son dos le fit se retourner. Un orage s'annonçait, charriant de gros nuages noirs. Il vit plusieurs éclairs zébrer la grisaille ; cela lui rappela la Terre Brûlée, le déluge de foudre qui les avait cueillis aux abords de la ville. Il ne restait plus qu'à espérer que les tempêtes étaient moins violentes dans le Nord.

Il ralentit en s'approchant de l'entrée principale. Une grande porte en verre l'attendait, et tout à coup, un flot de souvenirs douloureux lui remonta en mémoire. L'évasion hors du Labyrinthe, la fuite à travers les couloirs du WICKED, le passage de ces portes sous une pluie battante. Il regarda le petit parking à sa droite où un vieux bus était garé près d'une rangée de voitures. C'était sûrement celui qui avait roulé sur la pauvre femme contaminée, avant de les emmener vers ces dortoirs où on leur avait manipulé le cerveau, et d'où on les avait envoyés en transplat dans la Terre Brûlée.

Et maintenant, après tout ce qu'il avait enduré, voilà qu'il était de retour sur le pas de la porte du WICKED. De sa propre initiative. Il frappa à la surface impénétrable de verre fumé. Il ne voyait absolument rien de l'autre côté.

Presque aussitôt, plusieurs verrous se mirent à cliqueter, l'un après l'autre ; puis l'une des portes s'ouvrit vers l'extérieur. Janson – qui serait toujours l'homme-rat pour Thomas – se tenait à l'intérieur, la main tendue.

— Heureux de te revoir, Thomas, lança-t-il. Les autres ne voulaient pas me croire, mais j'ai toujours dit que tu reviendrais. Je suis content que tu aies fait le bon choix.

— Finissons-en, grommela Thomas.

Il avait accepté de jouer le jeu, il allait tenir son rôle, mais cela ne voulait pas dire qu'il devait l'apprécier.

— Excellente idée, approuva Janson en s'effaçant devant lui avec une petite courbette. Après toi.

Tandis qu'un frisson glacé lui parcourait l'échine, Thomas passa devant l'homme-rat et pénétra dans le quartier général du WICKED.

CHAPITRE 58

Thomas se retrouva dans un vaste hall d'accueil meublé de quelques banquettes et fauteuils derrière un grand bureau vide. Il y avait eu du changement depuis sa dernière visite, le mobilier était plus coloré, plus clair, mais cela n'égayait en rien l'atmosphère lugubre des lieux.

— Allons dans mon bureau, suggéra Janson en indiquant un couloir qui s'enfonçait vers la droite. C'est terrible, ce qui est arrivé à Denver. Quelle tragédie de perdre une ville avec autant de potentiel! Raison de plus pour faire le nécessaire sans tarder.

— Le nécessaire?

— Nous discuterons de ça dans mon bureau. Notre équipe de recherche nous y attend.

L'appareil caché dans son sac à dos pesait lourdement dans les préoccupations de Thomas. Il devait trouver un moyen de l'installer au plus vite et de lancer le compte à rebours.

— D'accord, dit-il, mais j'aurais besoin d'aller aux toilettes avant.

C'était la première idée qui lui était passée par la tête. Et la seule assurance de pouvoir être tranquille une minute.

— C'est juste là, derrière, répondit l'homme-rat.

Ils continuèrent le long d'un couloir encore plus terne conduisant aux toilettes.

— Je t'attends dehors, déclara Janson avec un hochement de tête en direction de la porte.

Thomas entra sans un mot. Il sortit l'appareil de son sac et regarda autour de lui. Il y avait un placard à fournitures au-dessus du lavabo, avec au sommet un rebord assez haut pour dissimuler son gadget. Il tira la chasse puis fit couler l'eau dans le lavabo. Il activa l'appareil comme on le lui avait indiqué, avec un petit bip qui le fit grimacer, puis se hissa sur la pointe des pieds et le glissa au-dessus du placard. Après avoir refermé le robinet, il se frotta les mains sous le séchoir électrique, le temps de calmer les battements de son cœur.

Puis il ressortit dans le couloir.

— C'est bon? demanda Janson.

— C'est bon, confirma Thomas.

Ils repartirent, en passant devant plusieurs portraits de la chancelière Paige identiques à celui des affiches de Denver.

— Vous croyez que je pourrais rencontrer la chancelière? finit par demander Thomas, piqué par la curiosité.

— C'est une femme très occupée, répondit Janson. N'oublie pas que la finalisation du modèle et la fabrication du remède ne sont qu'une première étape. Nous sommes encore en train de plancher sur la logistique de sa distribution à grande échelle. Le gros de notre équipe y travaille d'arrache-pied en ce moment même.

— Qu'est-ce qui vous rend aussi sûrs de réussir?

Janson lui adressa son plus beau sourire de fouine.

— Je le sais, Thomas. Je le sens au plus profond de mon être. Et je te promets que tu auras la reconnaissance officielle que tu mérites.

Thomas repensa à Newt.

— Je ne veux pas de reconnaissance officielle.

— Nous y voilà, annonça l'homme, ignorant la rebuffade.

L'homme-rat ouvrit une porte blanche pour Thomas. À l'intérieur, deux personnes – un homme et une femme –

étaient assises devant un bureau. Leurs visages n'évoquèrent aucun souvenir à Thomas.

La femme portait un tailleur-pantalon de couleur sombre, avait de longs cheveux roux et des lunettes à monture fine. L'homme était chauve, maigre et anguleux, en vêtements hospitaliers verts.

— Voici mes collaborateurs, annonça Janson en allant s'asseoir derrière le bureau. (Il fit signe à Thomas de prendre le troisième fauteuil entre ses deux visiteurs.) Le Dr Wright, dit-il en indiquant la femme, dirige notre service psy, et le Dr Christensen est notre médecin-chef. Nous avons pas mal de choses à discuter, alors excuse-moi si je ne m'attarde pas davantage sur les présentations.

— Pourquoi suis-je le Candidat final? demanda Thomas, allant droit au but.

Décontenancé, Janson déplaça machinalement quelques menus objets sur son bureau avant de se renfoncer dans son fauteuil, les mains sur les genoux.

— Excellente question. Au départ, nous avions isolé une poignée de – pardon pour le terme – de sujets pour... se disputer cet honneur. Récemment, nous avons réduit la compétition à Teresa et toi. Mais elle a trop tendance à suivre les ordres. C'est ton indépendance d'esprit qui nous a convaincus de te choisir.

« Ils m'auront exploité jusqu'au bout », songea Thomas avec amertume. Ses tentatives de rébellion correspondaient précisément à leurs besoins. Toute sa colère se tourna vers l'homme assis en face de lui. Janson incarnait tout ce qu'il haïssait dans le WICKED.

— Finissons-en, d'accord? maugréa-t-il.

Il s'efforçait de ne pas la montrer, mais sa fureur était perceptible dans sa voix.

Janson ne parut pas s'en émouvoir.

— Un peu de patience, s'il te plaît. Il n'y en aura pas pour longtemps. N'oublie pas que recueillir les schémas de la zone mortelle représente une opération délicate. C'est de ton cerveau qu'il est question, et la moindre déformation de pensée, d'interprétation ou de perception risque de rendre les résultats inutilisables.

— Oui, confirma le Dr Wright en ramenant une mèche de cheveux derrière son oreille. Je sais que le professeur Janson t'a longuement expliqué à quel point il était important que tu reviennes, et nous sommes ravis de ta décision.

Sa voix était douce, agréable et respirait l'intelligence.

Le Dr Christensen s'éclaircit la gorge, puis se mit à parler d'une voix aiguë. Il déplut immédiatement à Thomas.

— Je ne vois pas quel autre choix tu aurais pu faire. Le monde entier vacille au bord du gouffre, et tu peux nous aider à le sauver.

— C'est vous qui le dites, répliqua Thomas.

— Exactement, approuva Janson. Tout est prêt. Seulement, il reste un dernier détail dont il faut que nous parlions pour que tu comprennes bien toute la portée de ta décision.

— Un dernier détail ? répéta Thomas. Je croyais que le but des variables était justement que j'en sache le moins possible ? Vous n'allez pas m'enfermer dans une cage avec des gorilles ? Ou me faire traverser un champ de mines, ou me balancer dans l'océan pour voir si j'arrive à rentrer à la nage ?

— Dites-lui le reste, bougonna le Dr Christensen.

— Le reste ? s'inquiéta Thomas.

— Oui, Thomas, fit Janson avec un soupir. Après toutes ces Épreuves, ces études, la collecte et l'examen des schémas, les variables auxquelles nous vous avons soumis, tes amis et toi, tout se résume à une seule chose.

Thomas retenait son souffle, figé par une angoisse mal définie, l'envie contradictoire de savoir et de ne pas savoir.

Janson posa ses coudes sur son bureau, le visage grave.

— L'ultime étape.

— Qui est ?

— Thomas, nous avons besoin de ton cerveau.

CHAPITRE 59

Le cœur de Thomas se mit à cogner dans sa poitrine. Il savait qu'il ne s'agissait pas d'un test. Ils avaient été aussi loin que possible dans leur analyse des réactions et des schémas du cerveau. À présent, ils avaient sélectionné le sujet le plus approprié pour être... taillé en morceaux, dans un dernier effort pour parvenir au remède.

Tout à coup, il était très impatient de voir débarquer le Bras Droit.

— Mon cerveau ?

— Oui, répondit le Dr Christensen. Le Candidat final possède la pièce manquante pour compléter les données de notre modèle. Mais nous ne pouvions pas le savoir avant d'avoir confronté les schémas aux variables. Ta dissection sera le point d'orgue de nos recherches. Rassure-toi, tu ne sentiras rien. Tu seras complètement anesthésié, jusqu'à ce que...

Il n'eut pas besoin de terminer. Ses paroles moururent dans le silence tandis que les trois savants du WICKED attendaient la réaction de Thomas. Mais ce dernier restait muet. Il avait affronté la mort à de nombreuses reprises au cours de sa vie, mais au fond de lui il avait toujours gardé l'espoir de s'en sortir, et fait son possible pour survivre un jour de plus. Là, c'était différent. Il ne lui suffirait pas de serrer les dents en attendant l'arrivée des secours. On parlait d'une épreuve dont il ne se remettrait pas. Si les autres ne venaient pas le délivrer rapidement, c'en serait fini de lui.

Une pensée abominable lui vint à l'esprit : Teresa avait-elle su ce qui l'attendait ?

Il fut surpris de constater à quel point cette éventualité lui faisait mal.

— Thomas ? l'appela Janson, interrompant le cours de ses pensées. Je sais que ça doit te faire un choc. Il faut que tu comprennes qu'il ne s'agit pas d'un test. Ce n'est pas une variable, je ne suis pas en train de te mentir. Nous pensons pouvoir compléter le modèle du remède par l'examen de ton tissu cérébral pour déterminer, en nous basant sur les schémas collectés, comment sa particularité physique lui a permis de résister au virus de la Braise. Les Épreuves ont été conçues afin que nous n'ayons pas besoin d'ouvrir le crâne de tous les sujets. Notre objectif a toujours été d'épargner des vies, et non d'en gaspiller.

— Nous recueillons et analysons les schémas depuis des années, renchérit le Dr Wright, et tu es de très loin celui qui a le mieux réagi aux variables. Nous savions depuis longtemps – et nous avons toujours mis un point d'honneur à le cacher à nos sujets – qu'en fin de compte nous serions amenés à choisir le meilleur candidat pour cette dernière procédure.

Le Dr Christensen entreprit de détailler l'opération pendant que Thomas l'écoutait dans un silence hébété.

— Il faut que tu sois en vie, mais il n'est pas nécessaire que tu restes conscient. Nous allons donc t'administrer un sédatif et anesthésier la zone de l'incision. Comme il n'y a pas de nerfs dans le cerveau, la suite sera relativement indolore. Malheureusement, l'opération est fatale : tu ne pourras pas te remettre de nos explorations neurales. Par contre, les résultats seront inestimables.

— Et si ça ne marche pas ? demanda Thomas.

Il avait en tête les derniers instants de Newt. Et si son sacrifice permettait bel et bien d'éviter ce sort atroce à Dieu sait combien d'autres personnes?

Le regard de la psy trahit son embarras.

— Dans ce cas, nous devrons… poursuivre nos travaux. Mais nous sommes pratiquement certains que…

Thomas ne put s'empêcher de l'interrompre.

— En réalité vous n'êtes sûrs de rien, n'est-ce pas? C'est pour ça que vous engagez des gens pour ramasser d'autres… sujets immunisés, cracha-t-il avec dégoût. Pour pouvoir tout recommencer depuis le début.

Dans un premier temps, personne ne fit de commentaire. Puis Janson dit :

— Nous ferons ce qu'il faudra pour trouver un remède. En minimisant les pertes en vies humaines autant que possible. Et il n'y a rien à ajouter.

— À quoi bon discuter, dans ce cas? demanda Thomas. Pourquoi ne pas vous jeter sur moi, m'attacher sur une table et m'arracher la cervelle?

Le Dr Christensen répondit :

— Parce que tu es notre Candidat final. Tu représentes le lien entre les fondateurs du WICKED et l'équipe actuelle. Nous nous efforçons de te témoigner le respect que tu mérites. Nous espérons que tu feras ce choix librement.

— As-tu besoin d'un petit moment pour réfléchir? proposa le Dr Wright. Je sais que ta situation n'est pas facile, et je t'assure que nous ne la prenons pas à la légère. C'est un sacrifice énorme qu'on attend de toi. Vas-tu faire don de ton cerveau à la science? Nous offrir un pas de plus vers le remède et le salut de l'espèce humaine?

Thomas ne savait pas quoi répondre. La tournure des événements lui échappait. Se pouvait-il qu'ils soient si près de réussir? Qu'une dernière mort suffise?

Le Bras Droit arrivait. L'image de Newt s'imprimait sur sa rétine.

— J'ai besoin d'être un peu seul, dit-il enfin. S'il vous plaît.

Pour la première fois, une part de lui était tentée d'accepter, de les laisser faire. Même si les chances de succès étaient infimes.

— Tu prendras la bonne décision, dit le Dr Christensen. Et ne t'en fais pas, je te garantis que tu ne sentiras rien.

Thomas ne voulait pas écouter un mot de plus.

— Il me faut juste un peu de temps avant d'accepter.

— D'accord, déclara Janson en se levant. Nous allons t'accompagner au bloc opératoire et t'accorder un moment d'intimité dans une pièce à l'écart. Même si le temps presse.

Thomas se pencha en avant et se prit la tête à deux mains, le regard fixé sur le sol. Le plan concocté par le Bras Droit lui semblait désormais complètement absurde. Quand bien même il fausserait compagnie à ces savants – à supposer qu'il le veuille toujours –, comment réussirait-il à rester en vie jusqu'à l'arrivée de ses amis ?

— Thomas ? s'inquiéta le Dr Wright en lui posant la main sur l'épaule. Ça va ? Tu n'as plus de questions ?

Thomas se redressa et repoussa sa main.

— Non, je… Allons là où vous avez dit.

L'air parut se raréfier brusquement dans le bureau de Janson, et Thomas sentit ses poumons se contracter. Il se leva, gagna la porte et sortit dans le couloir comme un automate.

CHAPITRE 60

Thomas suivit les médecins, le cerveau tournant à plein régime. Il ne savait plus quoi faire. Il n'avait aucun moyen de joindre le Bras Droit et il avait perdu sa capacité à communiquer mentalement avec Teresa et Aris.

Ils empruntèrent un couloir, puis un autre ; ce parcours en zigzag lui rappela le Labyrinthe. Il regrettait presque de s'en être échappé : les choses étaient tellement plus simples, alors.

— Il y a une pièce vide un peu plus loin sur la gauche, expliqua Janson. J'ai demandé à ce qu'on t'apporte une tablette au cas où tu aimerais laisser un message à tes amis. Je trouverai bien un moyen de le leur faire parvenir.

— Je me charge de te faire envoyer à manger, aussi, promit le Dr Wright.

Leur prévenance avait quelque chose d'horripilant. Elle rappelait à Thomas l'exécution des condamnés à mort d'autrefois. Eux aussi avaient droit à un dernier repas.

— Je voudrais un steak, dit-il en se tournant vers la psy. Et des crevettes. Et du homard. Avec un sucre d'orge.

— Je... je regrette. Il va falloir te contenter de quelques sandwichs.

Thomas soupira.

— C'était trop beau.

*

Thomas s'assit dans un fauteuil confortable et fixa la tablette posée sur le petit bureau devant lui. Il n'avait pas l'intention d'écrire à qui que ce soit, mais il ne savait pas quoi faire d'autre. La situation se révélait beaucoup plus délicate qu'il ne l'avait imaginée. L'idée qu'on puisse le disséquer vivant ne lui avait jamais traversé l'esprit. Il s'était dit que, quoi qu'on lui fasse, il n'aurait qu'à jouer le jeu en attendant l'intervention du Bras Droit.

Sauf que le jeu qu'on lui proposait allait lui être fatal.

Il se résolut finalement à écrire des messages d'adieu pour Minho et Brenda, au cas où il n'en réchapperait pas. Après quoi il se reposa, la tête sur les bras, jusqu'à ce qu'on lui apporte les sandwichs. Il mangea sans se presser, puis se reposa encore un peu. Il n'avait plus qu'à espérer que ses amis arriveraient à temps. De toute manière, il ne quitterait cette pièce que s'il y était obligé.

À force d'attendre, il finit par s'assoupir.

*

De petits coups frappés à la porte le réveillèrent en sursaut.

— Thomas ? fit la voix de Janson. Il est temps de te décider.

Ces mots suscitèrent une forte panique chez Thomas.

— Je... je ne suis pas encore prêt.

Dérobade ridicule, il en était parfaitement conscient. Après une longue pause, Janson reprit :

— J'ai peur que nous n'ayons plus tellement le choix.

— Mais..., commença Thomas.

Avant qu'il ne puisse se reprendre, la porte s'ouvrit et Janson entra dans la pièce.

— Thomas, attendre ne fera que rendre les choses encore plus pénibles. Il faut y aller, maintenant.

Thomas ne savait plus que faire. Il était déjà surpris par la patience de ses hôtes. Il avait gagné autant de temps qu'il était possible ; on ne jouait plus désormais. Il inspira profondément.

— C'est bon, finissons-en.

L'homme-rat sourit.

— Suis-moi.

*

Janson conduisit Thomas dans une salle de préparation où un lit à roulettes l'attendait au milieu d'écrans de contrôle et de plusieurs infirmières. Le Dr Christensen était là, dans sa tenue hospitalière, un masque chirurgical sur le visage. On ne voyait de lui que ses yeux, mais il paraissait impatient de commencer.

— Alors, ça y est? demanda Thomas. Il est temps de passer sur le billard?

— Je regrette, répondit le médecin. Mais nous devons commencer.

L'homme-rat était sur le point d'ajouter quelque chose quand une alarme stridente fit trembler le bâtiment.

Thomas sursauta, envahi par une vague de soulagement. C'était forcément le Bras Droit.

La porte s'ouvrit à la volée. Thomas se retourna et vit une femme annoncer d'un air affolé :

— Un berg est arrivé avec une livraison, mais c'était une ruse pour s'introduire chez nous : ils attaquent le bâtiment principal en ce moment même!

Devant la réaction de Janson, Thomas faillit faire une crise cardiaque.

— Apparemment, nous allons devoir opérer sans plus tarder. Christensen, à vous de jouer.

CHAPITRE 61

Thomas se sentit oppressé et sa gorge lui donna l'impression d'enfler. Tout fonctionnait normalement, mais il était comme paralysé.

Janson aboya ses ordres.

— Docteur Christensen, remuez-vous! Nous ignorons ce que mijotent ces gens-là, mais il n'y a pas une seconde à perdre. Je vais dire au personnel soignant de rester à son poste quoi qu'il arrive.

— Attendez, réussit à dire Thomas d'une voix rauque. Je ne suis pas sûr de pouvoir faire ça.

Ces mots étaient vides de sens ; il savait bien qu'ils n'allaient pas s'interrompre à ce stade.

Le visage de Janson s'empourpra. Au lieu de répondre à Thomas, il se tourna vers le médecin.

— Faites ce qu'il faut pour ouvrir le gamin !

Alors que Thomas était sur le point de protester, un instrument pointu le piqua dans le bras ; une vague de chaleur se répandit dans son corps, et il s'écroula, tout flasque, sur le lit à roulettes. Il n'avait plus aucune sensation au-dessous du cou. La terreur s'empara de lui. Le Dr Christensen se pencha sur lui en passant une seringue vide à une infirmière.

— Je suis sincèrement navré, Thomas. Il n'y a pas d'autre solution.

Le médecin et l'infirmière l'installèrent sur le lit, en lui remontant les jambes de manière à l'allonger bien à plat sur le dos. Thomas pouvait remuer un peu la tête, mais rien de plus. Il allait mourir. À moins que le Bras Droit n'intervienne au plus vite, il était perdu.

Janson apparut dans son champ de vision. Avec un hochement de tête approbateur, l'homme-rat tapota l'épaule du médecin.

— Je vous laisse procéder.

Puis il tourna les talons et sortit ; Thomas entendit des cris dans le couloir avant que la porte ne se referme.

— Je vais d'abord effectuer quelques tests, expliqua le Dr Christensen. Ensuite, nous t'emmènerons en salle d'opération.

Il se pencha vers divers instruments rangés derrière lui.

Thomas avait l'impression qu'il lui parlait de très loin. Totalement impuissant, il regarda le médecin lui prélever un échantillon de sang et lui mesurer le crâne. Christensen travaillait en silence, presque sans ciller. Mais la sueur qui perlait sur son front indiquait qu'il était engagé dans une course contre la montre. Combien de temps lui restait-il pour mener l'opération à bien ?

Thomas ferma les yeux. Il se demandait si l'appareil de neutralisation des armes avait fonctionné. Viendrait-on le délivrer ? Était-ce vraiment souhaitable ? Et si le WICKED était vraiment sur le point de trouver un remède ?

Le médecin se redressa tout à coup et sourit à Thomas.

— Je crois que nous sommes prêts. En route pour la salle d'opération !

L'homme franchit la porte, et on poussa le lit de Thomas dans le couloir. Il regarda les plafonniers défiler au-dessus de sa tête. Il finit par fermer les yeux malgré lui.

On l'avait endormi. Tout allait s'estomper autour de lui. Et il mourrait.

Il rouvrit brusquement les yeux. Puis les referma. Son cœur

battait à tout rompre. Il s'aperçut qu'il serrait ses draps entre ses poings. Il récupérait un peu de sa capacité de mouvement, semblait-il. Il rouvrit les yeux. Les lumières défilaient. Un virage, puis un autre. Le désespoir menaçait de l'étouffer avant même que les médecins n'aient le temps de le tuer.

— Je..., commença-t-il.

— Hein ? fit Christensen, en se penchant sur lui.

Thomas s'efforça de parler, mais avant qu'il ne réussisse à prononcer un mot, un boum dévastateur fit trembler le couloir. Le médecin trébucha et se retint au lit pour éviter de tomber. Le lit partit vers la droite, s'écrasa contre le mur puis rebondit en tournoyant contre le mur d'en face. Thomas voulut bouger, mais il était toujours paralysé. Il repensa à Chuck et à Newt, et une tristesse indicible lui serra le cœur.

On entendit des cris du côté de l'explosion. Puis le silence revint. Le médecin poussa le lit, en hâte, en le cognant sans ménagement dans plusieurs portes battantes. Plusieurs personnes en tenue hospitalière les attendaient dans une salle d'opération blanche.

Christensen distribua ses ordres :

— Il faut nous dépêcher. Tout le monde en place ! Lisa, endormez-le. Vite !

Une petite bonne femme répondit :

— Nous n'avons pas encore les résultats de...

— Peu importe ! Le bâtiment va peut-être brûler entièrement.

Il poussa le lit le long de la table d'opération ; plusieurs paires de mains soulevèrent Thomas et le firent passer de l'un à l'autre avant même que le lit à roulettes ne soit à l'arrêt. Allongé sur le dos, il tâcha de suivre du regard l'activité des médecins et des infirmières. Il en compta au moins neuf ou dix. Sentant une piqûre au creux de son bras, il baissa les yeux et vit la petite infirmière lui enfoncer une seringue dans la veine. Il ne parvenait toujours pas à remuer autre chose que les mains.

On abaissa des lampes au-dessus de lui. On lui colla d'autres instruments en différents points du corps ; des écrans se mirent à biper ; une machine bourdonna ; les gens parlaient entre eux ; la salle s'emplit de mouvements réglés comme un ballet.

La pièce se mit à tourner. La terreur l'envahit. C'était la fin.

— J'espère que ça va marcher, parvint-il à bredouiller.

Quelques secondes plus tard, l'anesthésiant fit son effet, et Thomas perdit connaissance.

CHAPITRE 62

Pendant une longue période, Thomas ne connut que les ténèbres. La fêlure dans le vide de ses pensées était infime, tout juste assez large pour lui permettre de prendre conscience du vide. Au fond de lui, il savait qu'il était supposé dormir, et qu'on ne le maintenait en vie que pour examiner son cerveau. Le découper, probablement tranche par tranche.

Il n'était donc pas encore mort.

À un moment, alors qu'il flottait dans cette masse de noirceur, il perçut une voix, qui l'appelait par son nom.

Après avoir entendu « Thomas » plusieurs fois, il décida de rechercher la voix, de la retrouver. Il entreprit de se diriger vers elle.

Vers son nom.

CHAPITRE 63

— Thomas, j'ai foi en toi, lui dit une femme pendant qu'il luttait pour reprendre connaissance.

Il ne reconnut pas la voix, qu'il trouva douce et autoritaire à la fois. Il persévéra, s'entendit gémir, s'agiter dans son lit.

Finalement, il ouvrit les yeux. Clignant des paupières sous la clarté des lampes installées juste au-dessus de lui, il vit une porte se refermer derrière la personne qui était venue le réveiller.

— Attendez! appela-t-il faiblement.

Au prix d'un gros effort, il s'appuya sur ses coudes et se redressa. Il était seul dans une chambre. On n'entendait que quelques cris au loin, et de temps à autre un grondement sourd, comme un coup de tonnerre. Ses idées se clarifièrent; il s'aperçut que, hormis un engourdissement général, il se sentait bien. Ce qui voulait dire qu'à moins d'un miracle de la médecine il avait encore son cerveau.

Une enveloppe en papier kraft posée sur la table de chevet attira son attention. On y lisait « Thomas » écrit en grosses lettres rouges. Il s'assit au bord du matelas et attrapa l'enveloppe.

Elle contenait deux feuilles de papier. La première était un plan du complexe du WICKED, avec plusieurs trajets indiqués au marqueur noir. Il parcourut rapidement la deuxième : c'était une lettre, adressée à lui-même et signée de la chancelière Paige. Il posa le plan et lut la lettre.

Cher Thomas,

Je considère que les Épreuves sont terminées. Nous avons suffisamment de données pour créer notre modèle. Mes collaborateurs ne sont pas du même avis, mais j'ai néanmoins réussi à interrompre l'opération pour épargner ta vie. À nous, maintenant, de travailler sur les données en notre possession pour produire un remède contre la Braise. Ta participation, comme celle des autres sujets, ne nous est plus indispensable.

Une grande mission t'incombe désormais. Quand je suis devenue chancelière, j'ai vite compris l'importance de prévoir une issue de secours dans ce bâtiment. Je l'ai fait installer dans une salle de maintenance désaffectée. Je te demande de t'en servir pour vous sauver, toi, tes amis ainsi que le nombre considérable d'immunisés que nous avons pu réunir. Le temps presse, comme tu le sais sans doute.

J'ai indiqué trois itinéraires sur le plan que je t'ai fourni. Le premier indique comment sortir de ce bâtiment par un tunnel. Une fois dehors, tu devrais pouvoir atteindre l'autre bâtiment par lequel le Bras Droit s'est introduit. Tu n'auras plus qu'à les rejoindre. Le deuxième conduit à l'endroit où sont enfermés les immunisés. Le troisième indique comment parvenir à l'issue de secours. Il s'agit d'un transplat qui vous conduira, si tout se passe comme je l'espère, vers une nouvelle vie. Prends tous tes amis avec toi et partez.

Ava Paige, chancelière

Thomas fixa la lettre, le cerveau en ébullition. Un autre bruit sourd retentit au loin et le ramena brutalement à la réalité. Il faisait confiance à Brenda, et elle à la chancelière. L'heure n'était plus aux tergiversations.

Il replia la lettre et le plan, les glissa dans la poche arrière de son pantalon, puis se leva prudemment. Surpris de constater à quelle vitesse il avait recouvré ses forces, il courut jusqu'à la porte. Un coup d'œil dans le couloir : il était désert. Il se faufila hors de sa chambre, et au même instant, deux personnes débouchèrent au pas de course dans son dos. Elles passèrent sans lui accorder un regard. Thomas comprit que le chaos déclenché par l'assaut du Bras Droit venait peut-être de le sauver.

Il ressortit le plan et l'examina attentivement, en suivant du doigt le tracé au feutre noir conduisant au tunnel. Il ne lui faudrait pas longtemps pour y arriver. Après avoir mémorisé le chemin, il partit dans le couloir à petites foulées, tout en jetant un coup d'œil aux deux autres itinéraires notés par la chancelière Paige.

Il s'arrêta au bout de quelques mètres à peine, stupéfié par ce qu'il voyait. Il rapprocha le plan de ses yeux pour s'assurer qu'il avait bien vu. Mais il n'y avait pas d'erreur possible.

Le WICKED avait caché les immunisés dans le Labyrinthe.

CHAPITRE 64

On voyait deux labyrinthes sur le plan, bien sûr : celui du groupe A et celui du groupe B. Les deux étaient creusés dans la roche, loin sous le quartier général du WICKED. Thomas ne savait pas auquel des deux menait l'itinéraire, mais quoi qu'il en soit, on le renvoyait dans le Labyrinthe. Gagné par une appréhension grandissante, il se mit à courir.

Suivant les indications du plan, il prit plusieurs couloirs puis descendit un long escalier menant au sous-sol. Après avoir franchi plusieurs pièces vides, il arriva enfin devant une petite porte qui donnait sur le tunnel. Ce dernier, quoique sombre, n'était pas plongé pour autant dans le noir ; des ampoules nues l'éclairaient de loin en loin, comme Thomas put le constater à son grand soulagement. Après une bonne soixantaine de mètres, il parvint à une échelle indiquée sur le plan. Il la gravit, arriva à une trappe métallique avec pour poignée un volant qui lui rappela l'entrée de la salle des cartes, au Bloc.

Il tourna le volant et poussa de toutes ses forces. Un peu de lumière entra, Thomas poussa plus fort et, quand la porte pivota lourdement sur ses gonds, une bouffée d'air glacial l'enveloppa. Il se hissa hors du conduit et déboucha au pied d'un gros rocher, sur le plateau enneigé entre la forêt et le quartier général du WICKED.

Il referma soigneusement la trappe avant d'aller s'accroupir derrière le rocher. Il ne repéra aucun mouvement suspect aux alentours, mais la nuit était trop noire pour qu'il y voie quelque chose.

Le Bras Droit s'était introduit dans l'un des bâtiments. C'était là que Thomas devait se rendre en premier. Il avait tout intérêt à rejoindre les assaillants – il serait plus en sécurité avec eux –, et il devait leur indiquer où étaient retenus les immunisés. D'après le plan, la meilleure solution consistait à courir vers le groupe de bâtiments à l'opposé de l'endroit par lequel il était arrivé puis à chercher dans les environs.

Il contourna donc le rocher et piqua un sprint en direction du bâtiment le plus proche. Il courait plié en deux, tâchant de rester le plus discret possible. Un éclair zébra le ciel ; il illumina le complexe et fit scintiller la neige. Un coup de tonnerre suivit bientôt, roulant sur le plateau, secouant Thomas jusqu'aux os.

Parvenu au pied du premier bâtiment, il s'enfonça dans les buissons le long du mur. Il le suivit un moment sans rien trouver. Il s'arrêta à l'angle et regarda de l'autre côté : l'espace entre les constructions était occupé par une succession de cours. Mais il ne voyait toujours aucun moyen d'entrer.

Il longea les deux bâtiments suivants ; aux abords du quatrième, il entendit des voix et se laissa aussitôt tomber à plat ventre. Le plus silencieusement possible, il rampa sur le sol gelé en direction d'un gros buisson puis jeta un coup d'œil autour afin de repérer la source des voix.

Là. De gros tas de gravats jonchaient la cour, et derrière on apercevait un trou énorme dans le mur du bâtiment. Ce qui voulait dire que l'explosion s'était produite à l'intérieur. Une lumière diffuse s'échappait de la brèche, jetant des ombres irrégulières sur le sol. Assises au bord se trouvaient deux personnes habillées en civil. Des agents du Bras Droit.

Thomas se levait quand une main glacée se posa sur sa bouche et le tira brutalement en arrière. Un bras s'enroula autour de son torse et le traîna sur le sol ; ses pieds s'enfoncèrent dans la neige. Thomas rua, tenta de se débattre, mais son ravisseur était trop fort.

Ils tournèrent au coin du bâtiment et débouchèrent dans une autre petite cour, où Thomas fut jeté sur le ventre. Son ravisseur le retourna sur le dos et lui plaqua la main sur la bouche. Une deuxième silhouette s'accroupit devant lui.

Janson.

— Je suis très déçu, avoua l'homme-rat. On dirait que tout le monde ne joue pas dans la même équipe au sein de mon organisation.

Thomas continua de lutter vainement contre celui qui le clouait au sol.

Janson soupira.

— Nous allons devoir employer la manière forte, j'en ai peur.

CHAPITRE 65

Janson sortit un long couteau à lame fine qu'il examina, paupières plissées.

— Laisse-moi t'expliquer une bonne chose, petit. Je ne me suis jamais considéré comme quelqu'un de violent, mais tes amis et toi m'avez vraiment poussé à bout. Ma patience a des limites. Je vais quand même faire un effort pour rester calme. Contrairement à toi, j'essaie de voir au-delà de ma petite personne. Je veux sauver des vies, et rien ne m'empêchera de mener ce projet jusqu'à son terme.

Thomas s'obligea à se détendre. Se débattre ne lui avait rien apporté, et il devait garder son énergie pour l'instant où une occasion favorable se présenterait. L'homme-rat avait perdu la tête, c'était clair, et à en juger par son couteau il était résolu à reconduire Thomas dans la salle d'opération par tous les moyens.

— Là, c'est bien. Pas la peine de résister. Tu devrais être fier : ce seront toi et ton cerveau qui auront sauvé le monde, Thomas.

L'homme qui maintenait Thomas – un costaud aux cheveux bruns – prit la parole.

— Je vais te libérer la bouche, gamin. Un seul cri et le professeur Janson t'enfonce sa lame entre les côtes. Compris ? On a besoin de toi vivant, mais pas forcément indemne.

Thomas acquiesça de la tête le plus calmement possible. L'homme le relâcha et s'assit par terre.

— Brave petit.

Thomas saisit sa chance. Il détendit violemment la jambe vers la droite et son pied cueillit Janson en plein visage. La tête du professeur partit en arrière et il s'étala de tout son long. Le brun tenta de plaquer Thomas, mais ce dernier se déroba et envoya un nouveau coup de pied à Janson, visant cette fois la main qui tenait le couteau. L'arme lui échappa des doigts, glissa sur le sol et s'arrêta contre le mur du bâtiment.

Thomas porta son attention sur le couteau. Le brun n'eut pas besoin de plus : il bondit sur Thomas, lequel retomba en arrière sur Janson. Écrasé sous leur poids, Janson s'efforça tant bien que mal de se dégager tandis que Thomas se défendait désespérément. Une décharge d'adrénaline parcourut tout son corps. Il hurla, repoussa et cogna ses deux adversaires. Il parvint à leur échapper et plongea en direction du couteau. Il atterrit juste à côté, le saisit et fit volte-face, s'attendant à une attaque immédiate. Mais les deux hommes se relevaient à peine, manifestement abasourdis par ce déchaînement de force.

Thomas se releva à son tour, l'arme au poing.

— Laissez-moi tranquille. Fichez le camp, et laissez-moi tranquille. Si vous approchez, je vous jure que je vous trucide tous les deux avec ce truc.

— C'est du deux contre un, petit, observa Janson. Je me moque bien que tu aies un couteau.

— Vous savez de quoi je suis capable, rétorqua Thomas en essayant de paraître aussi dangereux qu'il avait l'impression de l'être. Vous m'avez vu à l'œuvre dans le Labyrinthe et dans la Terre Brûlée.

L'ironie de la situation lui donnait presque envie de rire. Ils avaient fait de lui un tueur... afin de sauver des vies ?

Le costaud ricana.

— Si tu crois que...

Thomas arma son bras et lança le couteau comme il avait vu Gally le faire, en le tenant par la pointe. L'arme tournoya dans les airs avant de se ficher dans le cou de l'homme. Au début, il n'y eut pas de sang; puis l'homme leva la main, l'air stupéfait, et arracha l'arme. Le sang se mit à gicler, à grands jets rythmés par les battements de son cœur. Il ouvrit la bouche, mais avant d'avoir pu dire quoi que ce soit, il s'écroula à genoux.

— Espèce de sale petit…, murmura Janson, les yeux écarquillés d'horreur devant le sort de son collègue.

Choqué par ce qu'il avait fait, Thomas resta d'abord pétrifié, mais Janson tourna la tête vers lui et le charme fut rompu. Thomas s'élança hors de la cour et contourna le bâtiment. Il devait retourner à la brèche et pénétrer à l'intérieur.

— Thomas! cria Janson. (Thomas l'entendit se ruer à sa poursuite.) Reviens ici! Tu ne sais plus ce que tu fais!

Thomas dépassa le buisson derrière lequel il s'était caché et fonça vers le grand trou dans le flanc du bâtiment. Un homme et une femme se tenaient à proximité, accroupis dos à dos. En apercevant Thomas, ils s'empressèrent de se lever.

— Je suis Thomas! leur cria-t-il, devançant leurs questions. Je suis de votre côté!

Il se retourna et vit Janson arriver en courant à une quinzaine de mètres derrière lui.

— On te cherche partout, dit l'homme. Mais on pensait que tu serais là-dedans.

Il indiqua la brèche dans le mur.

— Où sont les autres? demanda Thomas, haletant. Où est Vince?

Il savait que Janson se rapprochait. Il se retourna face à l'homme-rat, dont le visage était déformé par une rage inhabituelle. Il avait déjà vu cette expression… chez Newt. L'homme-rat avait contracté la Braise.

Essoufflé, Janson cracha :

— Ce garçon… appartient… au WICKED. Rendez-le-moi.

La femme ne broncha pas.

— Si tu savais ce qu'on s'en fout, du WICKED, vieux débris! À ta place, je me tirerais vite fait, et je ne retournerais pas à l'intérieur. Tes collègues sont en train de passer un mauvais quart d'heure là-dedans.

L'homme-rat ne répondit pas. Il resta là, pantelant, à regarder tour à tour Thomas et les autres.

— Vous ne comprenez rien, dit-il. Votre arrogance va causer notre perte à tous. J'espère que vous y penserez quand vous grillerez en enfer.

Là-dessus, il tourna les talons et disparut dans la nuit.

— Qu'est-ce que tu lui as fait pour l'énerver comme ça ? voulut savoir la femme.

— C'est une longue histoire. Il faut que je parle à Vince, ou à votre chef. Je dois retrouver mes amis.

— Doucement, petit, intervint l'homme. Les choses se sont un peu calmées, tu vois ? Les gars sont en pleine pose pour l'instant.

— En pose ? répéta Thomas.

— C'est ça.

— Qu'est-ce que ça veut dire ?

— Je te parle d'explosifs, imbécile. On va faire sauter tout le bâtiment. Histoire de montrer à ce bon vieux WICKED qu'on n'est pas venus pour rigoler.

CHAPITRE 66

Tout se clarifia instantanément dans l'esprit de Thomas. Il y avait chez Vince une forme de fanatisme dont il n'avait pas pris conscience auparavant. Sans oublier la manière dont le Bras Droit avait traité Thomas et ses amis dans le van, après leur arrestation au pied du berg. Et puis, pourquoi possédaient-ils tant d'explosifs et si peu d'armes conventionnelles ? Cela n'avait aucun sens, à moins que leur but ne soit de détruire, et non de réussir un coup d'État. Le Bras Droit et lui n'étaient pas tout à fait sur la même longueur d'onde. Peut-être étaient-ils convaincus de la pureté de leurs intentions, mais Thomas commençait à comprendre que l'organisation avait un objectif plus trouble.

Il allait devoir manœuvrer prudemment. Le plus important dans l'immédiat consistait à sauver ses amis puis retrouver et libérer les autres prisonniers.

La voix de la femme interrompit le cours de ses pensées.

— Ça turbine sec sous ton crâne, on dirait.

— Oui… désolé. La mise à feu est prévue pour quand ?

— Bientôt, j'imagine. Ça fait des heures qu'ils posent les explosifs. Ils voudraient les déclencher tous en même temps, mais je ne suis pas sûre qu'ils en aient la compétence.

— Et les gens qui sont à l'intérieur ? Et ceux qu'on est venus délivrer ?

Les deux échangèrent un regard, puis haussèrent les épaules.

— Vince espère réussir à faire sortir tout le monde.

— Comment ça ?

— Il l'espère, c'est tout.

— J'ai besoin de lui parler.

Ce que Thomas voulait vraiment, c'était rejoindre Minho et Brenda. Bras Droit ou non, il savait ce qu'ils avaient à faire : regagner le Labyrinthe et conduire tous ceux qui s'y trouvaient jusqu'au transplat.

La femme indiqua le trou dans le mur du bâtiment.

— En passant par là, tu trouveras une zone à peu près nettoyée. Vince sera probablement dans le coin. Mais fais gaffe : le WICKED a planqué des hommes un peu partout.

— Je ferai attention, promit Thomas en se tournant vers la brèche.

Elle s'arrondissait au-dessus de lui, gueule noire et poussiéreuse qui ne demandait qu'à l'avaler. Il n'y avait plus d'alarmes, plus de lampes rouges clignotantes. Il se glissa à l'intérieur.

*

Au début Thomas ne vit ni n'entendit plus rien. Il marchait en silence, les sens aux aguets. Mais quand il s'avança un peu dans le bâtiment, un éclairage diffus lui permit de distinguer une porte ouverte au fond du couloir. Il s'en approcha et jeta un coup d'œil à l'intérieur. Il découvrit une grande salle avec plusieurs tables couchées sur le côté, comme des barricades ; des gens se tenaient accroupis derrière.

Comme tous les regards étaient rivés sur une haute porte au fond de la salle, personne ne fit attention à lui, hors de vue dans le couloir. En passant la tête à l'intérieur, il put repérer Vince et Gally derrière l'une des tables mais ne reconnut personne d'autre. Un petit bureau donnait sur un côté de la pièce ; une dizaine de personnes au moins étaient tapies à l'intérieur. Thomas eut beau les regarder, il ne parvint pas à distinguer leurs traits.

— Hé ! chuchota-t-il. Hé, Gally !

Le garçon se retourna aussitôt, cherchant Thomas du regard. Quand il l'eut trouvé, il plissa les yeux, comme s'il avait peur qu'ils ne lui jouent des tours.

Thomas jeta un dernier regard autour de lui pour s'assurer qu'il ne courait aucun danger immédiat; puis il se courba, courut jusqu'à la table et se laissa tomber à côté de son vieil ennemi. Il avait tellement de questions à lui poser qu'il ne savait pas par où commencer.

— Où étais-tu passé? lui demanda Gally. Qu'est-ce qu'ils t'ont fait?

Vince lui jeta un regard noir.

Thomas ne savait pas quoi répondre.

— Des… des examens. Écoutez, je sais où ils ont enfermé les immunisés. Vous ne pouvez pas tout détruire avant qu'on n'ait réussi à les faire sortir.

— Alors, va les chercher, dit Vince. On tient là une occasion unique, et je n'ai pas l'intention de la gâcher.

— Dites, c'est vous qui avez conduit certaines de ces personnes ici!

Thomas quêta du regard le soutien de Gally, mais n'obtint pour toute réponse qu'un haussement d'épaules.

Il allait devoir se débrouiller sans eux.

— Où sont Brenda, Minho et les autres? demanda-t-il.

Gally eut un hochement de tête en direction du bureau attenant.

— Là-dedans. Ils ont dit qu'ils ne bougeraient pas tant qu'on ne t'aurait pas retrouvé.

Tout à coup, Thomas se sentit désolé pour son ancien camarade défiguré.

— Viens avec moi, Gally. Tes copains font ce qu'ils veulent, mais ta place est avec nous. Tu n'aurais pas voulu que quelqu'un intervienne pour nous sauver quand on était enfermés dans le Labyrinthe?

— Ce n'est même pas la peine d'y penser, cracha Vince. Thomas, tu connaissais nos objectifs en venant ici. Si tu nous tournes le dos maintenant, je considérerai ça comme une trahison. Tu deviendras une cible.

Thomas resta focalisé sur Gally. Il lut dans ses yeux une tristesse qui lui brisa le cœur. Ainsi qu'autre chose, qu'il voyait pour la première fois : de la confiance. Une confiance authentique.

— Viens avec nous, insista-t-il.

Un sourire se forma sur le visage de son vieil ennemi, qui lui donna la dernière réponse à laquelle Thomas s'attendait :

— D'accord.

Sans laisser à Vince le temps de réagir, Thomas attrapa Gally par le bras et l'entraîna jusqu'au bureau dans lequel ils s'engouffrèrent.

Minho fut le premier à les accueillir. Il serra Thomas dans ses bras pendant que Gally les regardait d'un air gêné. Puis les autres approchèrent. Brenda, Jorge, Teresa. Et même Aris. Thomas se retrouva pris dans un tourbillon d'étreintes, de paroles de soulagement ou de bienvenue qui lui donna le tournis. Il fut particulièrement heureux de revoir Brenda, qu'il serra plus longuement contre lui que tous les autres. Malgré tout, il restait conscient de ce que l'heure n'était pas aux effusions.

Il se détacha de la jeune fille.

— Je n'ai pas le temps de vous expliquer en détail maintenant. On doit délivrer les immunisés emprisonnés par le WICKED, puis partir avec eux par un transplat qu'on m'a indiqué. On a intérêt à faire vite, parce que le Bras Droit a l'intention de faire sauter tout le complexe.

— Et où sont-ils, ces immunisés ? demanda Brenda.

Thomas n'aurait jamais cru dire un jour ce qu'il lui répondit.

— On va devoir retourner dans le Labyrinthe.

CHAPITRE 67

Thomas leur montra la lettre qu'il avait trouvée à côté de lui en salle de réveil. Il leur suffit d'un instant pour convenir – même Teresa et Gally – d'abandonner le Bras Droit et de tenter leur chance de leur côté. Dans le Labyrinthe.

Brenda jeta un coup d'œil sur le plan de Thomas et déclara connaître le chemin. Elle lui passa un couteau, qu'il empoigna fermement en se demandant si sa survie dépendrait de cette simple lame. Puis ils sortirent du bureau et coururent vers la porte du fond pendant que Vince et les autres leur criaient de revenir, qu'ils étaient cinglés et qu'ils allaient se faire tuer. Thomas ne leur prêta pas attention.

La porte était entrebâillée. Thomas fut le premier à se glisser de l'autre côté. Il s'accroupit, prêt à essuyer une attaque, mais le couloir était désert. Quand ses compagnons le rejoignirent, il décida de sacrifier la discrétion au profit de la vitesse et piqua un sprint dans le couloir. L'éclairage de secours jetait sur les lieux une lumière sépulcrale, comme si les fantômes de toutes les victimes du WICKED hantaient les recoins. Mais Thomas avait plutôt le sentiment qu'ils seraient de son côté.

Guidés par Brenda, ils tournèrent à la première intersection, descendirent une volée de marches, empruntèrent un raccourci par un ancien cagibi, puis un autre couloir. Encore un escalier. À droite, puis à gauche. Thomas avançait à vive allure, attentif au moindre signe de danger. Il ne s'arrêtait jamais, ne ralentissait pas pour reprendre son souffle, ne doutant pas un seul instant des indications de Brenda. Il était de retour dans la peau d'un coureur, et malgré tout, c'était une sensation très agréable.

Ils arrivèrent au bout d'un couloir et prirent à droite. Thomas n'avait pas fait trois pas que quelqu'un surgit de nulle part, le saisit par les épaules et le projeta au sol.

Il roula sur lui-même et tenta de repousser son agresseur. Il entendit des cris et des bruits de lutte. Il faisait sombre, Thomas distinguait à peine contre qui il se battait. Il envoya des coups de poing, des coups de pied, fendit l'air avec son couteau et sentit qu'il touchait quelque chose. Une femme hurla. Il se prit un poing dans la joue droite, et une masse dure s'enfonça dans le haut de sa cuisse.

Thomas banda ses muscles, puis poussa de toutes ses forces. Son agresseur se cogna contre le mur avant de lui sauter dessus encore une fois. Ils roulèrent au sol, heurtèrent deux autres personnes engagées dans un corps à corps. Tenir le couteau réclamait toute sa concentration, et il continuait à frapper à l'aveuglette, mais ce n'était pas facile en étant collé à son adversaire. Il envoya un direct du gauche, cueillit son agresseur sous le menton puis profita du bref répit que cela lui valut pour lui enfoncer son couteau dans le ventre. Nouveau hurlement... une femme encore, très certainement la personne qui l'attaquait. Il la repoussa loin de lui, pour de bon cette fois.

Thomas se releva et regarda autour de lui pour chercher qui aider. Dans l'éclairage diffus, il vit Minho à califourchon sur son adversaire, en train de le rouer de coups ; l'autre n'opposait aucune résistance. Brenda et Jorge s'étaient ligués contre un autre garde, que Thomas vit se relever d'un bond et s'enfuir en courant. Teresa, Harriet et Aris étaient adossés contre un mur, en train de reprendre leur souffle. Tout le monde s'en était sorti.

Ils ne pouvaient pas rester là.

— Venez ! cria-t-il. Minho, laisse-le !

Son ami lâcha encore quelques crochets pour faire bonne mesure, puis se leva, non sans décocher un dernier coup de pied à sa victime.

— C'est bon, on peut y aller.

Le petit groupe repartit au pas de course.

*

Ils dévalèrent un dernier escalier quatre à quatre et s'arrêtèrent en se bousculant dans la salle tout en bas. Thomas se figea, sous le choc, en comprenant où il se trouvait. C'était la salle qui abritait les nacelles des Griffeurs, celle où ils avaient débouché en s'évadant du Labyrinthe. La baie vitrée de la salle d'observation n'avait pas été réparée ; des fragments de verre gisaient partout sur le sol. La quarantaine de nacelles oblongues dans lesquelles les Griffeurs venaient se reposer et se recharger ne semblaient pas avoir été rouvertes depuis le passage des blocards, plusieurs semaines auparavant. Une épaisse couche de poussière ternissait leur surface blanche.

Thomas savait que, comme membre du WICKED, il avait passé des heures et des heures dans cet endroit lorsqu'il travaillait à la construction du Labyrinthe, et il en ressentit toute la honte.

Brenda indiqua l'échelle qu'ils allaient devoir emprunter. Thomas frémit en se rappelant leur glissade au bas du toboggan des Griffeurs. Ils auraient pu tout aussi bien descendre par une échelle.

— Pourquoi il y a personne ? demanda Minho. (Il fouilla la salle du regard.) S'ils retiennent des gens là-dedans, pourquoi ne pas avoir posté des gardes ?

Thomas réfléchit à la question.

— À quoi bon des soldats quand on a le Labyrinthe ? Ça nous a pris du temps pour trouver la sortie.

— Je ne sais pas, insista Minho. Il y a un truc qui ne me plaît pas.

Thomas haussa les épaules.

— Oui, mais rester ici ne risque pas de nous aider. À moins que tu n'aies une suggestion utile, je propose de grimper là-haut et de faire sortir tout le monde.

— Une suggestion utile? Que dalle!

— Alors, on monte.

*

Une fois au sommet de l'échelle, Thomas se hissa dans un autre endroit familier : le tunnel avec l'ordinateur sur lequel il avait tapé le code d'extinction des Griffeurs. Chuck était alors avec eux, et quoique terrifié il s'était montré courageux. Et moins d'une heure après il était mort. Le chagrin serra le cœur de Thomas.

— *Home, sweet home*, murmura Minho.

Il indiquait une ouverture ronde au-dessus d'eux. Le trou qui donnait sur la Falaise. Quand le Labyrinthe était encore opérationnel, il était dissimulé par un hologramme afin de se fondre dans le faux ciel qui s'étendait à perte de vue au pied du gouffre. Mais le système était éteint, désormais, et Thomas apercevait les murs du Labyrinthe à travers l'ouverture. On avait placé un escabeau juste en dessous.

— Je n'arrive pas à croire qu'on y revienne, dit Teresa en rejoignant Thomas.

Sa voix lugubre faisait écho au propre sentiment de Thomas.

Curieusement, cette simple déclaration fit sentir au garçon qu'ils allaient enfin dans le même sens tous les deux. Ils essayaient de sauver des vies. Il avait très envie de le croire.

Il se tourna vers elle.

— C'est dingue, hein?

Elle lui sourit pour la première fois depuis… combien de temps? Il ne s'en souvenait plus.

— Dingue.

Il y avait tant de choses que Thomas ne se rappelait plus – à propos de lui, ou d'elle –, mais elle était là, désireuse de l'aider, et il ne pouvait rien demander de plus.

— On y va? fit Brenda.

— Oui, approuva Thomas.

Il passa en dernier. Quand tous les autres furent sortis, il escalada l'escabeau, se hissa au bord du trou, puis franchit les deux planches disposées là pour rejoindre la Falaise. Au-dessous de lui, à la place de ce qui avait toujours ressemblé à un vide vertigineux, s'étendait une zone d'entretien aux murs noirs. Thomas leva les yeux vers le Labyrinthe et prit un moment pour comprendre ce qu'il voyait.

À la place du ciel d'un bleu éclatant se trouvait maintenant un plafond gris et terne. Mais en revoyant les immenses murs tapissés de lierre, il eut le souffle coupé. Ils avaient toujours été impressionnants, même sans le secours de l'illusion, et ils se dressaient à présent au-dessus de lui comme des monolithes, verts, gris et tout fissurés. Comme s'ils allaient tenir debout encore mille ans, pareils à de gigantesques pierres tombales symbolisant la mort de dizaines de victimes.

Il était de retour.

CHAPITRE 68

Cette fois, ce fut Minho qui prit la tête, courant le torse bombé, manifestant dans toute son attitude la fierté qu'il avait éprouvée pendant ces deux ans où il avait régné sur les couloirs du Labyrinthe. Thomas le talonnait, en se dévissant le cou pour regarder les murs de lierre se dresser majestueusement vers le plafond gris. C'était une sensation étrange de se retrouver là, après tout ce qui s'était passé depuis leur évasion.

Personne ne dit grand-chose sur le chemin du Bloc. Thomas se demandait ce que Brenda et Jorge pensaient du Labyrinthe. Il devait leur paraître gigantesque : un scaralame ne pouvait pas restituer des dimensions pareilles dans les salles d'observation. Et il s'imaginait facilement les mauvais souvenirs qui se bousculaient sans doute dans la tête de Gally.

Ils arrivèrent en vue de la porte est du Bloc. Thomas chercha du regard l'endroit où il avait attaché Alby dans le lierre et repéra la masse de lianes enchevêtrées. Tant d'efforts pour sauver leur ancien chef... et le voir mourir quelques jours plus tard, sans s'être vraiment remis de la Transformation.

Une vague de colère lui parcourut les veines, comme du feu liquide.

Ils parvinrent devant l'immense entrée, et Thomas ralentit, retenant son souffle. Des centaines de personnes allaient et venaient dans le Bloc. Il fut horrifié de voir plusieurs enfants et même quelques nourrissons dans la foule. Il fallut un moment pour que la nouvelle de leur arrivée se répande à mi-voix à travers la marée d'immunisés. Bientôt, tous les regards furent tournés vers eux et un silence pesant s'abattit sur le Bloc.

— Tu savais qu'il y en aurait autant ? demanda Minho à Thomas.

On voyait des gens partout ; les blocards n'avaient jamais été aussi nombreux. Mais ce qui frappait Thomas, surtout, c'était la vision du Bloc en lui-même. La vieille bicoque qu'ils appelaient la ferme, le bosquet pathétique, l'abattoir, les champs désormais envahis par les mauvaises herbes. La salle des cartes incendiée, avec sa porte en fer noircie et encore entrebâillée. De l'endroit où il se tenait, il pouvait même apercevoir le gnouf. Une bouffée d'émotion menaçait de le submerger.

— Pas bientôt fini de rêvasser ? grogna Minho en claquant des doigts. Je t'ai posé une question.

— Hein ? Non… Il y en a tellement ; avec autant de monde, l'endroit paraît beaucoup plus petit que quand on y était.

Leurs amis ne mirent pas longtemps à se manifester. Poêle-à-frire. Clint, le medjack. Sonya et plusieurs autres filles du groupe B. Ils coururent les accueillir, et bientôt tout le monde se tombait dans les bras.

Poêle-à-frire donna une bourrade à Thomas.

— Non mais, tu réalises où ils m'ont renvoyé ? Et pas question de cuisiner, hein, on nous envoie simplement des plats tout préparés trois fois par jour. La cuisine ne marche même plus… Pas d'électricité, plus rien.

Thomas rit.

— Toi qui te plaignais de devoir nourrir une cinquantaine de gars, j'aimerais bien te voir essayer de nourrir cette armée !

— Très drôle, Thomas. Tu as toujours été un marrant. Je suis bien content de vous revoir. (Puis il écarquilla les yeux.) Gally ? Gally est avec vous ? Il est en vie ?

— Content de te revoir, moi aussi, répondit sèchement Gally.

Thomas tapota Poêle-à-frire dans le dos.

— C'est une longue histoire. Il fait partie des gentils, maintenant.

Gally ricana, mais s'abstint de tout commentaire.

Minho s'avança.

— Très bien, passons aux choses sérieuses. Comment va-t-on embarquer tout ce monde, mec?

— Ça ne devrait pas être trop difficile, lui assura Thomas.

En réalité, la perspective de conduire une foule pareille à travers le Labyrinthe et le quartier général du WICKED jusqu'au transplat ne lui disait rien qui vaille. Mais il faudrait bien en passer par là.

— Du plonk, oui! s'exclama Minho. Ça se lit dans tes yeux.

Thomas sourit.

— Bah, au moins on sera plus nombreux pour se battre.

— Tu as vu ces tocards? protesta Minho, l'air dégoûté. La moitié sont plus jeunes que nous, et les autres n'ont sans doute jamais vu une partie de bras de fer de leur vie, alors je ne te parle pas d'une bagarre à mains nues.

— Allons, l'union fait la force, répondit Thomas.

Il appela Teresa et Brenda.

— C'est quoi, le plan? demanda Teresa.

Si elle était vraiment de leur côté, Thomas allait avoir besoin d'elle... et des souvenirs qu'elle avait récupérés.

— Je propose de constituer plusieurs groupes, déclara-t-il à la cantonade. Il doit bien y avoir quatre ou cinq cents personnes, alors... faisons des groupes de cinquante. Avec un blocard ou un membre du groupe B à la tête de chacun d'eux. Teresa, sais-tu comment atteindre la salle de maintenance désaffectée?

Il lui montra le plan, et après l'avoir étudié elle acquiesça de la tête.

Thomas continua :

— Alors, j'aiderai à faire avancer tout le monde pendant que Brenda et toi ouvrirez la marche. Les autres s'occuperont de leurs groupes. Sauf Minho, Jorge et Gally. Je crois que vous devriez couvrir nos arrières.

— Ça me paraît bien, dit Minho avec un haussement d'épaules.

Bizarrement, il avait l'air de s'ennuyer.

— Compte sur moi, mec, fit Jorge.

Gally se contenta de hocher la tête.

Ils passèrent les vingt minutes suivantes à répartir les immunisés en groupes et à les faire mettre en rangs. Ils s'appliquèrent tout particulièrement à constituer des groupes équilibrés en termes d'âge et de force. Les immunisés se plièrent de bonne grâce aux instructions dès qu'ils eurent compris que les nouveaux venus étaient là pour les sauver.

Une fois les groupes formés, Thomas et ses amis s'alignèrent devant la porte est. Thomas agita les bras pour réclamer l'attention.

— Écoutez-moi! cria-t-il. Le WICKED a l'intention de vous utiliser à des fins scientifiques. Plus précisément, votre corps… et surtout votre cerveau. Voilà des années qu'il analyse les gens et collecte des données dans l'espoir de développer un remède contre la Braise. Aujourd'hui, c'est votre tour de passer sous le microscope, mais vous méritez mieux qu'une existence de rats de laboratoire. Vous et nous, on représente l'avenir, sauf que l'avenir ne sera pas comme le WICKED l'avait rêvé. C'est pour ça qu'on est là. Pour vous emmener loin d'ici. Nous allons devoir traverser plusieurs bâtiments pour arriver à un transplat qui doit nous conduire en sécurité. En cas d'attaque, il faudra nous défendre. Que chacun reste avec son groupe, et que les plus forts se chargent de protéger les…

Ses derniers mots furent noyés dans un craquement de tonnerre… le bruit d'une roche qui se fendait. Puis plus rien. Hormis l'écho que renvoyaient les murs géants.

— C'était quoi, ça? s'écria Minho, levant les yeux vers le plafond.

Thomas balaya du regard le Bloc, les murs du Labyrinthe qui se dressaient derrière lui, mais tout semblait en ordre. Il allait reprendre son discours quand un autre craquement retentit, puis un troisième. Un grondement caverneux roula à travers le Bloc, d'abord sourd, puis de plus en plus fort. Le sol se mit à trembler, comme si le monde était sur le point de s'écrouler.

Les immunisés tournaient sur eux-mêmes, cherchant l'origine du bruit, et Thomas vit la panique gagner les rangs. La situation allait bientôt lui échapper. Une violente secousse ébranla le sol. Le fracas – tonnerre et éboulement – augmenta de volume, et des cris commencèrent à s'élever de la masse des gens rassemblés devant lui.

Tout à coup, Thomas comprit.

— Les explosifs!

— Quoi? cria Minho.

Thomas échangea un regard avec son ami.

— C'est le Bras Droit!

Un grondement assourdissant secoua le Bloc, et Thomas fit volte-face. Un immense pan de mur se détachait à gauche de la porte est, faisant voler des moellons dans tous les sens. Il parut osciller un instant en équilibre instable, puis s'inclina vers le sol.

Avant que Thomas ne puisse crier un avertissement, le mur s'abattit sur un groupe de personnes et les broya sous son poids. Thomas resta là, stupéfait, à regarder le sang s'écouler sous les éboulis et s'accumuler en flaques sur le sol de pierre.

CHAPITRE 69

Les blessés hurlaient. Les grondements de tonnerre et le fracas des roches brisées se mêlaient en un concert horrible, tandis que le sol continuait à trembler sous les pieds de Thomas. Le Labyrinthe se désagrégeait autour d'eux. Ils devaient filer au plus vite.

— Courez! cria-t-il à Sonya.

Elle partit comme une flèche dans les couloirs du Labyrinthe. Ceux de son groupe la suivirent sans se faire prier.

Thomas trébucha, reprit l'équilibre et courut vers Minho.

— Occupe-toi des traînards! Teresa, Brenda et moi, on passe devant!

Minho acquiesça de la tête en le poussant vers la sortie. Thomas jeta un dernier coup d'œil à la ferme et la vit s'ouvrir en deux comme une bogue tandis que sa charpente s'effondrait dans un nuage de poussière et d'éclats de bois. Il aperçut aussi la salle des cartes, dont les murs en béton tombaient en miettes.

Il n'y avait pas un instant à perdre. Il retrouva Teresa dans la foule et l'entraîna derrière lui jusqu'à la porte. Brenda se tenait là, faisant de son mieux avec Jorge pour organiser le départ des groupes et prévenir une ruée générale au cours de laquelle la moitié des fuyards se ferait piétiner.

Un autre craquement dévastateur retentit au-dessus d'eux; Thomas leva les yeux et vit un bout de mur s'écrouler sur les champs. Personne ne se trouvait dessous, heureusement.

Toutefois, il comprit avec horreur que le plafond ne tarderait plus à s'effondrer à son tour.

— Fonce! lui cria Brenda. Je te suis!

Teresa le tira sans ménagement par le bras, et tous trois franchirent la porte au pas de course et s'enfoncèrent dans le Labyrinthe, zigzaguant entre les fuyards qui couraient tous dans la même direction. Thomas dut piquer un sprint pour ne pas se faire distancer par Sonya; soit elle avait été coureuse dans le groupe B, soit elle se rappelait la disposition des lieux aussi bien que lui, à supposer qu'elle soit identique dans les deux labyrinthes.

Le sol ne cessait de trembler et tressautait violemment à chaque explosion. Les gens tombaient, se relevaient et repartaient dans la foulée. Thomas les contournait ou les esquivait sans ralentir; il dut même sauter par-dessus quelqu'un, une fois. Des blocs rocheux se détachaient des murs. Il en vit un toucher un garçon à la tête et le projeter par terre. Plusieurs personnes se penchèrent sur lui et tentèrent de le relever, mais il saignait tellement que Thomas vit tout de suite qu'il était trop tard.

Il rejoignit Sonya et la dépassa pour guider le groupe, virage après virage.

La sortie n'était plus très loin. Thomas espérait que le Labyrinthe avait été touché le premier et que le reste du complexe était encore intact. Tout à coup, le sol se cabra sous lui tandis qu'un fracas assourdissant résonnait dans l'air. Il s'étala de tout son long, se releva précipitamment. À une trentaine de mètres devant lui, le sol venait de s'ouvrir; il le vit exploser, projetant une pluie de rocaille et de poussière dans toutes les directions.

Il ne s'arrêta pas. Avisant un passage étroit entre le mur et le cratère, il s'y engouffra, Teresa et Brenda sur les talons. Mais il savait que ce goulet d'étranglement ralentirait les autres.

— Grouillez-vous! leur cria-t-il.

Il ralentit afin de prendre la mesure de la situation et lut du désespoir dans tous les regards.

Sonya émergea de leur côté, puis s'arrêta pour aider les autres, en les attrapant par la main. Le passage s'effectua plus vite que Thomas n'avait osé l'espérer, et il repartit à toute allure en direction de la Falaise.

Ils arrivèrent dans le long couloir qui y menait. Au-delà, on distinguait le plafond gris, les murs noirs, le trou de la sortie... ainsi qu'une grande fissure en train de s'élargir à travers le ciel en trompe l'œil.

Thomas se retourna vers Sonya et les autres.

— Vite ! Dépêchez-vous !

Quand ils approchèrent, il constata qu'ils étaient terrifiés. Des visages livides, déformés par la peur, des gens qui tombaient et se relevaient. Un garçon qui ne devait pas avoir plus de dix ans traînait une femme jusqu'à ce qu'elle réussisse enfin à se remettre debout. Un rocher de la taille d'une voiture se décrocha du mur, faucha un homme et l'envoya voler à plusieurs mètres de là. Frappé d'horreur, Thomas n'en continua pas moins à courir, sans cesser de hurler des encouragements à tout le monde autour de lui.

Il atteignit la Falaise. Les deux planches étaient toujours en place. Sonya fit signe à Teresa de traverser la passerelle de fortune et de sauter dans l'ancien trou des Griffeurs. Puis Brenda fit passer son groupe.

Thomas attendit au bord de la Falaise, en dirigeant les gens vers la passerelle. C'était presque insupportable de les voir sortir du Labyrinthe avec une telle lenteur quand tout semblait sur le point de s'écrouler. L'un après l'autre, ils couraient sur les planches et se laissaient tomber dans le trou. Thomas se demanda si Teresa leur faisait prendre le toboggan plutôt que l'échelle pour les faire descendre plus vite.

— Vas-y ! cria Sonya à Thomas. Il faut quelqu'un en bas pour organiser la suite.

Thomas hocha la tête, même s'il avait l'impression de déserter ; il avait fait la même chose lors de leur première évasion, en laissant les blocards se battre sans lui, le temps d'aller taper le code. Mais il savait qu'elle avait raison. Il jeta un dernier regard au Labyrinthe : des morceaux de plafond se détachaient, des blocs crevaient le sol. Il ne voyait pas comment ils pourraient tous s'en sortir, et son cœur se serra quand il pensa à Minho, à Poêle-à-frire et aux autres.

Il se glissa dans la file des fuyards, monta sur les planches et sauta dans le trou. Après quoi, il évita la foule qui se pressait à l'entrée du toboggan et courut jusqu'à l'échelle. Il dégringola les barreaux le plus vite possible. Une fois en bas, il constata avec soulagement que les dégâts n'avaient pas encore atteint cette partie du complexe. Teresa se trouvait là, aidant les gens à se relever au bas du toboggan et leur désignant la direction à suivre.

— Je prends le relais ! lui cria-t-il. Passe devant pour les guider !

Il lui indiqua la grande porte.

Elle était sur le point de répondre quand elle remarqua quelque chose derrière lui. Ses yeux s'agrandirent de terreur, et Thomas se retourna.

Cinq nacelles blanches étaient en train de s'ouvrir. Leurs parties supérieures pivotaient sur leurs gonds comme des couvercles de cercueils.

CHAPITRE 70

— Écoute-moi ! cria Teresa. (Elle l'empoigna par les épaules pour l'obliger à la regarder.) Dans la queue des Griffeurs, il y a un interrupteur en forme de poignée. Il faut l'attraper à travers la peau et la tirer. Ça les met hors service.

Thomas acquiesça de la tête.

— Compris. Occupe-toi de faire sortir tout le monde !

Les nacelles continuaient de s'ouvrir. Thomas fonça vers la plus proche. Le couvercle était à moitié relevé ; il regarda à l'intérieur. Le corps flasque du Griffeur tremblait et frémissait, pompant des fluides et du carburant par des tubes reliés à ses flancs.

Thomas courut au bout de la nacelle, se hissa sur le rebord puis se pencha pour atteindre le Griffeur. Il plongea sa main à travers la peau visqueuse à la recherche du mécanisme décrit par Teresa. Grognant sous l'effort, il tâtonna jusqu'à sentir une poignée, qu'il tira de toutes ses forces. Il l'arracha d'un coup, et le Griffeur s'effondra au fond de la nacelle comme un bloc de gelée.

Jetant la poignée, Thomas courut jusqu'à la nacelle suivante, dont le couvercle s'abaissait au sol. Il lui suffit de quelques secondes pour arracher la poignée.

Tout en se précipitant vers une troisième nacelle, il jeta un coup d'œil en direction de Teresa. Elle continuait à aider les gens à se relever au bas du toboggan et les envoyait vers la porte. Ils arrivaient de plus en plus nombreux. Il vit déboucher Sonya, puis Poêle-à-frire, puis Gally. Minho arriva le dernier, en jaillissant du toboggan comme un missile. Thomas parvint devant la nacelle, dont le couvercle était complètement ouvert, et vit les tubes d'alimentation du Griffeur se détacher de lui l'un après l'autre. Il plongea sur la créature, enfonça le poing dans sa chair et tira la poignée.

Thomas se tourna vers la quatrième nacelle, dont le Griffeur était déjà en train de s'extraire. Sa partie avant glissait par-dessus le rebord, en déployant des appendices. Thomas eut à peine le temps de bondir et de se pencher dans la nacelle. Il enfonça la main sous la peau visqueuse et saisit la poignée. Une paire de lames en ciseaux visa sa tête. Il se baissa, arracha la pièce du corps de la créature et celle-ci mourut, retombant sur elle-même.

Thomas savait qu'il n'aurait pas le temps d'empêcher le dernier Griffeur d'émerger de sa nacelle. Il se retourna pour jauger la situation et le vit atterrir sur le sol avec un bruit mouillé. La créature détaillait la salle avec un petit œilleton qu'elle avait sorti de sa masse; puis, comme ses congénères l'avaient déjà fait si souvent devant Thomas, elle se roula en boule et sortit des piquants sur toute la surface de son corps. Après quoi, elle s'élança dans un grand rugissement mécanique. Des morceaux de béton arrachés par les pointes volèrent dans les airs, et Thomas, impuissant, ne put que regarder le Griffeur s'enfoncer parmi les malheureux rassemblés au pied du toboggan. Lames sorties, la créature fit plusieurs victimes avant même que celles-ci ne réalisent ce qui leur arrivait.

Thomas regarda autour de lui, à la recherche de n'importe quoi susceptible d'être utilisé comme arme. Un bout de tuyau long comme le bras s'était détaché du plafond. Il courut le ramasser. En se retournant vers le Griffeur, il vit que Minho s'était jeté sur lui et le rouait de coups de pied avec une férocité effrayante.

Thomas fonça vers le monstre en criant à tout le monde de s'écarter. Le Griffeur pivota dans sa direction comme s'il l'avait entendu et se dressa sur son abdomen boursouflé; deux appendices émergèrent de ses flancs, et Thomas s'arrêta net : l'un des bras se terminait par une scie circulaire, l'autre par une sorte de main dont les quatre doigts se prolongeaient par des lames.

— Minho, laisse-moi m'en occuper! cria-t-il. Fais sortir les autres et dis à Brenda de les conduire à la salle de maintenance.

Au même instant, il vit un homme qui rampait hors d'atteinte du Griffeur. Une longue tige jaillit de la créature et transperça son torse; il s'écroula en crachant du sang.

Thomas s'élança avec son tuyau, bien décidé à se frayer un passage entre les appendices pour parvenir à la poignée. Il y était presque quand Teresa surgit de la droite et se jeta sur le Griffeur. Celui-ci se mit en boule aussitôt, rétractant tous ses bras métalliques pour la plaquer contre sa peau.

— Teresa! hurla Thomas, ne sachant plus quoi faire.

Elle se tortilla pour le regarder.

— Va-t'en! Emmène les autres!

Elle se mit à piétiner et lacérer son adversaire, en enfonçant les mains dans sa chair grasse. Pour l'instant, elle ne semblait pas sérieusement blessée.

Thomas se rapprocha, guettant une ouverture par laquelle il puisse frapper la créature sans risquer d'atteindre son amie.

Teresa croisa son regard.

— Je t'ai dit de t'en...

Mais la fin de sa phrase se perdit. Le Griffeur venait de lui enfoncer le visage dans sa chair et la poussait de plus en plus loin, pour l'étouffer.

Thomas fixa la scène, sous le choc. Il y avait déjà eu trop de victimes. Il n'allait pas rester là et laisser Teresa se sacrifier. C'était hors de question.

Il poussa un grand cri, et avec toute l'énergie qu'il avait

en lui, il courut, bondit très haut et retomba en plein sur le Griffeur. La scie circulaire fondit sur lui ; il l'esquiva, bloquant l'attaque avec son tuyau. Le choc fut rude ; la scie se brisa et vola en éclats. Thomas l'entendit tinter contre le sol et glisser dans la salle. Il profita de son élan pour ramener le tuyau en arrière, et cette fois il l'enfonça profondément dans le corps de la créature, juste à côté de la tête de Teresa. Il l'arracha au prix d'un gros effort, puis le replongea dans la plaie, encore et encore.

Un appendice armé d'une pince s'abattit sur lui, le souleva et le balança à travers la salle. Il atterrit brutalement, roula sur lui-même et se releva d'un bond. Teresa avait réussi à dégager sa tête, elle s'était redressée sur les genoux et repoussait les bras métalliques du Griffeur. Thomas repartit à la charge et sauta sur la créature. Il se servit du tuyau pour écarter tout ce qui s'approchait de lui. Teresa continuait à batailler en dessous de lui. La créature se tortilla sur le flanc, pivota et projeta la jeune fille à trois bons mètres de distance.

Thomas attrapa un bras métallique, chassa la pince qui venait vers lui. Il tendit le bras vers la queue de la créature. Sa main s'enfonça dans la chair molle, tâtonnant à la recherche de la poignée. Quand une lame lui entailla le dos, une vive douleur lui parcourut le corps. Il continua à fouiller, à l'aveuglette. Plus il enfonçait sa main, et plus il avait l'impression de chercher dans une boue épaisse.

Enfin, ses doigts frôlèrent du plastique dur. S'étirant quelques centimètres de plus, il saisit la poignée, tira de toutes ses forces et roula loin du Griffeur. Relevant la tête, il vit Teresa aux prises avec deux lames qui s'agitaient juste sous son nez. Et tout à coup, un grand silence envahit la salle tandis que le moteur de la créature s'éteignait en crachotant. Le Griffeur s'affaissa, grosse masse oblongue de graisse et de rouages, dont les appendices protubérants retombèrent mollement.

Thomas reposa la tête par terre et inspira plusieurs fois à pleins poumons. Teresa s'agenouilla à côté de lui. On voyait à son expression qu'elle avait mal : elle était écorchée de partout, rouge, ruisselante de sueur, mais elle souriait.

— Merci, Tom, dit-elle.

— Pas de quoi.

Cet instant de répit paraissait trop beau pour être vrai.

Elle l'aida à se relever.

— Tirons-nous d'ici.

Minho achevait de faire sortir quelques traînards par la grande porte.

Il se plia en deux, les mains sur les genoux, pour reprendre son souffle.

— C'étaient les derniers, annonça-t-il, avant de se redresser en grognant. Enfin, des survivants. Je suppose que c'est pour ça que le WICKED nous a laissés entrer si facilement. Il comptait sur les Griffeurs pour nous tailler en pièces à la sortie. Bon, il faut que vous repassiez en tête et que vous aidiez Brenda à les guider.

— Elle va bien, alors? demanda Thomas, submergé par le soulagement.

— Mais oui! Elle est déjà là-haut.

Thomas s'avança, mais s'arrêta net avant d'avoir fait deux pas. Un grondement sourd retentit, venant de nulle part et de partout à la fois. La salle trembla quelques secondes.

— Je propose de ne pas traîner, dit-il.

Et il piqua un sprint, suivi de ses deux compagnons.

CHAPITRE 71

Au moins deux cents personnes étaient sorties du Labyrinthe, mais pour une raison que Thomas ignorait, elles avaient cessé de courir. Il se faufila entre elles dans le couloir bondé.

Il finit par repérer Brenda. Elle accourut à sa rencontre. Il la serra dans ses bras et l'embrassa sur la joue. Il aurait tout donné pour que cette aventure soit terminée et qu'ils soient enfin en sécurité.

— Minho m'a obligée à te laisser, lui expliqua-t-elle. Il m'a forcé la main, en me promettant de t'aider si tu en avais besoin. Il m'a dit que le plus important était de faire sortir tout le monde et que vous arriveriez à vous débrouiller sans moi face au Griffeur. J'aurais dû rester. Je suis désolée.

— C'est moi qui le lui avais demandé, répliqua Thomas. Tu as bien fait. Je t'assure. On sera bientôt tirés d'affaire.

Elle le poussa gentiment.

— Alors, dépêchons-nous.

— D'accord.

Il lui pressa la main et ils rejoignirent Teresa, qui remontait vers l'avant du groupe.

Le couloir était encore plus sombre qu'à l'aller, les rares ampoules intactes étaient ternes et n'arrêtaient pas de clignoter. Les gens qu'ils dépassaient attendaient dans l'angoisse, serrés les uns contre les autres. Thomas aperçut Poêle-à-frire, qui ne dit rien mais lui adressa un sourire d'encouragement, lequel tenait davantage du rictus, comme d'habitude. De temps en temps, le grondement d'une explosion lointaine ébranlait le bâtiment.

Quand ils arrivèrent en tête de colonne, ils découvrirent que les fugitifs s'étaient arrêtés devant un escalier, ignorant s'ils devaient monter ou descendre.

— C'est en haut, dit Brenda.

Sans hésiter, Thomas fit signe à tout le monde de le suivre et se mit à grimper, accompagné de Brenda.

Il refusait de succomber à la fatigue. Quatre étages, cinq, six. Il s'arrêta sur un palier, le temps de reprendre son souffle, et vit que les autres les suivaient. Brenda les fit passer une porte, emprunter un long couloir, tourner à gauche, à droite, puis prendre un autre escalier. Nouveau couloir, nouvel escalier, vers le bas, cette fois. Thomas espérait que la chancelière ne lui avait pas menti à propos du transplat.

Une explosion retentit au-dessus d'eux ; tout le bâtiment trembla, et Thomas fut projeté au sol. Un nuage de poussière le recouvrit, tandis que des bouts de faux plafond lui dégringolaient sur le dos. Grincements et craquements résonnaient de partout. Finalement, après une secousse de plusieurs secondes, le fracas s'apaisa et le calme revint.

Il s'assura que Brenda n'était pas blessée.

— Tout le monde va bien ? cria-t-il à la cantonade.

— Ça va ! lui répondit quelqu'un.

— Alors, on continue ! On y est presque !

Il aida Brenda à se relever et ils repartirent. Thomas pria pour que le bâtiment reste debout encore un petit moment.

*

Thomas, Brenda et ceux qui les suivaient parvinrent enfin dans la partie du bâtiment que la chancelière avait entourée d'un cercle sur son plan, la salle de maintenance désaffectée. D'autres bombes avaient explosé, chacune plus proche que la précédente. Mais aucune n'avait causé assez de dégâts pour les arrêter, et à présent ils touchaient au but.

La salle de maintenance se trouvait tout au fond d'un immense entrepôt. Des rangées d'étagères métalliques remplies de cartons s'alignaient à droite le long du mur. Thomas se dirigea de ce côté-là, puis fit signe à tout le monde d'entrer. Il voulait rassembler la totalité du groupe avant de le faire passer par le transplat. On ne voyait qu'une seule porte au fond de l'entrepôt : c'était forcément celle de la pièce qu'ils cherchaient.

— Continue à les faire entrer et dis-leur de se tenir prêts, recommanda-t-il à Brenda.

Puis il se précipita vers la porte. Si la chancelière Paige avait menti à propos du transplat, ou si quelqu'un au sein du WICKED ou du Bras Droit devinait ce qu'ils fabriquaient, ils étaient fichus.

La porte donnait sur une petite salle contenant des tables jonchées d'outils, de bouts de ferraille et de pièces détachées. Une grande bâche était accrochée au mur du fond. Thomas courut l'arracher. Derrière, il découvrit une surface grise scintillante encadrée d'un rectangle argenté, avec un boîtier de contrôle juste à côté.

Le transplat.

La chancelière avait dit la vérité.

Thomas laissa échapper un petit rire. Le WICKED – le chef du WICKED – l'avait aidé.

À moins que… Il se rendit compte qu'il devait s'assurer de l'endroit où conduisait le système avant d'y faire passer tout son monde. Thomas inspira profondément.

Il franchit d'un pas résolu la surface glaciale. Il émergea dans une cabane en bois, dont la porte était grande ouverte devant lui. Et au-delà, il aperçut… de la verdure. À perte de vue. De l'herbe, des arbres, des fleurs, des buissons. C'était amplement suffisant pour lui.

Tout excité, il retourna dans la salle de maintenance. Ils

avaient réussi, ils étaient pratiquement tirés d'affaire. Il ressortit au pas de course dans l'entrepôt.

— Venez! cria-t-il. Que tout le monde entre là-dedans! Ça marche! Dépêchez-vous!

Une explosion secoua les murs et les étagères métalliques. De la poussière et des débris se mirent à pleuvoir du plafond.

— Dépêchez-vous! répéta-t-il.

Déjà, Teresa encourageait les fugitifs à courir vers Thomas. Ce dernier les attendait à la porte de la salle de maintenance. Il prit par le bras la première personne à passer le seuil – une femme – pour la conduire devant la surface grise du transplat.

— Vous savez ce que c'est, j'imagine? dit-il.

Elle acquiesça, s'efforçant bravement de ne pas montrer son impatience de se mettre en sécurité.

— Je ne suis pas née de la dernière pluie, petit.

— Je peux vous demander de rester là et de faire passer tout le monde en bon ordre?

Elle blêmit, mais finit par hocher la tête.

— Ne vous en faites pas, la rassura Thomas. Restez là le plus longtemps possible, c'est tout.

Puis il courut à la porte.

D'autres se pressaient à l'entrée, il dut s'effacer devant eux.

— C'est juste là. Dégagez le passage en arrivant de l'autre côté!

Il se faufila dans la foule et ressortit dans l'entrepôt. Les fugitifs se massaient à la porte et entraient en file indienne dans la salle de maintenance. À l'arrière, Thomas aperçut Minho, Brenda, Jorge, Teresa, Aris, Poêle-à-frire et quelques membres du groupe B. Gally était là également. Thomas se fraya un chemin jusqu'à eux.

— Ils ont intérêt à se grouiller, grommela Minho. Les explosions se rapprochent de plus en plus.

— Cet endroit va bientôt s'écrouler, renchérit Gally.

Thomas scruta le plafond comme s'il s'attendait à le voir se lézarder d'une seconde à l'autre.

— Je sais. Je leur ai dit de faire vite. On sera bientôt en sécurité de l'autre…

— Tiens, tiens! Comme on se retrouve! cria une voix à l'autre bout de l'entrepôt.

Quelques exclamations de surprise s'élevèrent autour de Thomas, qui se retourna pour voir qui avait parlé. L'homme-rat venait de déboucher du couloir d'accès. Il était accompagné d'agents de sécurité du WICKED. Thomas en compta sept au total, ce qui voulait dire que ses amis et lui avaient encore l'avantage.

Janson s'arrêta et mit ses mains en porte-voix pour couvrir le grondement d'une nouvelle explosion.

— Drôle d'endroit pour vous cacher, alors que tout est en train de s'écrouler!

Des bouts de charpente métallique se détachèrent du plafond et s'écroulèrent bruyamment sur le sol.

— Vous savez ce qu'il y a là-dedans! lui cria Thomas. C'est trop tard… tout le monde est en train de passer!

Janson sortit un couteau et le fit miroiter à la lumière. Comme en réponse à un signal, ses acolytes dévoilèrent des armes similaires.

— Mais nous pouvons peut-être en retenir quelques-uns, dit Janson. Et justement, il semble que nous ayons les plus forts et les plus malins juste devant nous. Dont notre Candidat final, excusez du peu! Celui dont nous avons le plus besoin, mais qui refuse de coopérer.

Thomas et ses amis s'étaient déployés en ligne entre les derniers fugitifs et les gardes. Ils cherchèrent par terre tout ce qui pouvait ressembler à une arme de fortune : tuyau, longue vis, morceau de grille métallique. Thomas repéra un gros bout de câble qui se terminait par des barbillons à l'aspect redoutable. Il s'en saisit à l'instant où une nouvelle explosion ébranlait l'entrepôt, envoyant plusieurs étagères se fracasser au sol.

— Une vraie bande de durs à cuire! railla l'homme-rat,

les traits déformés par la rage, la bouche tordue en un rictus féroce. Je suis terrifié, je dois le reconnaître !

— Fermez un peu votre grande gueule, et finissons-en ! lui cria Minho.

Janson posa son regard froid et dément sur les adolescents qui lui faisaient face.

— Avec plaisir, gronda-t-il.

Thomas allait enfin pouvoir se venger de la peur et de la souffrance qu'il subissait depuis si longtemps.

— En avant ! hurla-t-il.

Les deux groupes s'élancèrent à la charge, leurs cris noyés par le chapelet d'explosions soudaines qui secouèrent le bâtiment.

CHAPITRE 72

Thomas réussit à conserver l'équilibre malgré les violentes secousses qui ébranlaient l'entrepôt, faisaient s'écrouler les étagères et projetaient toutes sortes d'objets. Il esquiva un morceau de bois, ainsi qu'une pièce mécanique arrondie qui passa devant lui en tournoyant.

Gally, qui se tenait à côté de lui, tomba à la renverse ; Thomas l'aida à se relever. Ils continuèrent à charger. Brenda dérapa mais réussit à se rattraper.

Les deux groupes se fracassèrent l'un contre l'autre comme les premières lignes lors des anciennes batailles d'infanterie. Thomas se retrouva face à l'homme-rat, qui le dominait de quinze bons centimètres. Il vit le couteau descendre en arc de cercle vers son épaule, mais il frappa vers le haut avec son câble et cueillit son adversaire sous l'aisselle. Janson poussa un hurlement et lâcha son arme tandis que le sang giclait de sa blessure. Il plaqua son autre main sur la plaie et battit en retraite, fixant Thomas de ses yeux pleins de haine.

Tout le monde se battait. Thomas avait la tête qui résonnait de crissements de métal et de hurlements. Certains s'étaient mis à deux contre un. Minho affrontait une femme qui paraissait deux fois plus forte que n'importe lequel de ses collègues masculins. Brenda était au sol, aux prises avec un grand échalas à qui elle s'efforçait de faire lâcher sa machette.

Thomas vit tout cela en un clin d'œil mais dut ramener son attention sur son propre adversaire.

— Je me fiche pas mal de me vider de mon sang, affirma Janson avec une grimace. Tant que je ne meurs pas avant de t'avoir ramené là-haut.

Une explosion fit trembler le sol. Thomas trébucha en avant, lâcha son arme de fortune et se cogna contre Janson. Tous deux s'écroulèrent pêle-mêle. Thomas lutta pour repousser son adversaire d'une main tout en le cognant de l'autre aussi fort qu'il pouvait. Il l'atteignit du poing à la pommette gauche et regarda sa tête partir sur le côté, la bouche en sang. Il arma le bras pour le cogner encore une fois, mais l'homme-rat s'arc-bouta violemment et parvint à se débarrasser de lui. Thomas retomba sur le dos.

Avant qu'il ne puisse se relever, Janson lui sauta dessus et le cloua au sol en lui coinçant les bras avec ses cuisses. Thomas se tortilla pour essayer de se libérer pendant que l'autre faisait pleuvoir les coups de poing sur son visage. La douleur explosa en lui. Puis l'adrénaline prit le dessus. Il refusait de mourir ici. Il planta ses deux pieds dans le sol et cabra son bassin.

Il ne décolla du sol que de quelques centimètres, mais ce fut suffisant pour dégager ses bras. Il bloqua les coups avec ses avant-bras, puis balança ses deux poings au visage de Janson, et le toucha. L'homme-rat perdit l'équilibre ; Thomas le repoussa, remonta ses genoux et se mit à battre les flancs de Janson avec les talons. L'homme reculait un peu plus à chaque coup. Mais alors que Thomas armait ses jambes une nouvelle fois, Janson esquiva subitement, lui empoigna les deux pieds et les balança sur le côté ; puis il sauta de nouveau sur Thomas.

Thomas devint fou furieux. Il rua sous son adversaire. Ils roulèrent au sol, chacun prenant l'avantage tour à tour avant de repasser en dessous. Les coups de poing et de pied volaient. Thomas était perclus de douleurs ; Janson griffait et mordait.

Thomas réussit enfin à placer un bon coup de coude dans le nez de Janson. À moitié assommé, ce dernier porta ses mains à son visage. Un regain d'énergie envahit Thomas ; il bondit sur Janson, referma ses doigts autour de son cou et serra. Janson se débattit, mais Thomas s'accrochait avec une rage meurtrière, penché sur lui, pesant de tout son poids sur la gorge de son adversaire qu'il serrait de plus en plus fort. Il sentit ses mains s'enfoncer, provoquant des craquements. Les yeux de Janson sortirent de leurs orbites ; sa langue pendait.

Quelqu'un frappa Thomas sur le haut du crâne avec la paume ouverte. Il entendit qu'on s'adressait à lui mais ne comprit pas les mots. Le visage de Minho apparut devant le sien. Son ami lui criait quelque chose. Une fureur homicide s'était emparée de Thomas. Il s'essuya les yeux avec sa manche, fixa Janson. L'homme ne bougeait plus ; il était pâle, immobile, vaincu. Thomas releva la tête vers Minho.

— Il est mort ! lui criait son ami. Il est mort !

Thomas se força à lâcher prise, se redressa avec peine, sentit que Minho l'aidait à se relever.

— On leur a fait leur fête ! lui dit Minho. Il faut se tirer, maintenant !

Deux explosions ébranlèrent en même temps l'entrepôt et les murs s'écroulèrent, projetant des morceaux de brique et de béton dans toutes les directions. Une pluie de débris dégringola sur Thomas et Minho. Un nuage de poussière obscurcit la scène et Thomas se retrouva entouré de silhouettes indistinctes, titubantes, qui tombaient et se relevaient. Il se dirigea vers la salle de maintenance.

Plusieurs pans de plafond se fracassèrent par terre dans un vacarme assourdissant. Le sol trembla ; les explosions se multipliaient, semblant provenir de partout à la fois. Thomas chancela. Minho le redressa brutalement. Quelques secondes plus tard, ce fut Minho qui trébucha. Thomas le saisit et le releva ; ils repartirent en courant tous les deux. Brenda apparut soudain devant Thomas, les yeux emplis de terreur. Il crut apercevoir Teresa à proximité. Tous progressaient comme ils le pouvaient, en luttant pour garder l'équilibre.

Un bruit de tonnerre gronda, si fort que Thomas se retourna. Son regard se porta au-dessus de lui où une gigantesque plaque de plafond se détachait; il la regarda s'abattre, fasciné, incapable de bouger. Teresa surgit au coin de son champ de vision, à peine visible dans l'air saturé de poussière. L'épaule en avant, elle le heurta de plein fouet et le catapulta vers la salle de maintenance. Il bascula en arrière, l'esprit vide, tandis que le bloc s'écrasait sur Teresa et la clouait au sol; seuls sa tête et un bras émergeaient des gravats.

— Teresa! hurla Thomas.

Il se rua vers elle. Du sang ruisselait sur son visage, et son bras avait l'air en piteux état.

Il cria son nom de nouveau, et dans sa tête, il revit Chuck couvert de sang, ainsi que les yeux exorbités de Newt. Trois des meilleurs amis qu'il avait jamais eus. Et le WICKED les lui avait pris tous les trois.

— Je suis désolé, lui glissa-t-il.

Elle remua les lèvres, s'efforçant de parler. Il se pencha pour l'entendre.

— Moi... aussi, murmura-t-elle. J'aurais tellement... voulu que... toi et moi...

Elle n'acheva pas. Thomas sentit qu'on le relevait de force, qu'on l'éloignait d'elle. Il n'avait plus l'énergie ni la volonté de se débattre. Elle était morte. Il avait mal partout; son cœur saignait. Brenda et Minho l'entraînèrent avec eux en titubant dans la poussière. Un incendie s'était déclaré au fond d'un trou béant creusé par une explosion, une fumée épaisse s'en échappait. Thomas toussa, mais n'entendit qu'un grondement sourd à ses oreilles.

Une autre explosion retentissante déchira l'air; Thomas vit le mur du fond de l'entrepôt exploser et s'écrouler en vomissant des flammes. Le bâtiment allait s'effondrer.

Ils atteignirent la porte de la salle de maintenance et

se faufilèrent à l'intérieur juste à temps pour voir Gally disparaître dans le transplat. Tous les autres étaient déjà passés. Thomas et ses amis foncèrent entre les tables. Ils n'avaient plus que quelques secondes devant eux. Thomas poussa Brenda vers le transplat. Tout s'écroulait autour d'eux.

Ensemble, ils bondirent à travers le mur gris et glacé.

CHAPITRE 73

Thomas ne pouvait presque plus respirer. Il toussait, crachait ses poumons. Son cœur cognait dans sa poitrine et refusait de ralentir. Il avait atterri sur le plancher de la cabane. Il se mit à ramper droit devant lui, pour s'éloigner du transplat au cas où des débris dangereux en jailliraient. Il aperçut Brenda du coin de l'œil. Elle appuyait sur des boutons d'un panneau de contrôle. La surface grise s'escamota, dévoilant les planches de cèdre de la cabane derrière elle. « Où a-t-elle appris à faire ça ? » se demanda Thomas.

— Minho et toi, sortez de là, ordonna-t-elle. Il me reste un dernier truc à faire.

Elle s'était exprimée avec une urgence dans la voix que Thomas ne s'expliquait pas ; ils étaient en sécurité à présent.

Minho, qui était déjà debout, se pencha pour aider Thomas à se relever.

— Si je réfléchis une seconde de plus, j'ai la caboche qui va exploser. On n'a qu'à faire comme elle dit. Amène-toi.

— Ça me va, approuva Thomas.

Mais, avant de sortir, les deux amis échangèrent un regard, revivant l'espace de quelques secondes tout ce qu'ils avaient traversé : les morts, les souffrances. Ils étaient soulagés de savoir que, peut-être, tout était terminé.

Cependant, Thomas ressentait avant tout du chagrin. Voir Teresa mourir pour lui sauver la vie était très dur à encaisser.

À présent, face à celui qui était devenu son meilleur ami, il avait bien du mal à contenir ses larmes. Il se promit alors de ne jamais lui raconter ce qu'il avait dû faire à Newt.

— Encore heureux, mec, dit Minho.

Mais son habituel sourire narquois manquait à l'appel. Lui aussi savait que Thomas et lui porteraient ce chagrin en eux toute leur vie. Il sortit.

Après un long moment, Thomas le suivit.

En émergeant à l'extérieur, il se figea sur place, les yeux écarquillés. Le transplat les avait conduits dans un endroit comme on lui avait assuré qu'il n'en existait plus. Fertile, verdoyant, plein de vie. Il se tenait au sommet d'une colline semée de fleurs sauvages. Les deux cents personnes qu'ils avaient sauvées exploraient les alentours. À sa droite, la colline descendait vers une forêt qui paraissait s'étendre sur des kilomètres avant de s'achever au pied d'une barre de montagnes. Les pics rocheux se dressaient vers un ciel bleu sans nuages. À sa gauche, les hautes herbes cédaient progressivement la place à une broussaille éparse, puis à du sable. Et enfin, à l'horizon, l'océan, dont les grandes vagues sombres ourlées de blanc venaient se fracasser sur la plage.

Le paradis. Ils se trouvaient au paradis. Il espérait seulement que son cœur saurait s'ouvrir un jour au bonheur de cet endroit.

Il entendit la porte se refermer derrière lui, puis un grondement de flammes. Il se tourna vers Brenda ; elle le poussa doucement à l'écart de la cabane, qui brûlait déjà jusqu'au toit.

— Juste pour être tranquille ? demanda-t-il.

— Oui, confirma-t-elle. (Elle lui adressa un sourire si chaleureux qu'il se détendit un peu et se sentit moins malheureux.) Je suis... désolée, pour Teresa.

— Merci.

Ce fut la seule réponse qui lui vint.

Elle n'ajouta rien et Thomas se fit la réflexion que c'était très bien ainsi. Ils s'éloignèrent de l'incendie et rejoignirent leurs compagnons qui avaient livré la dernière bataille contre Janson et ses acolytes. Tous étaient couverts de plaies et de bosses. Thomas croisa le regard de Poêle-à-frire, comme il avait croisé celui de Minho. Puis tous se retournèrent vers la cabane et la regardèrent brûler jusqu'au bout.

*

Quelques heures plus tard, Thomas était assis au bord d'une falaise à l'aplomb de l'océan, balançant ses pieds dans le vide. Le soleil avait presque entièrement disparu sous l'horizon qui semblait enveloppé de flammes. C'était l'une des visions les plus spectaculaires qu'il lui avait jamais été donné de contempler.

Minho avait déjà commencé à tout organiser dans la forêt, où ils avaient décidé de vivre : constituer des groupes de recherche de nourriture, nommer un comité de bâtisseurs, fixer des règles de sécurité. Thomas s'en félicitait ; il ne voulait plus jamais sentir le poids de responsabilités sur ses épaules. Il se sentait las. Quel que soit l'endroit où ils étaient, il espérait qu'ils y seraient en sécurité et coupés du monde, le temps que le reste de l'humanité parvienne à régler le problème de la Braise, avec ou sans traitement. Il savait que le processus serait long, difficile, douloureux, et il était bien résolu à ne plus s'en mêler.

Il avait fait sa part.

— Salut !

Thomas leva la tête vers Brenda.

— Salut, toi. Tu veux t'asseoir ?

— Oui, je veux bien, merci. (Elle se laissa tomber à côté de lui.) Ça me rappelle les couchers de soleil au WICKED, sauf qu'ils étaient moins brillants.

— On pourrait dire ça de beaucoup de choses.

Une bouffée d'émotion monta en lui et il revit les visages de Chuck, de Newt et de Teresa.

Quelques minutes s'écoulèrent en silence tandis qu'ils regardaient disparaître les dernières lueurs du jour.

— À quoi penses-tu? demanda Brenda.

— À rien du tout. Je crois que je vais arrêter de penser pendant un moment.

Il était tout à fait sérieux. Pour la première fois de sa vie, il se sentait libre et en sécurité.

Puis il fit la seule chose à laquelle il voulait bien penser : il prit la main de Brenda.

Elle lui pressa doucement les doigts.

— On doit être un peu plus de deux cents, et tous immunisés. C'est un bon début.

Thomas lui jeta un regard en coin ; le ton de sa voix le rendait méfiant, comme si elle savait quelque chose qu'il ignorait.

— Ça veut dire quoi, ça?

Elle l'embrassa sur la joue, puis sur les lèvres.

— Rien du tout.

Thomas chassa ses soupçons et l'attira contre lui alors que le soleil scintillait une dernière fois au ras de l'horizon, comme un ultime clin d'œil.

ÉPILOGUE

Note de service du WICKED, 10/04/32, 12 h 45
À : Mes associés
De : Ava Paige, chancelière
Sujet : Un nouveau départ

Ainsi donc, nous avons échoué.

Mais nous avons également réussi.

Notre idée originelle ne s'est pas concrétisée; le modèle continue de nous échapper. Nous avons été incapables de découvrir un vaccin ou un traitement contre la Braise. Mais j'avais anticipé cette issue et mis en place une solution de repli, afin de sauver au moins un échantillon de notre espèce. Avec l'aide de mes partenaires, deux immunisés judicieusement infiltrés, j'ai préparé et mené à bien le meilleur dénouement que nous aurions pu espérer.

Je sais que la majorité des membres du WICKED estime que nous aurions dû insister, poursuivre nos travaux, pousser nos sujets dans leurs derniers retranchements. Entamer un nouveau cycle d'Épreuves. Mais nous avons refusé de voir la vérité qui nous crevait les yeux. Les immunisés représentent la dernière chance de ce monde.

Et si tout s'est déroulé comme prévu, nous avons envoyé les plus intelligents, les plus forts, les plus coriaces de nos sujets en lieu sûr, où ils pourront jeter les bases d'une nouvelle civilisation pendant que le reste de l'humanité s'éteindra.

Je veux croire qu'au fil des ans notre organisation a partiellement payé le prix de cet acte innommable commis contre l'humanité par nos prédécesseurs au gouvernement. Même si j'ai bien conscience du fait qu'il s'agissait d'une mesure désespérée à la suite des éruptions solaires, la diffusion du virus de la Braise comme instrument de contrôle démographique était un crime effroyable, irréversible. Dont personne n'aurait pu prévoir les conséquences désastreuses. Le WICKED a travaillé depuis le début à réparer ce crime, à découvrir un remède. Et, bien que nous ayons échoué dans cet effort, nous pouvons dire que nous avons semé les graines d'un nouvel avenir pour l'humanité.

J'ignore comment l'histoire jugera l'action du WICKED, mais je tiens à consigner ici que notre organisation a toujours poursuivi un seul et même but, qui était la préservation de l'espèce humaine. Et en cela, au moins, nous avons réussi.

Comme nous n'avons cessé de le répéter à chacun de nos sujets, le méchant était bon.

Remerciements

Quelle aventure que cette trilogie! Par bien des aspects, il s'est agi d'un effort collectif entre moi, ma correctrice, Krista Marino, et mon agent, Michael Bourret. Je ne les remercierai jamais assez. Mais je continuerai d'essayer.

Merci également à toutes les personnes formidables de Random House, en particulier Beverly Horowitz, Emily Pourciau et Noreen Herits, mais aussi à tous les membres incroyables du service des ventes, du marketing, de la conception graphique, de la correction d'épreuves et de toutes les autres étapes vitales de la fabrication d'un livre. Merci pour avoir fait de cette série un tel succès.

Merci à Lauren Abramo et Dystel & Goderich pour avoir assuré la diffusion de ces livres partout à travers le monde. Et merci à tous mes éditeurs étrangers pour leur avoir donné une chance.

Merci à Lynette et J. Scott Savage pour avoir lu les premiers jets et m'avoir donné leur opinion. Je vous promets que le résultat final s'est beaucoup amélioré!

Merci aux blogueurs littéraires, aux amis Facebook et à la Twitter #dashnerarmy pour l'intérêt qu'ils m'ont témoigné et pour avoir contribué à faire connaître mes livres. À vous, comme à tous mes lecteurs, un grand merci. Ce monde est devenu tout à fait réel pour moi, et j'espère que vous en avez apprécié la visite.

Ouvrage composé par
PCA /CMB – 44400 Rezé

Cet ouvrage a été imprimé
en France par

La Flèche (Sarthe), le 22-12-2014
N° d'impression : 3008650

Dépôt légal : juin 2014
Suite du premier tirage : décembre 2014

www.pocketjeunesse.fr
POCKET JEUNESSE

12, avenue d'Italie – 75627 PARIS Cedex 13